經典新版

秉燭傾談

周作人——著

總序
文學星座中，璀璨不亞於魯迅的周作人

朱墨菲

每個時代都會有特別具有代表性、令人們特別懷想的人物，在新文學領域，周作人無疑就是其中一個。身為大文豪魯迅之弟，兩兄弟在文壇可說是各領風騷，各自綻放著不同的光芒。

作為五四新文化運動的一員，周作人在中國文學上的影響力絕對具有舉足輕重的地位，時值新舊文化交替之際，面對西方思潮的來襲，多數讀書人或抱殘守缺，或媚外崇洋，在劇烈的文化衝擊中，許多受過西方教育的學子如胡適、錢玄同、蔡元培、林語堂等，紛紛投入這股新文化浪潮中。

周作人脫穎而出，被譽為是「五四」以降最負盛名的散文及文學翻譯家，他以「對性靈的表達乃為言志」的理念，創造了獨樹一格的寫作風格，充滿靈性，看似平凡卻處處透著玄妙的人生韻味，清新的文風立即風靡一時，更迅速形成一大流派

「言志派」，在中國文學史上留下了不可抹滅的一筆。郁達夫曾說：「中國現代散文的成績，以魯迅、周作人兩人的為最豐富最偉大，我平時的偏嗜，亦以此二人的散文為最所溺愛。一經開選，如竊賊入了阿拉伯的寶庫，東張西望，簡直迷了我取去的判斷。」陳之藩是散文大師，他特地強調胡適晚年不止一次跟他說：「到現在值得一看的，只有周作人的東西了。」可見周作人散文之優美意境。

處在動盪年代的周作人，亦可說是時代的見證人，年少時赴日求學，精通日語，讓他對日本文化有深刻的觀察，而後又親身經歷了中國近代史上諸多重要歷史事件，如鑑湖女俠秋瑾、徐錫麟等的革命活動、辛亥革命、張勳復辟等，他一生的形跡記錄即是重要史料，從他的《知堂回想錄》書中即可探知一二。而他晚年撰寫的《魯迅的故家》、《魯迅的青年時代》等回憶文章，更為研究魯迅的讀者提供了許多寶貴的第一手資料。

對世人來說，周作人也許不是個討喜的人，因為他從來都不是隨俗附和的人，他只說自己想說的話，一生奉行的就是孔子所強調的「知之為知之，不知為不知，是知也」的理念，這使他的文章中充滿了濃濃的自由主義，並形成他日後以「人的文學」為概念，跳脫傳統窠臼，更自號「知堂」之故。在《知堂回想錄》的後序中，周作人自陳：「我是一個庸人，就是極普通的中國人，並不是什麼文人學士，只因偶然的關係，活得長了，見聞也就多了些，譬如一個旅人，走了許多路程，經歷可以談談，有人說『講你的故事罷』，也就講些，也都是平凡的事情和道理。」

也許，在諸多文豪的光環下，在世人傳說的紛擾下，他的文學地位一度有明珠蒙塵之虞，本社因而在他去世五十年之際，特將他的文集重新整理出版，包括他最知名的回憶錄《知堂回想錄》以及散文集《自己的園地》、《雨天的書》、《談龍集》、《談虎集》、《看雲集》、《苦茶隨筆》等，使讀者從他的著作中可以更加了解一代文學巨匠的內心世界，品味他的文字之美。

秉燭傾談

目錄——

總序 文學星座中，璀璨不亞於魯迅的周作人 3

秉燭談

第一卷 書香記趣

關於俞理初 13
記太炎先生學梵文事 20
讀風臆補 26
讀書隨筆 32
林皐間集 39
雙節堂庸訓 46
樸麗子 53
人境廬詩草 63
茨村新樂府 81
蓮花筏 88
譚史志奇 97
曝背餘談 103
老學庵筆記 109

第二卷 文風拾趣

銀茶匙 119
江都二色 128
凡人崇拜 136
浮世風呂 146
讀檀弓 152
再談試帖 157
再談尺牘 162
談筆記 170
歌謠與名物 178
賦得貓——貓與巫術 184
明珠抄六首 197
談儒家 197
談韓文 200
談方姚文 202
談畫梅畫竹 205

秉燭傾談

目錄——

談字學舉隅 207
婦人之笑 210

秉燭後談

第三卷 詩意串趣

自己所能做的 217
南堂詩鈔 224
東萊左氏博議 231
賀貽孫論詩 239
水田居存詩 250
俞理初的詼諧 257
老年的書 264
兒童詩 271
兒時雜事 279

第四卷　浮生談趣

關於酒誡 287
談勸酒 297
談宴會 305
談娛樂 312
談混堂 318
談食鱉 324
談搔癢 328
談過癩 334
女人罵街 344
談卓文君 350
談文字獄 354
談關公 365
關於阿Q 371
兩篇小引 376

兼燭談

第一卷　書香記趣

關於俞理初

家傳舊書中有一部俞理初的《癸巳類稿》，五厚冊，大抵還是先君的手澤本，雖然不曾有什麼題字印記。這部書我小時候頗喜歡，不大好懂，卻時常拿出來翻翻，那時所看差不多就只是末三卷而已。民國以後才又買到《癸巳存稿》六冊，姚氏刻本。

關於俞君的事，也只在二書序跋及崇祀鄉賢文件中見到一點。日前得安徽叢書本《癸巳類稿》，係用俞君晚年手訂本石印，凡九冊，附王立中編年譜一冊，原文固多所增益，又得知其生平，是極可喜的事。年譜末復有譜餘數則，集錄遺聞軼事，很有意思，但恨希少不禁讀耳。嘗見齊學裘著《見聞隨筆》卷二十四中有俞理初一則云：

「黟縣俞理初正燮孝廉讀書過目不忘，書無不覽，著作等身。曾為張芥航河帥修《行水金鑑》，數月而成，船過荊溪，訪余於雙溪草堂，款留小飲。謂余曰，近年苦無書讀。四庫全書以及道藏內典皆在胸中，國初以來名宦家世科墨，原原本本，背誦如流，博古通今，世罕其匹。工篆刻，為余刻蕉窗寫意，玉溪書畫兩小印，古雅可珍。居家事母，不樂仕進，時移世亂，不知所終。」

又戴醇士著《習苦齋筆記》中有俞正燮一則云：

「理初先生，黟縣人，予識於京師，年六十矣。口所談者皆遊戲語，遇於道則行無所適，東南西北無可無不可。至人家，談數語，輒睡於客座。問古今事，詭言不知，或晚間酒後，則原原本本，無一字遺。予所識博雅者無出其右。先生為王辰孝廉，嘗告我曰：予初次入都會試，謁副主考，則曰，爾與我朱卷刻本，我未見爾文也。竊疑正主考取中，副未寓目。謁正主考，則又曰，爾與我朱卷刻本，我未見爾文也。駭問故，曰：爾卷監臨囑副主考，宜細閱此卷，副疑且怒，置不閱。揭曉日先拆爾卷，見黟縣人，問曰，此徽商耶？予曰，若是黟縣俞某，則今之通人也。副主考幡然曰，然則中矣。其實我兩人俱未見爾文，故欲一讀耳。會試薦未售，房考為刻其著述，所謂《癸巳類稿》也。鄉試正主考為湯文端金釗，會試房考為王菽原先生藻。」

查年譜，鄉試中式在道光元年辛巳，《筆記》誤作壬辰，又題名亦錯寫為俞廷燮。年譜引用自述一節，唯未錄《筆記》全文，其實上半亦甚有致，如收在譜餘中正是很好資料也。

《越縵堂日記補》辛集上咸豐十一年六月二十日條下云：

「閱黟縣俞理初孝廉正燮《癸巳類稿》，皆經史之學，間及近事紀載，皆足資掌故，書刻於道光癸巳，故以此為名。新安經學最盛，能兼通史學者惟凌次仲氏及俞君。其書引證太繁，筆舌冗漫，而浩博殊不易得。……俞君頗好為婦人出脫。其《節婦說》言，禮云一與之齊終身不改，男子亦不當再娶。《貞女說》言，後世女子不肯再受聘者謂之貞女，乃賢者未思之過。未同衾而同穴，則又何必親迎，何必廟見，何必為酒食以召鄉黨僚友，直無男女之分。《妒非女人惡德論》言，夫買妾而妻不妒，是恝也，恝則家道壞矣。明代律例，民年四十以上無子者方聽娶妾，違者笞四十，此使婦女無可妒，法之最善者。語皆偏譎，似謝夫人所謂出於周姥者，一笑。」

又王集同治元年十月二十三日條下云：

「閱俞理初《癸巳類稿》。理初博綜九流，而文繁無擇，故不能卓然成一家言，蓋經學之士多拙於文章，康成沖遠尚有此恨，況其下乎。」

李蓴客這裡所說的話我覺得很中肯，《類稿》的文章確實不十分容易讀，卻於學問無礙，至於好為婦人出脫，越縵老人雖然說的有點開玩笑的樣子，在我以為這正是他的一特色，沒有別人及得的地方。

記得老友餅齋說，蔡孑民先生在三十年前著《中國倫理學史》，說清朝思想界有三個大人物，即黃梨洲，戴東原，俞理初，是也。蔡先生參與編輯年譜，在跋裡說明崇拜俞君的理由，其第一點是「認識人權」，實即是他平等的兩性觀。跋文云：「男女皆人也，而我國習慣，寢床寢地之詩，從夫從子之禮，男子不禁再娶，而寡婦以再醮為恥，種種不平，從未有出而糾正之者。俞先生從各方面為下公平之判斷。有說明善意者，有為古人辨誣者，有為無告訟直者，無一非以男女平等之立場發言。」

這與越縵差不多是同一意思，不過是從正面說了，我也正是同意。《類稿》十三《節婦說》中云：

「古言終身不改，言身則男女同也。七事出妻，乃七改矣，妻死再娶，乃八改矣。男子理義無涯涘，而深文以罔婦人，是無恥之論也。」《貞女說》末云：

「嗚呼，男兒以忠義自責則可耳，婦女貞烈，豈是男子榮耀也。」

《書舊唐書輿服志後》末云：

「古有丁男丁女，裹足則失丁女，陰弱則兩儀不完。又出古舞屣賤服，女賤則男賤。」《存稿》十四《家妓官妓舊事》中云：

「楊誠齋以教授狎官妓乃黥妓面以恥教授，《山房隨筆》言，岳陽教授陳詵與妓江柳狎，守孟之經杖柳，文其鬢以陳詵二字，押隸辰州。此均所謂虐無告也。」以上所舉都是好例，義正而詞亦嚴，卻又情理湛足，如以綺語作譬喻，正可云懍若冰霜而復豔如桃李也。

《存稿》十四中有酷儒，愚儒，談玄，誇誕，曠達，悖儒等莠書六篇，對於古人種種荒謬處加以指摘，很有意思。其論《酷儒莠書》末云：

「此東坡《志林》所謂杜默之豪，正京東學究飲私酒，食瘴死牛肉，醉飽後所發者也。」又《愚儒莠書》末云：

「著書者含毫吮墨，搖頭轉目，愚鄙之狀見於紙上也。」讀此數語，覺得《習苦齋筆記》所云「口所談者皆遊戲語」大抵非假，蓋此處詼詭筆法可以為證。

同卷中有《白席》一篇，篇幅較短，意趣相近，全錄於下：

「《通鑑綱目》有書法發明等書，《續綱目》又有發明廣義等雜於事實之中，卑情諂態，甚可厭惡。《容齋五筆》云，楊願佞秦檜，檜食間噴嚏失笑，願倉卒亦隨之噴嚏失笑。此等書頗似之。又嘗戲謂之白席。《老學庵筆記》云，北方有白席，鄙俚可笑。韓魏公赴一姻家禮席，偶取盤中荔支欲啗之，白席遽唱言，資政吃荔支，請眾客同吃荔支。魏公憎其喋喋，因置不復取，白席又唱言，資政惡發也，卻請眾客放下荔支。魏公亦為之一笑。」

孔子曰，左丘明恥之，丘亦恥之。此種白席的書我也覺得甚可厭惡，俞君所說真先得我心，清朝三賢我亦都敬重，若問其次序，則我不能不先俞而後黃戴矣。我們生於二十世紀的中華民國，得自由接受性心理的知識，才能稍稍有所理解，而人既無多，話亦難說，婦人問題的究極仍屬於危險思想，為老頭子與其兒子們所不悅，故至於今終未見有好文章也。俞君生嘉道時而能直言如此，不得不說是智勇之士，而今人之虛弱無力乃更顯然無可逃遁矣。

論理，我們現在對於男女問題應該有更深切的瞭解，可以發出更精到的議論來了，可是事實上還只能看到癸巳二稿的文章，而且還覺得很新很大膽，中國的情形是否真如幼稚的樂天家所想是「進化」著，向著天堂往前走，殊不能無疑。不過一定說是道光時代比現在好那自然也未必，俞理初固一人，王菽原阮雲台也並不多。據年譜末引姚仲實著《見聞偶筆》一則云：

「黟縣俞理初正燮應禮部試，總裁為歙曹文正公振鏞，儀徵阮文達西元。文達夙慕先生名，必欲得之，每遇三場五策詳贍者必以為理初也，及榜發不見名，遍搜落卷中亦不得，甚訝之。文正徐取一卷曰，此殆君所謂佳士乎，吾平生最惡此瑣瑣者，已擯之矣。撤彌封驗之，果然。」

姚仲實為民國初年人，唯係安徽世家，所述當有所本，且以情理推之亦正不錯。清季相傳有做官六字口訣曰：多磕頭，少說話。據云即此曹振鏞所授也，有此見識，其為文正公也固宜，其擯斥俞理初亦正是當然耳。

講俞君的故事而有此趣事作結，亦殊相稱，與上文戴齊二君所記似更有照應得法之妙也。

二十五年十二月八日，在北平記。

記太炎先生學梵文事

太炎先生去世已經有半年了。早想寫一篇紀念的文章，一直沒有寫成，現在就要改歲，覺得不能再緩了。

我從太炎先生聽講《說文解字》，只想懂點文字的訓詁，在寫文章時可以少為達雅，對於先生的學問實在未能窺知多少，此刻要寫也就感到困難，覺得在這方面沒有開口的資格。現在只就個人所知道的關於太炎先生學梵文的事略述一二，以為紀念。

民國前四年戊申（一九〇八），太炎先生在東京講學，因了龔未生（寶銓）的紹介，特別於每星期日在民報社內為我們幾個人開了一班，聽講的有許季黻（壽裳），錢均甫（家治），朱蓬仙（宗萊），朱逷先（希祖），錢中季（夏，今改名玄同），龔未生，先兄豫才（樹人），和我共八人。

大約還在開講之前幾時，未生來訪，拿了兩冊書，一是德人德意生（Deussen）的《吠檀多哲學論》英譯本，卷首有太炎先生手書鄔波尼沙陀五字，一是日文的印度宗教史略，著者名字已忘。未生說先生想叫人翻譯鄔波尼沙陀（Upanishad），問我怎麼樣。我覺得這事情太難，只答說待看了再定。

我看德意生這部論卻實在不好懂，因為對於哲學宗教了無研究，單照文字讀去覺得茫然不得要領。於是便跑到丸善，買了「東方聖書」中的第一冊來，即是幾種鄔波尼沙陀的本文，係麥克斯穆勒（Max Müller，《太炎文錄》中稱馬格斯牟拉）博士的英譯，雖然也不大容易懂，不過究係原本，說的更素樸簡潔，比德國學者的文章似乎要好辦一點。下回我就順便告訴太炎先生，說那本《吠檀多哲學論》很不好譯，不如就來譯鄔波尼沙陀本文，先生亦欣然贊成。

這裡所說泛神論似的道理雖然我也不甚懂得，但常常看見一句什麼「彼即是你」的要言，覺得這所謂奧義書彷彿也頗有趣，曾經用心查考過幾章，想拿去口譯，請太炎先生筆述，卻終於遷延不曾實現，很是可惜。一方面太炎先生自己又想來學梵文，我早聽見說，但一時找不到人教。——日本佛教徒中有通梵文的，太炎先生不喜歡他們，有人來求寫字，曾錄《孟子》逢蒙學射於羿這一節予之。蘇子谷也學過梵文，太炎先生給他寫《梵文典序》，不知怎麼又不要他教。東京有些印度學生，但沒有佛教徒，梵文也未必懂。因此這件事也就閣了好久。

有一天，忽然得到太炎先生的一封信。這大約也是未生帶來的，信面係用篆文所寫，本文云：

「豫哉，啟明兄鑒，數日未晤。梵師密史邏已來，擇於十六日上午十時開課，此間人數無多，二君望臨期來赴。此半月學費弟已墊出，無庸急急也。手肅，即頌撰祉。麟頓首。十四。」

其時為民國前三年己酉（一九〇九）春夏之間，卻不記得是那一月了。到了十六那一天上午，我走到「智度寺」去一看，教師也即到來了，學生就只有太炎先生和我兩個人。教師開始在洋紙上畫出字母來，再教發音，我們都一個個照樣描下來，一面念著，可是字形難記，音也難學，字數又多，簡直有點弄不清楚。

到十二點鐘，停止講授了，教師另在紙上寫了一行梵字，用英語說明道，我替他拼名字。對太炎先生看著，念道：披遏耳羌。太炎先生和我都聽了茫然。教師再說明道：他的名字，披遏耳羌。我這才省悟，便辯解說，他的名字是章炳麟，不是批遏耳羌（P.L.Chang）。可是教師似乎聽慣了英文的那拼法，總以為那是對的，說不清楚，只能就此了事。

這梵文班大約我只去了兩次，因為覺得太難，恐不能學成，所以就早中止了。我所知道的太炎先生學梵文的事情本只是這一點，但是在別的地方還得到少許文獻的證據。楊仁山（文會）的《等不等觀雜錄》卷八中有《代余同伯答日本末底書》二通，第一通前附有來書。案末底梵語，義曰慧，係太炎先生學佛後的別號，其致宋平子書亦曾署是名，故此來書即是先生手筆也。其文云：

「頃有印度婆羅門師，欲至中土傳吠檀多哲學，其人名蘇蕤奢婆弱，以中土未傳吠檀多派，而摩訶衍那之書彼土亦半被回教摧殘，故懇懇以交輸智識為念。某等詳婆羅門正宗之教本為大乘先聲，中間或相攻伐，近則佛教與婆羅門教漸已合為一家，得此扶掖，聖教當為一振，又令大乘經論得返梵方，誠萬世之幸也。先生有意護持，望以善來之音相接，並為灑掃精廬，作東道主，幸甚幸甚。末底近已請得一梵文師，名密尸邏，印度人非人人皆知梵文，在此者三十餘人，獨密尸邏一人知之，以其近留日本，且以大義相許，故每月只索四十銀圓，若由印度聘請來此者，則歲須二三千金矣。末底初約十人往習，頃竟不果，月支薪水四十圓非一人所能任，貴處年少沙門甚眾，亦必有白衣喜學者，如能告仁山居士設法資遣數人到此學習，相與支持此局，則幸甚。」

楊仁山所代作余同伯的答書乃云：

「來書呈之仁師，師復於公曰：佛法自東漢入支那，歷六朝而至唐宋，精微奧妙之義闡發無遺，深知如來在世轉婆羅門而入佛教，不容絲毫假借。今當末法之時，而以婆羅門與佛教合為一家，是混亂正法而漸入於滅亡，吾不忍聞也。桑榆晚景，一刻千金，不於此時而體究無上妙理，遑及異途問津乎。至於派人東渡學習梵文，美則美矣，其如經費何。此時祇桓精舍勉強支持，暑假以後下期學費未卜從何處飛來，唯冀龍天護佑，檀信施資，方免枯竭之虞耳。在校僧徒程度太淺，英語不能接談，學佛亦未見道，遲之二三年或有出洋資格也。仁師之言如此。」

此兩信雖無年月，從暑假以後的話看來可知是在己酉夏天。第二書不附「來書」，茲從略。太炎先生以朴學大師兼治佛法，又以依自不依他為標準，故推重法相與禪宗，而淨土秘密二宗獨所不取，此即與普通信徒大異，宜其與楊仁山言格格不相入。且先生不但承認佛教出於婆羅門正宗（楊仁山答夏穗卿書便竭力否認此事），又欲翻讀吠檀多奧義書，中年以後發心學習梵天語，不辭以外道為師，此種博大精進的精神，實為凡人所不能及，足為後學之模範者也。我於太炎先生的學問與思想未能知其百一，但此偉大的氣象得以懂得一點，即此一點卻已使我獲益非淺矣。

民國二十五年十二月二十日在北平記。

讀風臆補

好幾年前在友人手頭看見一部戴忠甫的《讀風臆評》，明萬曆時閔氏朱墨套印，心甚愛好，但求諸市場則書既不多，價又頗貴，終未能獲得。日前有人送給我幾本舊書，其中有一函兩冊，題曰「讀風臆補」，陳舜百著，清光緒庚辰年刻，凡十五卷，乃即是全錄戴評而增補之者，書雖晚出而內容加多，是很可喜的事。

查《四庫書目提要》十七詩類存目中有戴氏《臆評》，批云：

「是書取《詩經》國風加以評語，纖仄佻巧，已漸開竟陵之門徑，其於經義固了不相關也。」

《四庫提要》的貶詞在我們看來有些都可以照原樣拿過來，當作贊詞去看，如這裡所云於經義了不相關，即是一例。

我們讀《詩經》，一方面固然要查名物訓詁，瞭解文義，一方面卻也要注重把他當作文學看，切不可奉為經典，想去在裡邊求教訓。不將三百篇當作經而只當作詩讀的人，自古至今大約並不很多，至少這樣講法的書總是不大有，可以為證，若戴君者真是稀有可貴，不愧為竟陵派的前驅矣。

清代的姚首源著《詩經通論》，略可相比，郝蘭皋以經師而能以文學說詩，時有妙解，亦是難得。今知咸豐中尚有陳君，律以五百年一賢猶比肩也之言，可謂此詩學外道之德亦並不怎麼孤了。

《臆評》對於國風只當文章去講，毫不談到訓詁，《臆補》亦是如此。這於我這樣經書荒疏的人自然也不大方便，不過他們這樣做是很有道理的，所以不能怪他，只好自去查考罷了。

戴君似很不滿意於朱注，評中常要帶說到，如王風有兔爰爰章下云：

「有兔二語，正意已盡，卻從有生之初翻出一段逼蹙無聊之語，何等筆力。注乃云，為此詩者猶及見西周之盛云云，令人噴飯。」

又檜風匪風發兮章下云：

「匪風二語，即唐詩所謂係得王孫歸意切，不關春草綠萋萋。注乃云，常時風發而車偈。顧瞻周道，中心怛兮，多少含蓄。注更補傷王室之陵遲，無端續脛添足，致詩人一段別趣盡行抹殺，亦祖龍烈焰後一厄也。」

陳君對於朱注不敢作如此聲口，蓋時為之也。唯二人多引後人句以說詩，手法相同，亦是此派之一特色。如周南采采卷耳章下《臆評》云：

「詩貴遠不貴近，貴淡不貴濃。唐人詩，嫋嫋城邊柳，青青陌上桑，提籠忘採葉，昨夜夢漁陽。亦猶是卷耳四句意耳，試取以相較，遠近濃淡孰當擅場。」

又豳風我徂東山章下云：

「有敦瓜苦四句，老杜夜闌更秉燭，相對如夢寐，差堪伯仲。若王建家人見月望我歸，正是道上思家時，以視鸛鳴於垤，婦歎於室二語，更露傖父面孔。」

《臆補》中此種說法尤多，今選取其更有風致者，如周南南有喬木章下云：

「之子於歸，言秣其馬。永叔云，猶古人言，雖為執鞭所欣慕焉者也。朱子悅之深，意亦同。唐人香奩詩云，自憐輸廄吏，餘暖在香韉，此即歐朱意也。孰謂周南正風乃豔情之濫觴哉。」

又遵彼汝墳章下云：

「惄如調饑，後來閨怨不能出此四字。韓詩調饑作朝饑，薛君章句所謂朝饑最難忍也。焦氏《易林》云，如旦饑。晉郭遐周詩，言別在斯須，惄焉如朝饑。漢晉去古未遠，尚得其實耳。」

召南嘤嘤草蟲章下云：

「采薇蕨而傷心，正所謂忽見陌頭楊柳色，悔教夫婿覓封侯也。若杜審言詩，獨有宦遊人，偏驚物候新，則與詩意相對照矣。」

邶風燕燕於飛章下云：

「瞻望勿及，佇立以泣，送別情景，二語盡之，是真可以泣鬼神矣。張子野短長句云，眼力不如人，遠上溪橋去。東坡送子由詩云，登高回首坡壟隔，惟見烏帽出覆沒。皆遠紹其意。」

此類尚多，今不具舉。陳君別有一特色，為前人所無，即對於亂世苛政之慨歎。如王風有兔爰爰章下云：

「極沉痛刻酷之作。」又云：

「安得中山千日酒，酩然醉到太平時。」魏風十畝之間兮章下《臆評》云：

「讀此覺後人招隱詞為煩。」陳君則補評云：

「桑園可樂，風政尚佳。後世戈矛加於鷗鳥，征傜及於雞犬，並野亦不可居矣。至曰閒閒，曰泄泄，往來固自得也，亦實有黜陟不知理亂不聞意。」

又碩鼠章下云：

「呼鼠而汝之，實呼汝而鼠之也，怨毒之深，有如此者。」又云：

「紇干山頭凍殺雀，何不飛向生處樂，即適彼樂土意。誰之永號，姚承庵謂即哀哀寡婦誅求盡，痛哭郊原何處村也。」檜風隰有萇楚章下云：

「宋婉詩云，寄與武陵仙吏道，莫將徵稅及桃花，又是一意。及誦桑柘廢時猶納稅，田園荒盡尚徵傜之句，更不禁淒然歎息也。」

不佞小時候讀《詩經》，苦不能多背誦瞭解，但讀到這幾篇如王風彼黍離離，中穀有蓷，有兔爰爰，唐風山有樞，檜風隰有萇楚，輒不禁愀然不樂。同時亦讀唐詩，卻少此種感覺，唯垂死病中驚坐起及毋使蛟龍得各章尚稍記得，但也只是友朋離別之情深耳，並不令人起身世之感如國風諸篇也。興觀群怨未知何屬，而起人感觸則是事實，此殆可以說是學詩之效乎。今得陳君一引伸，乃愈佳妙，但不知今人讀之以為何如。

詩人生於東周，陳君以至不佞讀詩時皆在清末，固宜有此歎息。現在的青年如或讀國風諸篇及陳君所評不佞所談皆覺得隔膜，則此乃是中國的大幸事，不佞此文雖無人要讀亦所不怨也。即使如此，戴陳二君的書卻仍有其價值，要讀《詩經》的人還當一看，蓋其談《詩》只以文學論，與經義了不相關，實為絕大特色，打破千餘年來的窠臼。

中國古來的經書都是可以一讀的，就只怕的鑽進經義裡去，變成古人的應聲蟲，《臆評》之類乃正是對症的藥，如讀《詩經》從這裡下手另外加上名物訓詁，便能走上正路，不但於個人有益，烏煙瘴氣的思想的徒黨漸益減少，其於中國亦豈不大有利乎。

二十五年十一月十五日。

讀書隨筆

在又滿樓叢書中有沈赤然著《寒夜叢談》三卷，頗有妙語。如卷二談禮中云：「行吊之日不飲酒食肉，後世恐無此人。蓋其吊時本無哀心，即有哀心，吊畢忘之矣。當求之眼不識杯鐺而又能長齋繡佛者。」「婦人及五十無車者皆不越疆吊人，今時皆然。非守禮也，蓋無車者則懶於行路，婦人則惜舟車費耳。」

我覺得這個人很有點意思，便想搜求他別的著作來看，總算得到了幾種，有《寄傲軒讀書隨筆》十二卷，《續筆》《三筆》各六卷，《五硯齋文鈔》十卷，據《叢書舉要》四五說還有《詩鈔》二十卷，不能得到雖是可惜，但是我是不大懂得詩的，所以也就罷了。

《文鈔》卷四《名字釋誤》云：

「予初名玉輝，字韞山，後應童子試，更名赤熊，而字則如故。甲申歲試入德清縣學黌，案發乃誤熊為然。」卷二《更生道人自序》中云：

「予平生有硯癖，有書畫癖，皆以貧故其癖得不甚。性好遊，聞佳山水輒神往，苦無濟勝具，遇嶔崟歷落則止，遇林木叢密則止，故敗意時常多。又好酒，苦不能卯午飲，不能長夜飲，有公事不飲，無佳醞不飲，對俗人不飲，故不醉日常多。」又云：

「所為詩古文及行草書皆無師，師古人，雖十不得一，視竊今人面貌者謬自謂過之。」卷五《答吳谷人論文書》云：

「僕亦有所不為者三焉。一曰，故為艱澀以托於古奧。二曰，摭拾浮豔以破壞法度。三曰，刻意規模以失吾本真。故僕之為文詞達而已矣，不鄙俚，不失體裁，即已矣。」這幾節關於自己的表白都很有意義。論文書末尾又有云：

「近時為古文詞者，唯同年友山陰章君學誠，擇精語詳，神明於法，海內作者罕有其比。」很足以證明他自己的立場。卷三有《與章實齋書》云：

「比示《文史通義》一書，內論六經皆史云云，初謂詞勝於理，反覆讀之，乃歎漢唐以來未有窺此秘者，足使大師結舌，經生失步矣。志乘諸論議亦足補劉子元《史通》所不逮，然見少多怪，恐急索解人不得耳。又云，講韓歐之法者不可以升馬班之堂，深馬班之學者豈復顧韓歐之筆，初亦不能無疑，及讀至文士撰文惟恐不自己出，史家之文惟恐出之於己數語，又聞所未聞，何論之奇而確也。夫人情貴遠而賤近，此書一出，譏彈者必多，然天下大矣，安知無如桓譚其人者在乎。僕近著《讀書隨筆》十卷，中論經子百餘條，頗有創解，然自信未堅，他日得就政足下，或不叱其病狂，此外雖有笑我罵我者，亦聽之而已。」

查劉氏刻《章氏遺書》，未見有答書，唯《文史通義》外篇二王穀塍編目中有《評沈梅村古文》，有目無文，後始刻入《章氏遺書補遺》中，其起首數語云：

「同年友梅村沈君（名赤然，錢塘人）雜抄前後所著古文詞為一卷，示余辱問可否。君志潔才清，識趣古雅，所撰皆直舒膺臆，無枝辭飾句，讀其書可想見其為人。」

《讀書隨筆》共三集二十二卷，皆讀經史的札記，多有好意思，我覺得這乃是他的傑作，比文章更有價值，惜章實齋不及評，想或未及見也。《隨筆》卷六有二則云：

「梁蔡樽為郡，不飲郡井。非不飲也，蓋齋前既自種白莧紫葵以為常餌，不能不鑿井澆灌，衙齋既有井矣，故不須更汲於外。若在官以飲水為嫌，是固蚓之所不能也，而況於人乎。」

「到溉冠履十年一易，朝服或至穿補。嘗疑一冠十年事或有之，履不應耐久若是，至朝服穿補尤非致美黻冕之道。凡若此者，未可信也。」所說皆有理，而又富於情趣，故不易企及。卷七云：

「後唐趙在禮在宋州時人苦之，及罷去，宋人喜私相謂曰，眼中丁今拔矣。尋復受詔居原職，乃籍其部內口率錢一千，曰拔丁錢。此與鄭文寶《江表志》載張崇之徵渠伊錢捋鬚錢極肖，正如乞兒強丐，任爾唾罵，不得殘羹冷飯終不去也，可奈何。」又云：

「宋既南渡，江淮以北悉非所有，然數十年後，戶亦有一千一百七十萬五千六百有奇，視宣和前僅減七百萬，固由從龍而南者實蕃有徒，然休養生息亦不可謂非和議之力。」

此則本平凡無奇，唯查三集對於南宋時大家所喜談的和戰問題並不提及，只此處間接說著，其見解似亦有獨異處。卷八云：

「歐陽公自言，平生作文構思多在馬上枕上廁上。錢思公亦言平生唯好讀書，坐則讀經史，臥則讀小說，廁上則讀小詞。然廁上構思古今文人通病，若展卷其間，無乃太褻乎。因憶左太沖作《三都賦》，溷處亦置紙筆，不知有底忙，卻拋不下此片刻工夫耳。」卷九云：

「士生秦漢後，佛固不必佞，亦正不必辟，蓋立身自有本末，非僅撒糞佛頭即可上儕顏孟也。昔司馬溫公不好佛，謂其微言不出儒書，而家法則曰十月齋僧誦經，可見溫公亦未嘗盡排斥也，況遠不及溫公者乎。」又云：

「洪景盧謂退之潮州上表與子瞻量移汝州上表同一歸命君父，而退之頗有摧挫獻佞語，子瞻則略無佞詞云云。此論固當，然退之豈好為諂諛者，唯生死看得太重，不覺措詞過於乞憐，如遊華山不得下，便痛哭作書與家人訣，亦只是怕死耳。子瞻深於禪理，故能隨在灑然，然獄中二詩何嘗不哀迫怕死耶。」

前兩篇都是很好的小文章，末篇說穿韓退之的毛病，大是痛快，這樣一個可笑人而舉世奉為聖賢，何耶。《續筆》卷三云：

「臧洪殺愛妾食將士，將士咸流涕。夫婉孌之肉區區幾何，乃忍解割於刀椹之上，烹燔於鼎鑊之中，以求堅眾心而作士氣，豈仁人君子之用心乎。吾讀史至此等事，未嘗不笑其愚而憎其很也。」卷四云：

「昭成帝嘗擊賊，為流矢所中，後得射者，釋不問，曰各為其主也。石勒擢參軍樊坦為章武內史，入辭，衣服弊甚，勒問之，坦率然對曰，頃遭羯賊無道，貨財蕩盡。勒笑曰，羯賊乃爾耶？今當償卿。坦悟，大懼叩頭謝。勒曰，孤律自防狡吏，不關卿輩老書生也。竟厚賜之去。此等大度尤人所難。天生豪傑豈限華夷，彼蒂芥睚眥以語言罪人者，視此不適成蟣肝蠅腹耶。」

沈君生於乾隆十年乙丑（一七四五），序《續筆》時為嘉慶十年乙丑，蓋年已周甲矣，語言文字之獄見聞必多親切，今為此言，讀了更令人感歎，想見著者意識下很有不平的塊磊在也。《三筆》卷一有讀經的一則云：

「《論語》，子路曰不仕無義一節，皆以為子路為丈人家人言之，然朱注言嘗見福州國初時寫本，子路下有反字，曰字上有子字，蓋子路既反而夫子言之也。余謂丈人既行，其家止有村妻稚子，更有何人能理會得此段說話，其為今本脫去二字無疑。」

這裡說子路在丈人家裡大發牢騷為未必有，固然不錯，照朱注這樣一改，就講得過去了，可是這回未免有點使得孔子為難，因為孔子對了子路大發牢騷也可笑，而且情形也不像，孔子平時對於這些隱逸不大這樣的發脾氣，如長沮桀溺楚狂接輿可以為證。我引《三筆》的這一則，只為他說得有意思，若論解釋則未能恰好，本來丈人一章的文章很不好講也。

沈梅村的著作近來頗不易得，蓋嘉道間刊本經太平天國之亂多毀於兵火，大抵如此，覺得也就可以珍重，而其文章思想亦均有特色，因抄錄數則為之紹介。讀史的札記大都易犯一種毛病，即是陳舊偏狹，沈君卻正相反，甚為難得，讀去常有新的氣味，不像是百年前人所說的話，有時實在比今人還要明白有理解也。

（二十五年十一月）

林皐間集

《越縵堂日記補》第三冊咸豐六年二月初三日條下云：

「閱吾鄉潘少白諮《林皐間詩文集》。少白足跡半天下，借終南為捷徑，旅京華作市隱，笠所至，公卿嗜名者爭下之，而邑人與素遊者皆言其詭詐卑鄙，蓋亦公道可徵也。然其文實修潔可喜，雖窪泓易盡，而一草一石間風回水縈，自有佳致，寫景尤工，唯滿口道學為可厭耳。或更誇其高淡，則正其才力薄弱，借此欺人者也。然在本朝自當作一名家，越中與胡稚威差可肩隨，鐵崖天池則跨而上之矣。」後有批語，蓋周素人筆，云：

「論潘少白此語絕當，其《常語》卻不可及。」

寒齋所有潘少白詩文集凡兩種。一曰「林皐間集」，道光十六年（一八三六）

刻，文六集，詩五卷，《常語》二卷。一曰「潘少白先生集」，道光甲辰（一八四四）刻，文八卷，無詩，《常語》二卷。後者據陳蓮史云是其自訂定本，但增減不甚多，《常語》則完全一樣也。《常語》蓋實是潘少白語錄，李越縵所謂滿口道學為可厭耳即指此書，而周素人又稱之為不可及，對照得妙。但據我的意思則覺得李君的話說得不錯，貶固對褒也對。

我不懂詩，若其文我亦頗喜歡，修潔，工於寫景，如《自彭水梯山之大酉暮宿珠竇箐與人書》，《與故友陳其山書》，《南野翁寓廬記》，《夜渡太湖至湖州小記》，《水月庵記》等，都頗可喜。不過周君也不算全說錯了，因為《常語》大半固是道學語，卻亦不無可取處，為平常道學家所不能言或不能知者。如卷上云：

「草木盛時，風日雨露皆接為體，及其枯槁，皆能病之，此草木氣機內仁不仁之別也。」又云：「太極之理，毫髮內皆充滿無間。」

這頭一條我們稍讀過一點植物學的便知道不對，第二條則簡直不知說的是什麼，不禁掩口胡盧。但他也有說得好的，如云：

「孟子以能言距楊墨即引為聖人之徒，後人都看錯能言二字。時楊墨深染人心，其真差謬處皆言不出，莫知所距，至孟子始具眼訾之，人尚不信，斯時有能與孟子同一識見，必於正道理會過來，見之親故距之力也。後人襲前人已盡之言，於道理上亦未會得，人人以能言為事，亦何取哉。」

所說當時情形像煞有介事的，也未必可靠，因為我們看戰國時的記載並不如孟子所說那樣，有不歸楊則歸墨的形勢，但是結論卻很有意思，正如西儒說過，第一個將花比女人的是才子，第二個說的便是呆子，後世之隨口亂罵無父無君者便都是這一類的貨色了。襲前人已盡之言，這是很辛辣的一句話，是做洋策論的人的當頭棒喝。又云：

「古人以豆記善惡念，日省工夫密矣，而後人附以名利福澤之說，使人日望名利福澤，此正惡念所始，猶鄉里婦人念佛，云一句阿彌陀佛，天上便貯下一金錢，其貪愚無知豈可理解。」

中國士大夫自稱業儒，其實一半已成了道士，拜文昌念《太上感應篇》的不必說了，上焉者也仍是講功過信報應，有名如吾鄉劉蕺山還不能免，可以知矣。潘君乾脆的比之於貪愚的念佛老太婆，殊為痛快，在這一點上道學同行中人蓋莫能及也。又卷下云：

「失節事大，人人當知，但以勸愚夫婦，必令免於死亡，然後可驅而之善。宋人每以極至詬責婦人小子，故所行多齟齬。」這意思本來也很平凡，孟子曾說過：「今也制民之產，仰不足以事父母，俯不足以畜妻子，樂歲終身苦，凶年不免於死亡，此惟救死而恐不贍，奚暇治禮義哉。」不過後來道學家早就沒有這種話了，他們滿嘴「仁義禮智」，卻不知道人之不能不衣食，衣食足而後知榮辱，他們的知識與情感真是要在說何不食肉糜的晉惠帝之下了。

宋人有名的教條之一云，餓死事小，失節事大。這句話不能算錯，但可惜他們不知道，須得平常肚皮飽，這才曉得失節事大，有時肯餓死，若是一直餓著，那就覺得還是有飯吃第一要緊了。向來提倡道學的人大抵全是宋人嫡系的道學家，明白事理如潘少白者可以說是絕少，曰不可及，蓋非誣也。

卷上有一條係答牛都諫論《實政錄》者，關於用民力有云：「農民小販工匠十日內費一日工，則一年即缺半月之用。」此亦明通之見，與閉了眼睛亂說者不同。

文集中也有些好的意思，可以抄錄一二，其單有文詞之美者姑從略。《至彭水覆友人書》勸阻文人之從軍，是一篇很有意義的文字，其中有云：「故武夫厭於鎧胄，而儒生詩歌樂言從戎，實不過身處幕幄，杯旁掀髯狂歌自豪，一種意氣為之耳。果令枕戈臥雪，裹傷負糧，與士卒伍，前有白刃，後有嚴威，未有不慘然神沮者矣。……前有杜某者，言王三槐負嵎時，或奮然思作諭誘之策，聞老林一帶刀槊植地望之無尾，駭不敢議。夫一圍之頸，尺刃足以斷之，刀槊叢植亦何事，彼豈冀賊無寸鐵而思往哉。」

《答人問仙術書》云：

「凡其所事，核之此生皆一息無可旁委，自少至老一日失事則謂之不盡命，安有暇日以求其外。其有暇日以習異說者，皆未盡生理者也。百物受質，無久住之理，亦無長凝不運之氣，故生死非有二義，使其果有一人生不復死，是即天地之乖氣。」

這兩節都說得很有意思，前者揭穿那些戎馬書生的醜態，深足為今人之鑑戒，我曾說過，中國要好須得文人不談武，武人不談文，這比岳鵬舉的不愛錢不惜死恐怕更是要緊。後者不信神仙，似亦是儒者常事，孔子所云未知生焉知死，未能事人焉能事鬼，都是實例，但在讀書人兼做道士的後世這就很難說了，潘君還能說沒有長生不老的事，此亦是不可及之一也。

大抵潘少白本是山人者流，使其生在明末清初，其才情亦足以寫《閒情偶寄》，若乾隆時亦可著《隨園詩話》吧，不幸而生在道光時，非考據或義理無由自見，遂以道學做清客，然而才氣亦不能盡掩，故有時透露出來，此在純偽道學立場上未免是毛病，我們則以為其可取即在於此，有如阮芸台記婦人變豬，後足猶存弓樣耳。此謔殊可悔，但操刀必割，住手為難，悔而仍存之，謔庵亦有先例，得罪道學家原所不計，南野翁亦解人當不計較也。

二十五年十二月五日，於北平。

【附記】

潘少白文中多言姚鏡塘，極致傾倒，卷四有《水月庵記》，專為姚君紀念而作，文亦甚佳。卷五《歸安姚先生傳》中有云：

「喜讀書吟步看山，與之酒，怡然不可厭，故與遊者常滿室。人至其居，蹙然病其貧，日就之，知其樂。嘗曰，吾視百物皆有真趣。」

其人似亦頗有意思，因搜求其文集讀之，得光緒重刻《竹素齋集》十冊，凡古文三卷，時文四卷，詩三卷，試帖一卷。文中關於少白的只有詩草畫冊跋各一首，亦殊平常，唯卷三有《酒誡》頗佳，列舉五害，根據經訓，謂宜禁戒，而後復有

《書酒誡後》云：

「余既作《酒誡》而飲之不節如故也，竊自懼，已而歎曰，事無巨細，法立而不能守者有矣，若無法安所守。乃立之法曰，平居偶飲以杯為節，晝則五之，夜則十之，宴集倍之，及數即止，苟可止雖未及數止也。」證以「與之酒怡然不可厭」之語，可以想見其為人。

卷二有《太上感應篇注序》，蓋踵惠松崖柴省軒之後而補注者，書尚未得見，但既信「太上垂訓」，即逃不出讀書人兼做道士的陋俗，姚君於此對於少白山人不能無愧矣。

二十六年四月三日再記。

雙節堂庸訓

今年的新年過得不大好。二十五年的年底就患流行感冒，睡了好幾天，到了二十六年的年頭病算是好了，身體還是很疲軟，更沒有興致去逛廠甸。可是在十日內去總是去了一趟，天氣很好卻覺得冷的很，勉強把東西兩路的書攤約略一看，並不見什麼想要的東西，但是也不願意打破紀錄空手而回，便胡亂花了三四毛錢，買了三冊破書回來了。

其中一本是《欽定萬年曆》，從天啟四年甲子起至康熙一百年辛巳止，共百四十八年，計七十四頁。這於我有什麼用處呢？大約未必有，就只因為他是「殿板」而已。

又二本是《雙節堂庸訓》六卷，《夢痕錄節鈔》一卷，都是汪龍莊的原著。我初見《龍莊遺書》時在庚子辛丑之交，以後常常翻閱，其《病榻夢痕錄》三卷最有興趣，可以消閒。近來胡適之瞿兌之諸先生都很推重這部《夢痕錄》，說是難得的書，但據胡先生說他所藏的沒有同治以前刻本，瞿先生著《汪輝祖傳述》，卷首所模小像云據《龍莊遺書》，原刻亦不佳。

寒齋藏書甚少，《夢痕錄》雖想搜羅，卻終未得到嘉慶中汪氏原刊本，今所有者只是道光六年（一八二六）桂林陽氏本，有像頗佳，又咸豐元年（一八五一）清河龔氏本，與《雙節堂庸訓》合刻，復次則同治元年（一八六二）盱眙吳氏即望三益齋本，合《學治臆說》等共為八種，此後《龍莊遺書》各刻本皆從此出，據吳序則《夢痕錄》等又即從龔氏本出也。《夢痕錄節鈔》有同裡何士祁序，無刻書年月，大抵是光緒中吧，書別無足取，不過也是一種別本，可以備《夢痕錄》板本之數而已。

這回所買的書裡我覺得最有興趣的還是那一冊《雙節堂庸訓》。這一本書看裡邊的避諱字是同治後刻本，但與望三益齋和官書局翻本又都有異，不知道是什麼本子，本來內容反正一樣，書眉上卻有自稱像曾者寫上好些朱批，覺得好玩所以就買了來。

《庸訓》自序很佩服《顏氏家訓》與《袁氏世範》二書，故其所說亦多通達平實，但是我讀了卷一述先中所記「顯生妣徐太宜人軼事」，特別有感慨。汪君生十一年而孤，恃繼母王氏生母徐氏食貧礪節，以教以養，及成立乃請得旌表，以雙節名堂，刻《贈言》凡五十卷，又集錄紹興府屬六縣節孝貞烈事實為《越女表微錄》五卷，蓋其所感受者深矣。徐氏本是妾，出身微賤，如《夢痕錄》上乾隆三十六年條下所記可以知道，而汪家亦甚窮苦，軼事雖只寥寥六則，卻很深刻的表現出來，正可代表大多數女人的苦況。如第二至四則云：

「病起出汲，至門不能舉步。門故有石條可坐，鄰媼勸少憩，吾母曰，此過路人坐處，非婦人所宜。倚柱立，鄰媼代汲以歸。

嘗病頭暈，會賓至，剝龍眼肉治湯，吾母煎其核飲之，暈少定，曰，核猶如是，肉當更補也。後復病，輝祖市龍眼肉以進，則揮去曰，此可辦一餐飯，吾何須此。固卻不食。羊棗之痛，至今常有餘恨。

吾母寡言笑，與繼母同室居，談家事外，終日織作無他語。既病，畫師寫真，請略一解頤，吾母不應。次早語家人曰，吾夜間歷憶生平，無可喜事，何處覓得笑來。嗚呼，是可知吾母苦境矣。」

龍莊的文章，正如阮芸台所說，質而有法，上文所引又真實有內容，我讀了不禁黯然，這裡重複的說，於此可以見女人永劫的苦境矣。

以我個人的閱歷來說，我的祖母就是這樣的。論地位她是三四品的命婦，雖然是繼母，只有一個女兒，出嫁後不久死了，論境遇也還不至那麼奇窮，有忍饑終日的事情，但是在有妾的專制家庭中，自有其別的苦境，雖細目不同而結果還是彷彿，我看上文三則覺得似乎則則都是祖母的軼事，豈不奇哉。祖母不必出汲，但那種忍苦守禮如不坐石條，不飲龍眼湯的事，正是常有，至於生平不見笑容，更是不佞所親知灼見者也。

龍莊親見其二母之苦辛，乃准當時的信仰，立雙節坊求名人題詠以為報，更推及鄉邑，纂《越女表微錄》，亦即以為報母之一端。談官詰序云：

「舉凡空閨孤嫠所謂天荒地老杳杳冥冥於同聲一哭之中者，無一不破涕為笑，光日月而垂千春，然後孝子報母之心快然而無憾，非是則孝子之生也有涯，幾長抱無涯之戚也，嗚呼，至矣。」

此種意思可以瞭解，可以同情，但是從現在看來，都是徒然。使人家犧牲其一生或一命，卻以顯揚崇祀為報酬，這是很可笑的事，在士人拼命趕考冀得一第雖倒斃闈中而無怨的時代卻是講得通的，因為情形相像，姑且不談愚不愚民，我想也總是近於治病的「抽白麵」吧。

《越女表微錄》卷一中有一則云：

「瞿美斯妻來氏。美斯攻舉子業，嘗授徒山中，聞學使試紹興，冒暑往，則院門已扃，遂病。語來曰，吾以不與試至此，他日嗣我幸以秀才。言訖而卒，來拮据長二孤女，歸之士族，見族子慕學者輒啬食用資其膏火，冀得成夫志也，然貧甚，訖無為之後者。」

汪君文筆殊妙，但讀之輾然亦復戚然，覺得天下可悲的喜劇此為其一，真令人如孟德斯鳩感到帝利之大如吾力之為微，不敢說「沒有法子」亦當云「怎麼辦」（Chto djelatj ?），而此問題乃比契耳尼舍夫斯奇（Chernyshevski）的或更艱難也。旌表與科第的麻醉中毒是一件事，麻醉外有何藥劑又是一件事，要來討論也覺得在微力以上。我沒有力量打鄉族間的不平，何暇論天下事，但我略知婦女問題以後又覺得天下事尚可為，婦女的解放乃更大難，而此事不了天下事亦仍是行百里的半九十，種種成功只是老爺們的光榮而已。

我向來懷疑，女人小孩與農民恐怕永遠是被損害與侮辱，不，或是被利用的，無論在某一時代會尊女人為聖母，比小孩於天使，稱農民是主公，結果總還是士大夫吸了血去，歷史上的治亂因革只是他們讀書人的做舉業取科名的變相，擁護與打倒的東西都同樣是藥渣也。日本駐屯軍在北平天津閱兵，所謂日本國防婦人會的女人著了白圍身（Apron）的服裝跟了去站班，我就是外國人也著實感到不愉快，記得九年前我寫一篇批評軍官殺姦的文章，末了說：

「我看那班與高采烈的革命女同志，真不禁替她們冤枉。（你們高興什麼？）」這裡更覺得冤枉。語云，佐饔得嘗，佐鬥得傷。附和革命，女人尚得不到好處，何況走別的路。

藹理斯（Ellis）的時代儘管已經過去，希耳息茀爾特（Hirschfeld）儘管被國社黨所驅逐，他們的研究在我總是相信，其真實遠在任何應制文章之上。希公在所著《男與女》中有云：

「什麼事都不成功，若不是有更廣遠的，更深入於社會的與性的方面之若干改革。」凱本德（Carpenter）云：

「婦女問題須與工人的同時得解決。」此語非誑，卻猶未免樂觀，愛未必能同時成年也，雖然食可以不愁耳。不佞少信而多憂，雖未生為女人身可算是人生一樂，但讀《庸訓》記起祖母的事情，不禁感慨繫之。精衛填海，愚公移山，美哉寓言。假我數年五百以觀世變，庶幾得知究竟。愧吾但知質與力，未能立志眾生無邊誓願度也。

二十六年一月十六日試筆。

【補記】

胡適之先生有一部《病榻夢痕錄》，沒有刻書年月，疑心是晚出的書，後來經我提議，查書中寧字都不避諱，斷定是嘉慶時汪氏原刻，這樣一來落後的反而在前，在我們中間是最早刻本了。四月十八日校閱時記。

樸麗子

實在全是偶然的事，我得到了一部《樸麗子》。樸麗子本名馬時芳，河南禹州人，副榜舉人，嘉慶道光間做過幾任教官，他的經歷就止於此。這部書正編九卷，續編十卷，光緒乙未大梁王氏刊行，由鞏縣孫子忠選抄，刻為各上下二卷，已非原書之舊了。這樣說來，似乎書與人都無甚可取，——然而不然。邵松年序開頭云：

「樸麗子學宗王陸，語妙蒙莊。」老實說，我是不懂道學的，但不知怎的嫌惡程朱派的道學家，若是遇見講陸王或顏李的，便很有些好感。

馮安常著《平泉先生傳》中敘其中年時事有云：

「父萊洲公以拔萃仕江西，先生往省，過鄱陽湖遇暴風舟幾覆，眾倉皇號呼，先生言動如常。或問之曰，若不怕死耶？先生曰，怕亦何益，我討取暫時一點受用耳。」

這一節事很使我喜歡，並不是單佩服言動如常，實在是他回答得好，若說什麼孔顏樂處，未免迂闊，但我想希臘快樂派哲人所希求的「無擾」（Ataraxia）或者和這心境有點相近亦未可知罷。為求快樂的節制與犧牲，我想這是最有趣味也是最文明的事。倪雲林因為不肯畫花為張士信所吊打，不發一語，或問之，答曰，一說便俗。雖然並不是同類的事情，卻也有相似的意趣。這些非出世的苦行平常我很欽佩，讀馬君傳遂亦不禁嚮往，覺得此是解人，其所言說亦必有可聽者歟。

「余以菲才，性復戇愚，為世所棄，動多齟齬，塊然寂處於深箐茅庵中，如是者亦有年。遠稽於古，近觀於今，農圃樵牧之屬，街談巷議之語，以及一飲一食一草一木之細微，有所感發於心，輒警惕諮嗟而書之，或情著乎筆端，或意含於辭外，其間未必悉合，要皆反身切己之言，得諸磨煉堅苦之中，其於涉世之方三折肱矣。樸，不材木也，花不足以悅目，實不足以適口，匠石數過之而弗覷也。麗者，麗於是以安身也。樸麗子其別號，遂以名其書。」

這是他的自序，說得不亢不卑，卻十分確實，我覺得在這裡邊實在有許多好思想好議論，值得我們傾聽，其最重要的地方在於反對中國人的好說理而不近情，這樣他差不多就把歷來的假道學偏道學（即所謂曲儒）一齊打倒了。我讀了不禁歎息，像樸麗子這樣的講道學，我亦何必一定討厭道學乎。如卷上有云：

「叔嫂不親授受，禮與？曰，禮也。有叔久病行仆地，嫂掖之起，兄見之逐其妻。樸麗子在棘闈中，溷廁積垢不可當，出入者必閉其門，樸麗子出，適有入者至，因不閉，入者出亦不閉。樸麗子遙呼閉門，答曰，戶開亦開，戶闔亦闔，門固開，余豈宜闔。旁一人曰，天下事為此等措大所壞。人但知劍戟足以殺人，而不知學問之弊其害尤烈。何也？所持者正，所操者微也。正也難奪，微也易惑。語云，不藥當中醫，此語可以喻學。夫學焉而不得其通，固不如不學之為猶愈也。」

又云：

「有共為人傭耕者，饁以臘肉，或取其半置禾中曰，歸以遺阿母。群傭相覷無言。一少年攫食之盡，謂曰，此肉乃主人勞苦我輩，片胾少潤枯腸，而曰歸以遺母，而母當自奉養，雞魚羊豕可勝市乎。眾皆笑之。樸麗子曰，孝，懿德也，而不免見哂於眾者，拂人情也。人情不可拂也，憒亂不可勸也，盛怒不可折也。余嘗適野，佃戶詈其鄉人，喝止之，則大怒狂悖不可當，余俯首去。蓋彼盛暑大勞，氣血奔放，吾言又值其盛怒，是吾之過也夫。」

又云：

「有款賓者，賓至，為盛饌，主人把盞，一少年獨不飲。已數巡，主人起復把盞屬之，辭。主人曰，余老且賤，諸君辱臨皆盡歡，君不憐余之老而少假之，其有所不足於我乎？復手自洗爵，固勸之。座客皆曰，君素飲，今何靳於一盞。猶不飲。主人舉爵口邊曰，不飲，當使君之衣代飲。少年即取爵自澆其衣，酒淋漓滴地上。頃之，主人復前曰，席將終矣，君卒不賜之一飲乎。執爵笑曰，此而不飲，必自沃裡衣則可。少年從容以左手啟其衣領，以右手接杯從項灌下，嘻怡緩語，酒見於足。主人面如土，席遂散。一時哄傳以為怪談，亦有稱少年為有力量者。

「或以告樸麗子，樸麗子曰，昔王敦客石崇家，崇以美人勸客酒，曰不飲則斬美人頭。客無不醉者。至敦，敦不顧，已斬二人矣，敦亦漫不屑意，崇不能強，識者知其他日必作賊。敦以強勝，少年以柔勝，吾不知其所至矣。聞此少年好觀諸先儒語錄，見先儒節概多，彼必有所本矣。夫參芪術苓可以引年，取壯夫及嬰兒遍啖之，其亡也忽焉。故學不知道，聖經賢傳皆足以遂非長傲，帝王官禮亦禍世殃民之資，可懼也已。近見一般後生少聰明露頭角者往往走入剛僻不近情一路，父兄之教不先，師友之講不明，悠悠河流，何時返乎。昔有人善憂者，憂天之墜，人皆笑之。余今者之憂豈亦此與?悲夫。」

以上三則的意思大旨相近,末一則卻尤說得痛切,學不知道,即上文所謂學焉而不得其通,任是聖經賢傳記得爛熟,心性理氣隨口吐出,苟不懂得人情物理,實在與一竅不通者無異,而又有所操持,結果是學問之害甚於劍戟,戴東原所謂以理殺人,真是昏天黑地無處申訴矣。

其實近時也有禮教吃人這一句話,不過有些人似乎不大願意聽,以言出典的確還不古,所以我在這裡改引了戴君的話,庶幾更有根據。對於古人的事樸麗子亦多所糾正,是更具體的例。《續樸麗子》卷上云:

「嗚呼怪哉,郭巨埋兒鄧攸繫子之事,斯可謂滅絕性根者矣!推其故,在好名。推好名之故,彼時鄉舉里選之制未盡廢,在因名以媒利祿。此何異易牙豎刁之所為,而世顧稱道弗衰,何也。許武讓產之事,趙愓翁詆其欺罔。世道不明,勉焉益厲,郭巨鄧攸許武異行而同情,皆名教之罪人,必不容於堯舜之世,然安得如龍坡居士者與之讀書論古哉。」又云:

「傳有之,孟子入室,因袒胸而欲出其妻,聽母言而止。此蓋周之末季或秦漢間曲儒附會之言也。曲儒以矯情苟難為道,往往將聖賢妝點成怪物。嗚呼,若此類者豈可勝道哉。」

又卷下論方孝孺有云：

「蓋孝孺為人強毅介特，嗜古而不達於事理，托跡孔孟，實類申韓，要其志意之所居，不失為正直之士，故得以節義終。然而七百餘口累累市曹，男婦老稚瀝血白刃，彼其遺毒為已烈矣。」

他把古代的孝子忠臣都加以嚴正的批判，此已非一般道學家所能為，他又懷疑亞聖大賢的行事，不好意思說他不對，便客氣一點將這責任推給那些曲儒。這對於他們不算冤枉，因為如馬君所說「曲儒以矯情苟難為道，往往將聖賢妝點成怪物」，那是確實無疑的。據我看來，其實這還是孟子自己幹的事吧。我們沒有時間的望遠鏡（與《玉曆鈔傳》上的孽鏡臺又略不同，孽鏡須本人自照，這所說的與空間的望遠鏡相似，使用者即能望見古昔，假如有人發明這麼一個鏡的話）來作實地調查，那麼也還只好推想，照我讀了《孟子》得來的印象來說，孟子輿的霸氣很重，覺得他想要出妻的事是很可能的，雖然其動機或者沒有如郭鼎堂所寫的那麼滑稽亦未可知，自然我也並不想來保證。

樸麗子的解說可以說是忠厚之至，但是他給孟子洗刷了這件不名譽事，同時也就取消了孟母的別一件名譽事了，因為我佩服孟母便是專為了她的明達，能夠糾正孟子的錯誤，曾經寫文章談論過，若是傳為美談的三遷我實在看不出好處來。孔子曾說，「吾少也賤，多能鄙事。」我們不知道孔子小時候住在什麼地方的近旁，玩過怎樣的遊戲，但據他自己的話可以知道他所學會的未必都是俎豆之事這些東西。如為擁護孟母起見，我倒想說那三遷是曲儒所揑造的話，其中並無矯情苟難的分子，卻有一種粗俗卑陋的空氣，那樣的老太太看去是精明自負的人，論理是要贊成出不守禮的新婦的，此在曲儒心眼中當然是理想的婆婆也。

閒話說得太遠了，且回過來講樸麗子的思想吧。在正編卷上有一則說得極好：

「樸麗子曰，一部《周官》盛水不漏，然制亦太密矣，迨至末季變而加厲，浮文掩要，委瑣繁碎，莫可殫舉，若之何其能久也。秦皇繼之以滅裂，焚之坑之，並先王之大經大法一切蕩然無復留遺，斯亦如火炎崑岡玉石俱焚者矣。東漢節義前代罕比，一君子逃刑，救而匿之者破家戕生相隨屬而不悔，至婦人女子亦多慷慨壯烈，視死如歸。及魏晉矜為清談，以任誕相高，斯又與東漢風尚恰相反背矣。夫大饑必過食，大渴必過飲，此氣機之自然也。君子知其然，故不習難勝之禮，不為絕俗之行。節有所不敢虧，而亦不敢苦其節也。情有所不敢縱，而亦不敢矯其情也。居之以寬恕，而持之以平易，是亦君子之小心而已矣。」

又續編卷上云：

「未信而勞且諫，民以為厲，君以為謗，甚無謂。然此等豈是恆流，聖賢垂訓，於世間英傑特地關心。大抵自古格言至教決不苦物，即所謂殺身成仁捨生取義，到此時定以不得死為苦耳。古之人或視如歸，或甘如飴，良有以耳。」

此兩節初看亦只似普通讀書人語，無甚特別處，但仔細想來卻又舉不出有誰說過同樣的話，所以這還是他自己所獨有的智慧，不是看人學樣的說了騙人的。「夫大饑必過食」以下一節實是極大見識，所主張的不過庸言庸行，卻注重在能實現，這與喜歡講極端之曲儒者流大大的不同。至於說格言至教決不苦物，尤有精義，準此可知凡中國所傳橫霸的教條，如天王聖明臣罪當誅，父叫子亡不得不亡，餓死事小失節事大等，都不免為邊見，只有喜偏激而言行不求實踐的人聽了才覺得痛快過癮，卻去中庸已遠，深為不佞所厭聞者也。

古代希臘人尊崇中庸之德（sophrosyne），其相反之惡則曰過（hybris），中時常存，過則將革，無論神或人均受此律的管束，這與中國的意思很有點相像。這所謂自然觀的倫理本來以歲時變化為基本，或者原是幼稚淺易的東西，但是活物的生理與生活也本不能與自然的軌道背離，那麼似乎這樣也講得過去，至少如樸麗子自序所說，在持躬涉世上庶幾這都可以有用，雖然談到救國平天下那是另一回事，「其間未必悉合，」或亦未可知耳。

大家多喜歡聽強猛有激刺的話的時候，提出什麼寬恕平易的話頭來，其難以得看客的點頭也必矣，但樸麗子原本知道，他只是自己說說而已，並不希望去教訓人，他的對於人的希望似亦甚有限也。《續樸麗子》卷上有一則可以一讀：

「金將某怒宋使臣洪皓，脅之曰，吾力海水可使之乾，但不能使天地相拍耳。樸麗子與一老友閱此，笑謂之曰，兄能之。友以為戲侮怒，徐謝之曰，兄勿怪，每見吾兄於愚者而強欲使之智，於不肖者而強欲使之賢，非使天地相拍而何？」

二十六年一月。

【補記】

《樸麗子》卷下又有一則云：

「有鄉先生者，行必張拱，至轉路處必端立途中，轉面正向，然後行，如矩，途中有礙，拱而俟，礙不去不行也。一日往賀人家，乘瘦馬，事畢乘他客馬先歸，客追之，挽馬絡呼曰，此非先生馬，先生下。先生愕然不欲下，客急曰，先生馬瘦，此馬肥。乃下，慍曰，一馬之微，遽分彼我，計及肥瘦，公真瑣瑣，非知道者。而先生實亦不計也。後舉孝廉，文名藉甚，謁其房師，房師喜，坐甫定，房師食煙舉以讓客。先生曰，門生不食煙，不唯門生不食，平生見食煙人深惡而痛絕之。師默然色變。留數日，值師公出，屬曰，善照小兒輩。遂臨之如嚴師。樸麗子曰，聞先生目近視，好讀書，鼻端常墨。今觀其行事，必有所主，豈漫然者哉。古人云，修大德者不諧於俗，先生豈其人與，何與情遠耶。先生歿且數十年矣，今裡閈間猶藉藉，而學士輩共稱為道學云。」

此文殊佳，不但見識高明，文章也寫得好。我那篇小文中未及引用，今特補抄於此。原文後邊有孫子忠批語云：

「王道不外人情。情之不容已處即是理，與情遠即與道遠，何道學足云。」其實原本意思已很明瞭，雖然寫得幽默，故此批語稍近於蛇足，但或者給老實人看亦未可少歟。

二月二十三日再記。

人境廬詩草

黃公度是我所尊重的一個人。但是我佩服他的見識與思想，而文學尚在其次，所以在著作裡我看重《日本雜事詩》與《日本國志》，其次乃是《人境廬詩草》。老實不客氣的說，這其實還有點愛屋及烏的意思，我收藏此集就因為是人境廬著作之故，若以詩論不佞豈能懂乎。我於詩這一道是外行，此其一。

我又覺得舊詩是沒有新生命的。他是已經長成了的東西，自有他的姿色與性情，雖然不能盡一切的美，但其自己的美可以說是大抵完成了。舊詩裡大有佳作，我也是承認的，我們可以賞識以至禮讚，卻是不必想去班門弄斧。要做本無什麼不可，第一賢明的方法恐怕還只有模仿，精時也可亂真，雖然本來是假古董。若是托詞於舊皮袋盛新蒲桃酒，想用舊格調去寫新思想，那總是徒勞。這只是個人的偏見，未敢拿了出來評騭古今，不過我總不相信舊詩可以變新，於是對於新時代的舊詩就不感到多大興趣，此其二。

有這些原因，我看人境廬詩還是以人為重，有時覺得裡邊可以窺見作者的人與時代，也頗欣然，並不怎麼注重在詩句的用典或煉字上，此誠非正宗的讀詩法，但是舊性難改，無可如何，對於新舊兩派之人境廬詩的論爭亦愧不能有左右袒也。

那麼，我為什麼寫這篇文章的呢？我這裡所想談的並不是文學上的詩，而只是文字上的詩，換一句話來說，不是文學批評而是考訂方面的事情。我因收集黃公度的著作，《人境廬詩草》自然也在其內，得到幾種本子，覺得略有可以談談的地方，所以發心寫此小文，——其實我於此道也是外行，不勝道士代做廚子之感焉。

寒齋所有《人境廬詩草》只有五種，列記如下：

一，《人境廬詩草》十一卷，辛亥日本印本，四冊。

二，同上，高崇信尤炳圻校點，民國十九年北平印本，一冊。

三，同上，黃能立校，民國二十年上海印本，二冊。

四，同上，錢萼孫箋注，民國二十五年上海印本，三冊。

五，同上四卷，人境廬抄本，二冊。

日本印本每卷後均書「弟遵庚初校梁啟超覆校」，本係黃氏家刻本，唯由梁君經手，故印刷地或當在橫濱，其用紙亦佳，蓋是美濃紙也。二十年上海印本則署「長孫能立重校印」，故稱再板，亦是家刻本，內容與前本盡同，唯多一校刊後記耳。高尤本加句讀，錢本加箋注，又各有年譜及附錄，其本文亦悉依據日本印本。

這裡有些異同可說的，只有那抄本的四卷。我從北平舊書店裡得到此書，當初疑心是《詩草》的殘抄本，竹紙綠色直格，每半葉十三行，中縫刻「人境廬寫書」五字，書簽篆文「人境廬詩草」，乃用木刻，當是黃君手筆，書長二十三公分五，而簽長有二十二公分，印紅色蠟箋上。但是拿來與刻本一比較，卻並不一樣，二者互有出入，可知不是一個本子。

仔細對校之後，發見這抄本四卷正與刻本的一至六卷相當，反過來說，那六卷詩顯然是根據這四卷本增減而成，所以這即是六卷的初稿。總計六卷中有詩三百五首（有錯當查），半係舊有，半係新增，其四卷本有而被刪者有九十四首，皆黃君集外詩也。

錢蕚孫箋注本發凡之十五云：

「詩家凡自定之集，刪去之作必其所不愜意而不欲以示人者，他人輯為集外詩，不特多事，且違作者之意。黃先生詩係晚年自定者，集外之作不多，茲不另輯。」

這也未始不言之成理，就詩言詩實是如此，傳世之作豈必在多，古人往往以數十字一篇詩留名後世，有詩集若干卷者難免多有蕪詞累句，受評家的指摘。但如就人而言，欲因詩以知人，則材料不嫌太多，集外詩也是很有用的東西吧。黃能立君校刊後記中說，黃君遺著尚有文集若干卷，我們亦希望能早日刊佈，使後人更能瞭解其思想與見識，唯為尊重先哲起見，讀者須認清門路，勿拿去當作古今八大家文看才好耳。

抄本四卷的詩正與刻本的六卷相當，以後的詩怎麼了呢？查《詩草》卷六所收詩係至光緒十七年（一八九一）止，據尤編年譜在十六年項下云：

「先生自本年起始輯詩稿。自謂四十以前所作詩多隨手散佚，庚辛之交隨使歐洲，憤時勢之不可為，感身世之不遇，乃始薈萃成編，藉以自娛。」

又黃君有《人境廬詩草》自序亦作於光緒十七年六月，那麼這四卷本或者即是那時所編的初稿也未可知。（《詩草》自序在尤本中有之，唯未詳出處，曾函詢尤君，亦不復記憶。錢編年譜在十七年項下說及此序，注云：「先生《詩草》自序原刊集中不載，見《學衡》雜誌第六十期，編者吳宓得之於先生文孫延凱者。」詩話下引有吳君題跋，今不錄。）

羅香林君藏有黃君致胡曉岑書墨蹟三紙，詩一紙，又《山歌》二頁，老友餅齋（錢玄同）錄有副本，曾借抄一通，其書末云：

「遵憲奔馳四海，忽忽十餘年，經濟勳名一無成就，即學問之道亦如鷁退飛，惟結習未忘，時一擁鼻，尚不至一行作吏此事遂廢，刪存詩稿猶存二三百篇。今寄上《奉懷詩》一首，又《山歌》十數首，如兄意謂可，即乞兄抄一通，改正評點而擲還之。弟於十月可到新嘉坡，寄書較易也。」下署八月五日。其《寄懷胡曉岑同年》一詩，末署「光緒辛卯夏六月自英倫使館之搔蛘處書寄」。此詩今存卷四中，題曰「憶胡曉岑」，卷末一首為《舟泊波塞》，蓋是年九月作。總計四卷本共有詩二百四十七首，與書中所言二三百篇之數亦大旨相合。《飲冰室詩話》所云丙申（一八九六）年梁任公何翽高諸人所見《人境廬集》，事在五年後，或當別是一本，不能詳矣。

四卷本中有二十四題全刪，共六十首，題目存留而刪去其幾首者有十六項，其最特別的是刪改律詩為絕句，計有三項。卷一中《聞詩五婦病甚》云：

「中年兒女更情長，宛轉重吟婦病行。四壁對憐消渴疾，十洲難覓反魂香。每將家事探遺語，先寫詩題說悼亡。終日菜羹魚醬外，帖書乞米藥鈔方。」刻本只存首尾兩聯，中四句全刪。《為梁詩五悼亡作》及《哭張心谷》亦均如是，後者本有六首，其第三刪改為七絕，即刻本的第一首是也。全刪的詩在卷一中有《榜後》四首，《無題》三首，《遊仙詞》八首，皆可注意。今錄《遊仙詞》於下，其後即列癸酉追和羅少珊詩，蓋是同治十二年（一八七三）所作：

新聲屢奏鬱輪袍，混入群仙亦足豪，夜半寥陽呼捉賊，九天高處又偷桃。
招搖天市鬧喧嘩，上界年年卜榜花，貫索囷倉齊及第，群仙校對字無差。
貝宮瑤闕矗千層，欲上天梯總未能，但解淮王煉金術，便容雞犬共飛升。
上清科斗字猶存，檢點琅函校舊文，親寫綠章連夜奏，微臣眼見異風聞。
臣朔當年溺殿衙，頗煩王母口齎嗟，金盤玉碗今盛矣，定比東方罪有加。
星宮昨夜會群真，各自燃犀說舊因，不識騎驢張果老，是何蟲豸是前身。
新翻妙曲舞霓裳，何故人間遍播揚，分付雛龍慎防邏，不容擫笛傍紅牆。
懊儂擲米不成珠，十斛珠塵又賭輸，至竟如何施狡獪，親騎赤鳳訪麻姑。

又卷三中刪去在日本所作詩二十二首，其中有「浪華內田九成以所著名人書畫款識因其友稅關副長葦原清風索題，雜為評論，作絕句十一首」，注云，「仿漁洋山人論詩絕句體例，並附以注。」也是頗有意思的，不知何以刪去。

還有好些有名的詠日本事物的詩，如刻本卷三中的《都踴歌》，《赤穗四十七義士歌》等，抄本裡也都沒有，難道是後來補作的麼，還是當初忘記編入，這個問題我覺得沒有法子解決，現在只好存疑。

部分的刪去的詩以卷一為多，如《乙丑十一月避亂大埔》八首刪其四，《二十初度》四首刪其三，《寄和周朗山》五首刪其四，《山歌》十二刪其四，《人境廬雜詩》十刪其二，皆是。今舉《雜詩》的第九，十兩首為例：

扶笻訪花柳，偶一過鄰家。高芋如人立，疏藤當壁遮。
絮談十年亂，苦問長官衙。春水池塘滿，時聞閣閣蛙。
無數楊花落，隨波半化萍。未知春去處，先愛子規聲。
九曲欄回繞，三叉路送迎。猿啼並鶴怨，慚對草堂靈。

至於《山歌》的校對更是很有興趣的事。抄本有十二首，刻本九，計抄本比刻本多出四首，而刻本的末一首卻也是抄本中所沒有的。這裡碰巧有羅氏所藏黃君的手寫本，共有十五首，比兩本都早也更多，而且後邊還有題記五則，覺得更有意思。今依手寫抄錄，略注異同於下：

自煮蓮羹切藕絲，待郎歸來慰郎饑，為貪別處雙雙箸，只怕心中忘卻匙。
案此首三本皆同，以後不復注明。饑字各本均如此，當依古直箋作饑。

人人要結後生緣，儂要今生結眼前，一十二時不離別，郎行郎坐總隨肩。
案，第二句抄本刻本均作儂只今生結目前。

買梨莫買蜂咬梨，心中有病沒人知，因為分梨故親切，誰知親切更傷離。

送郎送到牛角山，隔山不見儂自還，今朝行過記儂恨，牛角依然彎復彎。
案，手寫本第二句以下原作望郎不見儂自還，今朝重到山頭望，恨他牛角彎復彎，後乃塗改如上文。刻本中無，抄本自還作始還，彎復彎作彎又彎。

催人出門雞亂啼，送人離別水東西，挽水西流不容易，從今不養五更雞。

案，不容易抄本刻本均作想無法。西流錢本作東流，恐誤。

鄰家帶得書信歸，書中何字儂不知，待儂親口問渠去，問他比儂誰瘦肥。

案，待抄本刻本均作等。

一家女兒做新娘，十家女兒看鏡光，聲聲銅鼓門前打，打到中心只說郎。

案，第三句抄本刻本均作街頭銅鼓聲聲打，到均作著。

嫁郎已嫁十三年，今日梳頭儂自憐，記得來時同食乳，同在阿婆懷裡眠。

案，來時抄本刻本均作初來。

阿嫂笑郎學精靈，阿姊笑儂假惺惺，笑時定要和郎賭，誰不臉紅誰算贏。

案，手寫本惺惺原作至誠，後改。賭寫作睹，當係筆誤。抄本刻本均無。

做月要做十五月，做春要做四時春，做雨要做連綿雨，做人莫做無情人。

案，抄本刻本均無。

見郎消瘦可人憐，勸郎莫貪歡喜緣，花房蝴蝶抱花睡，可能安睡到明年。

案，手寫本可能原作看他，後改，抄本作如何。刻本無。

自剪青絲打作條，送郎親手將紙包，如果郎心止不住，請看結髮不開交。

案，送郎親手抄本刻本均作親手送郎，請看均作看儂。

人人曾做少年來，記得郎心那一時，今日郎年不翻少，卻誇年少好花枝。

案，卻誇年少抄本作卻誇新樣。刻本無。

人道風吹花落地，儂要風吹花上枝，親將黃蠟黏花去，到老終無花落時。

案，抄本有，刻本無。

第一香櫞第二蓮，第三檳榔個個圓，第四芙蓉並棗子，有緣先要得郎憐。
案，並刻本作五，有緣先要作送郎都要。抄本無。

其後有題記云：

「十五國風妙絕古今，正以婦人女子矢口而成，使學士大夫操筆為之，反不能爾，以人籟易為，天籟難學也。余離家日久，鄉音漸忘，輯錄此歌謠往往搜索枯腸，半日不成一字，因念彼岡頭溪尾，肩挑一擔，竟日往復，歌聲不歇者，何其才之大也。

「錢塘梁應來孝廉作《秋雨庵隨筆》，錄粵歌十數篇，如月子彎彎照九州等篇皆哀感頑豔，絕妙好詞，中有四更雞啼郎過廣一語，可知即為吾鄉山歌。然山歌每以方言設喻，或以作韻，苟不諳土俗，即不知其妙，筆之於書殊不易耳。

「往在京師，鍾遇賓師見語，有土娼名滿絨遮，與千總謝某昵好，中秋節至其家，則既有密約，意不在客，因戲謂汝能為歌，吾輩即去不復嬲。遂應聲曰：八月十五看月華，月華照見儂兩家（原注，以土音讀作紗字第二音），滿絨遮，謝副爺。

乃大笑而去。此歌雖陽春二三月不及也。

「又有乞兒歌，沿門拍板，為興寧人所獨擅場。僕記一歌曰，一天只有十二時，一時只走兩三間，一間只討一文錢，蒼天蒼天真可憐。悲壯蒼涼，僕破費青蚨百文，並軟慰之，故能記也。

「僕今創為此體，他日當約陳雁臯鍾子華陳再薌溫慕柳梁詩五分司輯錄，我曉岑最工此體，當奉為總裁，匯錄成編，當遠在《粵謳》上也。」

黃君與曉岑書中有云：

「惟出門愈遠，離家愈久，而惓戀故土之意乃愈深。記閣下所作《枌榆碎事序》有云，吾粵人也，搜輯文獻，敘述風土，不敢以讓人。弟年來亦懷此志。」其欲作《客話獻徵錄》，有記錄方言之意，寫《山歌》則即搜集歌謠也。此是詩人外的別一面目，不佞對之乃頗感到親切，蓋出於個人的興趣與傾向，在大眾看來或未必以為然耳。

我所佩服的是黃公度其人，並不限於詩，因此覺得他的著作都值得注意，應當表章，集外詩該收集，文集該刻布，即《日本雜事詩》亦可依據其定本重印，國內不乏文化研究的機關與學者，責任自有所在，我們外行只能貢獻意見，希望一千條中或有一個得中而已。

順便說到《日本雜事詩》的板本，根據黃君所說，計有下列這幾種：

一，同文館集珍本，光緒五年己卯。

二，香港循環報館巾箱本，同六年庚辰。

三，日本鳳文書局巾箱本，未詳。

四，中華印務局本。

五，六，日本東西京書肆本，均未詳。

七，梧州自刊本，光緒十一年乙酉木刻。

八，長沙翻本，未詳。

九，長沙自刊定本，光緒二十四年戊戌木刻。

以上一二七九各種寒齋均有，又有一種係翻印同文館本，題字及鉛字全是一樣，唯每半頁較少一行，又夾行小注排列小異，疑即是中華印務局本。尤年譜稱「後上海遊藝圖書館等又有活字本」，惜均未能詳，黃君似亦不曾見刻，或者是在戊戌作跋後的事乎。香港巾箱本當即是天南遁窟印本。

錢年譜在光緒五年項下云：

「夏，先生《日本雜事詩》出版。」小注云，「為京師譯署官板，明年王韜以活字板排印於上海，為作序。」據王韜在光緒六年所撰序中云：

「因請於公度，即以余處活字板排印。」又《弢園尺牘續編》卷一與黃公度參贊書中云：

「自念遁跡天南，倏逾二十載，首丘之思，靡日或忘。」時為辛巳，即光緒七年。可知所謂「余處」當在香港，而活字板與集珍亦本是一物，不過譯署官板用二號鉛字，遁窟本用四號耳。以言本文，則遁窟本似較差，注文多刪改處，未免謬妄。自刻本皆木刻，最有價值，乙酉本有自序一篇，戊戌本有新自序及跋各一篇，都是重要的文獻。

《雜事詩》原本上卷七十三首，下卷八十一首，共百五十四首，今查戊戌定本上卷刪二增八，下卷刪七增四十七，計共有詩二百首。跋中自己聲明道：

「此乃定稿，有續刻者當依此為據，其他皆拉雜摧燒之可也。」至其改訂的意思則自序中說得很明白，去年三月中我曾寫一篇小文介紹，登在《逸經》上，現在收入文集《風雨談》中，不復贅。

這裡還有一件很有意思的事，便是這定本《雜事詩》雖然是「光緒二十四年長沙富文堂重刊」(此字及書面皆是徐仁鑄所寫),其改訂的時候卻還在八年前,說明這經過的自序係作於「光緒十六年七月」,——與他作《人境廬詩草》自序在一個年頭裡,這是多麼有意義的偶然的事。我們雖然不必像吳雨僧君對於《詩草》自序的那麼讚歎,但也覺得這三篇序跋在要給黃君做年譜的人是有益的參考資料。

話又說了回來,中國應做的文化研究事業實在太多,都需要切實的資本與才力,關於黃公度的著作之研究亦即其一,但是前途未免茫茫然,因為假如這些事情略為弄得有點頭緒,我們外行人也就早可安分守己,不必多白費氣力來說這些閒話了。

民國二十六年二月四日,在北平。

【附記】

去年秋天聽說有我國駐日本大使館的職員在席上大言《日本國志》非黃公度所作,乃是姚棟的原著云。日本友人聞之駭怪,來問姚棟其人的事蹟,不佞愧無以對。假如所說是姚文棟,那麼我略為知道一點,因為我有他的一部《日本地理兵要》,但可以斷定他是寫不出《日本國志》那樣書的。

姚書共十卷，題「出使日本隨員直隸試用通判姚文棟謹呈」，其內容則十分之九以上係抄譯日本的《兵要地理小志》，每節卻都注明，這倒還誠實可取。黃書卷首有兩廣總督張之洞諮總理衙門文，中有云：

「查光緒甲申年貴衙門所刊姚文棟《日本地理兵要》所載兵籍，於陸軍但存兵數，海軍存艦名而已，視黃志通敘兵制姚略相去奚啻什伯。」末又云：「二書皆有用之作，惟詳備精核，則姚不如黃。」此雖是公文，對於二書卻實地比較過，所評亦頗有理，可見二者不但不同而且絕異也。

絕異之點還有一處，是極重要的，即是作者的態度。姚君在例言中暢論攻取日本的路道，其書作於甲午之十年前，可知其意是在於言用兵，雖然單靠日本的一冊《兵要地理小志》未必夠用。黃書的意義卻是不同的，他只是要知彼，而知己的功用也就會從這裡發生出來。原板《日本國志》後有光緒二十二年（甲午後二年）的梁任公後序云：

「中國人寡知日本者也。黃子公度撰《日本國志》，梁啟超讀之欣懌詠歎黃子，乃今知日本，乃今知日本之所以強，賴黃子也。又懣憤責黃子曰，乃今知中國，乃今知中國之所以弱，在黃子成書十年，久謙讓不流通，令中國人寡知日本，不鑒不備，不患不悚，以至今日也。」

《人境廬詩草》卷十三哀詩之一《袁爽秋京卿》篇中云：

「馬關定約後，公來謁大吏，青梅雨翛翛，煮酒論時事。公言行篋中，攜有日本志，此書早流布，直可省歲幣。我已外史達，人實高閣置，我笑不任咎，公更發深喟。」錢年譜列其事於光緒二十一年，且引黃君從弟由甫之言曰：

「爽秋謂先生《日本國志》一書可抵銀二萬萬。先生怪問其故，爽秋云，此書稿本送在總署，久束高閣，除余外無人翻閱，甲午之役力勸翁常熟主戰者為文廷式張謇二人，此書若早刊佈，令二人見之，必不敢輕於言戰，二人不言戰則戰機可免，而償銀二萬萬可省矣。」

梁任公作黃君墓誌中云：

「當吾國二十年以前（案墓誌作於宣統辛亥）未知日本之可畏，而先生此書（案指《日本國志》）則已言日本維新之功成則且霸，而首先受其衝者為吾中國，及後而先生之言盡驗，以是人尤服其先見。」由是觀之，黃姚二書薰蕕之別顯然，不待繁言。

還有一層，《日本國志》實與《日本雜事詩》相為表裡，其中意見本是一致。

《雜事詩》定本序云：

「余所交多舊學家，微言諷刺，諮嗟太息，充溢於吾耳，雖自守居國不非大夫之義，而新舊同異之見時露於詩中。及閱歷日深，聞見日拓，頗悉窮變通久之理，乃信其改從西法，革故取新，卓然能自樹立，故所作《日本國志》序論往往與詩意相乖背。久而遊美洲，見歐人，其政治學術竟與日本無大異，今年日本已開議院矣，進步之速為古今萬國所未有，時與彼國穹官碩學言及東事，輒斂手推服無異辭。使事多暇，偶翻舊編，頗悔少作，點竄增損，時有改正，共得詩數十首。」

他自己說得很明白，就是我們平凡的讀者也能感到，若說《日本國志》非黃公度之作，那麼《雜事詩》當然也不是，這恐怕沒有人能夠來證明吧。本來關於《日本國志》應該專寫一篇文章，因為其中學術志二卷禮俗志四卷都是前無古人的著述，至今也還是後無來者，有許多極好意思極大見識，大可供我抄錄讚歎，但是目下沒有這工夫，所以就在這裡附說幾句。

二月八日再記。

茨村新樂府

《越縵堂日記》同治八年三月初七日條下云：

「閱《茨村詠史新樂府》，上下二卷，山陰胡介祉著。介祉字存仁，號循齋，禮部尚書銜秘書院學士兆龍之子，康熙間官湖北僉事道。樂府共六十首，皆詠明季事，起於《信王至》，紀莊烈帝之入立也，終於《鍾山樹》，紀國朝之防護明陵也，每首各有小序，注其本末。

「時《明史》尚未成，故自謂就傳聞逸事取其有關治亂得失者譜之，今其事既多眾著，詩尤重滯不足觀，惟《皋城死》下注云云（案共抄錄小注六篇），數事皆他書所罕見。是書為諸暨郭雲也石學種花莊刻本，前有宿松朱書字綠序，後附李驎《書懿安皇后事》一首，《賀宿紀聞》一首。」

鄙人不懂詩而有鄉曲之見，喜搜集山陰會稽兩縣（今合稱紹興縣，其名甚不佳，大有人名殿魁國梁之概，似只宜用於公文書也）人的著作，因此這也是我所欲得的一部書。他原有刻本，不知怎的很是少見，好容易在近日才找到一冊，卻是抄本，價錢就未免不廉，六折計算之後還要十元以上，在敝藏越人著作中也差不多要算是善本了。看字體至早是乾隆時抄本，中多訛字闕字，雖經人用朱筆校過，仍不能盡，前有朱字綠王宓草二序，王序題癸卯，當係雍正元年，為刻本所無。序中只知茨村姓胡，不審為何許人，後又有甲辰年附記云：

「去歲抄此樂府，並附錄朱字綠序於其前，胡茨村不知其名，而字綠為之序，意以為亦皖人也。偶閱如皋許實夫《谷園印譜》，乃燕越胡介祉授梓，介祉號循齋，又號茨村，王戌春官湖北僉憲。」

陶凫亭編《全浙詩話》，第四十四卷中只引《西河詩話》卷五裡的一條，題名胡少參，蓋亦不知道他的名號，毛西河雖說起《谷園集》，但商寶意編《越風》三十卷亦未收錄，似在乾隆時尚不甚為人所知。今其詩集仍未見，《新樂府》稍稍出現，此外所刻書有《谷園印譜》及《陶淵明集》，雖然價貴在市面上還偶然可以遇到。《詠史新樂府》六十首通讀一過，很有感慨，覺得明朝這一個天下丟掉也很不容易，可是大家努力總算把他丟了。這些人裡邊有文武官員，有外敵，有流寇，有太監，有士大夫，壞的是閹黨，好的是東林和復社之類。因為丟得太奇怪了，所以又令人有滑稽之感。如第三十九章《開城門》，小序云：

「十九日辰時兵部尚書張縉彥同太監曹化淳開齊化東便二門納賊，後入朝，為太監王德化所毆，鬚髯盡拔，賊亦鄙之。」詩曰：

「甲申三月十九日，崇禎歷數當終畢，城門不開賊亦進，穴地通天豈無術。但恨奴儕受主恩，公然悖逆開城門，解嘲幸拔鬚髯盡，好與群奄作子孫。」

曹化淳原是欽命的守城太監，但太監姑且別論，若兵部尚書而開城門，則實是上好的笑話資料，欲加筆誅唯宜半以遊戲出之，即腕力制裁亦唯拔盡其鳥嘴之毛一法差相稱耳。

第十九章《復社行》小序中云：

「時復社主盟首推二張，皆銳意矯俗，結納聲氣，間有依附竊名者，未免輿論稍滋異同，或為之語曰，頭上一頂書廚，手中一串數珠，口內一聲天如，足稱名士。天如，溥字。書廚，以狀巾之直方高大。而時尚可知矣。」又云：

「自復社告訐後，更為大社，其勢愈盛。丙子己卯兩秋闈，社中人大會於秦淮，酒船數百艘，梨園青樓無剩者，江南以為奇觀。社中人出，市人皆避之，其舉止觀瞻可望而知也，即僮僕輿夫舟子皆揚揚有得色。凡以聲氣來官地方者，兩司方面與治屬諸生皆雁行講鈞禮，曰盟兄社弟，諸生報謁亦如之，燕會倒屣，無間朝暮。每督學臨試，列薦郡邑士，動數十百，毋敢不錄，所欲得首以下如響。社中人取科舉遊泮如寄，以故無論智愚爭先□附，以至幸獵科名，恬不為怪，人亦視為故然。」

夫復社只是考究做八股文的一個結社而已，而如此闊氣，可謂盛矣，後世之人雖衷心仰望豈能企及哉。又第四十四章《衣冠辱》小序云：

「二十一日偽大學士牛金星出示曉諭，百官俱報職名，以憑量用，不願者聽其回籍，容隱不報者即以軍法從事。一時朝官就義者雖多，而報名者更復不少。……然不用者桎梏囚首，愁慘痛楚，而用者高冠廣袖，或徒步，或駿馬，揚揚自得。有帥領文武官員，首倡勸進者。有獻金求大拜，以管仲魏徵自命者。（原旁注云，項煜。）有被賊見召，出語人新主待我禮甚恭者。（注，梁兆陽。）有撰勸進表登極詔，獻急下江南策，逢人便說牛老師極為歡賞者。（注，周鐘。）有獻平浙策，背刺騎驢，為賊驅使，未幾被賊兵打折一臂者。有掌選得意，對人言宋堂翁待我極好者。

（注，楊起。）有賊先不用，夤緣赴選，向人言我明日便非凡人，好事為作不凡人傳者。（注，錢位坤。）其辱更甚於被刑焉。」

據陳濟生著《再生記略》卷上記廿二日事云：

「庶起士魏學濂偶為賊兵損一臂，訴之偽將軍，叱云，如此小事何必饒舌。」乃知上文所云騎驢背名刺者即是此人，是魏大中子也。又廿六日條下云：

「又聞牛金星極慕周鐘才名，召試『士見危授命論』，又有賀表數千言，頌揚賊美，偽相大加稱賞。」由此可以知道牛老師的稱呼的來源，這裡覺得有點不可思議的，只是不知周鐘的論文怎樣下筆，牛老師的題目實在出得有點促狹呀。至於那帥領文武官員首先勸進的我們知道是舊輔臣陳演，後來卻又拿去夾打追贓了。

《再生記略》卷上記廿一日事有一節總記諸臣情狀云：

「廿一日報名，各官青衣小帽，於午門外匍匐聽點，平日老成者，儇巧者，負文才者，嘵嘵利口者，昂昂負氣者，至是皆縮首低眉，僵如木偶，任兵卒侮謔，不敢出聲。」

固然秀才遇見兵，有理說不清，士大夫之醜亦已出盡矣，我想要加添幾句話，都覺得是無用，難怪胡君的詩之重滯也。如《誠意伯》一篇言劉孔昭殺叔及祖母，比附馬阮作惡多端，終乃大掠滿載入海，蓋大逆十惡之徒，而詩亦只能說：「幸教白骨不歸來，免汙青田山下土。」實在沒有什麼話可說，天下最高與最下的東西，蓋往往同是言語道斷也。

二十六年二月十一日，在北平。

【補記】

吳子修著《蕉廊脞錄》卷五有一則云：

「閱《流寇長篇》，卷十七紀甲申三月甲辰日一事云，京官凡有公事，必長班傳單，以一紙列銜姓，單到寫知字。兵部魏提塘，杭州人，是日遇一所識長班亟行，叩其故，於袖出所傳單，乃中官及文武大臣公約開門迎賊，皆有知字，首名中官則曹化淳，大臣則張縉彥。此事萬斯同面問魏提塘所說。按京師用長班傳送知單，三百年來尚沿此習，特此事絕奇，思宗孤立之勢已成，至中官宰相倡率開門迎敵，可為痛哭者矣。」

案此事真絕奇，文武大官相約開門迎敵，乃用長班傳送知單，有如知會團拜或請酒，我們即使知道官場之無心肝也總無論如何想像不到也。查萬年曆甲申三月朔己丑，則甲辰當是十六日。陳濟生著《再生記略》卷上云：

「十六日黎明破昌平州，焚十二陵享殿。自沙河而進，直犯平子門，終夜焚掠，火光燭天。是日上召對三次，輔臣及六部科道等官皆曰無害，藉聖天子威靈，不過坐困幾日，撥雲霧見青天耳。退朝之後諸臣言笑自若，而巳時有權將軍者發偽牌，定於十八日入城，行至幽州會同館繳，皆以為駭。」蓋諸臣朝對之時長班亦正在分送傳單也。

二月十九日再記於北平。

蓮花筏

去年廠甸時我在攤上看見一本書，心裡想買，不知怎的一轉頭終於忘記了，雖然這攤上的別的書也買了幾本。不久廠甸就完了，我那本書便不再能夠遇見。今年的舊元旦天氣很好，往廠甸去看看，一看就在路西的書攤上發見了去年的那書，很是喜歡，趕緊買了回來。說起來也很平凡，這只是一冊善書，名曰「蓮花筏」，略為特別的是頤道居士陳文述所著而已。

我是頗有鄉曲之見的人，近二十幾年來喜搜集一點同鄉人的著作，關於邵無恙我得到他的《歷代名媛雜詠》三卷，《夢餘詩鈔》稿本八卷，《鏡西閣詩選》八卷。這末了一種乃是碧城仙館所刻，題曰陳文述編，而實蓋出其子婦汪允莊手，陳序述刻集的經過有云：

「君之識余也，余子裴之甫在襁褓，君生平交遊結納，豈無一二知己，乃殘縑斷簡一再散佚，而掇拾裒輯轉成於寒閨嫠婦之手，既請於余，復乞助於余內弟龔君繡山，端侄小米，及閨友席怡珊夫人，並質釵珥以資手民，始成此集，以供海內騷壇題品也。」

這很使我注意汪女士的著作，便去找《自然好學齋詩鈔》來看，結果只能得到同治年間的重刊本，雖然她夫婦追悼紫姬的《湘煙小錄》的道光原刊卻已找得了。詩我是不懂，但看《詩鈔》覺得汪允莊有幾點特色，一是欽佩高青丘而痛恨明太祖朱元璋，二是表揚張士誠及其部屬，其三是從一出來的，即由高青丘而信呂岩及道教，是也。

卷十，《雷祖誕辰恭賦二律》有云：消盡全家文字孽，蓮花同上度人船。注云，「《蓮花筏》，翁大人所著。」又卷末《敬書翁大人蓮花筏後》，有序云：「勸善之書，得未曾有，真救劫度世之寶筏也，既為跋語，更賦此詩：

此是西方大願船，花開玉井不知年。普陀大士瓶中露，太乙慈尊座下蓮。欲度世人先度己，能回心地可回天。生機即是金丹訣，合證龍門救劫仙。

注云：《蓮花筏》銷盡三千劫，小艮先生語也。」

《詩鈔》卷首頤道著《孝慧汪宜人傳》中有云：「宜人之論文也不襲前人成說，謂余古文不受八家牢籠，足以自成一子，說理論事深切著明，此由見解通達，不盡關於文字。然端於翁文取《蓮花筏》而不取《葵藿編》，以《蓮花筏》勸人為善，體用兼備，閔真人謂救劫度世功行非凡，當非虛語。」

這部《蓮花筏》我終於得到手了，查其中並無汪女士跋，卻有摩鉢道人管守性序，有云：

「今以所刻《蓮花筏》見寄，意主度人，內蒙養戒殺善書崇儉諸篇，現身說法，於人心當有裨益，至儒佛諸篇所論雖是，然未免好辨。」又云：

「然則此書雖佳，是儒家之糟粕，而非佛道兩家之上乘。君近日究心數學，雖出自希夷康節之傳，於身心性命亦無益也。願君之著書止於是也。」所說不同，卻亦頗妙，如斷章取義我倒寧取摩鉢之說，蓋鄙見以為此類善書都無益也，現在只因是頤道所作，故想略談談耳。

書中第一篇為《蒙養管見》，沒有什麼特別的地方，只是在兒童自四五至七八歲時所讀書中除《三字經》等以外尚有《感應篇》與《陰騭文》，注云，「有以此二書為道家之書者，謬也。」

第三篇《善書化劫說》力言善書的功用，以為儒道佛三家書皆弗及，又說應當尊信之理，有云：「《感應篇》，太上所作，太上即老子，道家之祖，孔子所從問禮也。《功過格》，太微仙君以授真西山者也。《陰騭文》，《勸孝文》，《勸惜字文》，《蕉窗十則》，文昌帝君所作，科名主宰，士子所歸依者也。《警世》《覺世》諸經，關帝所訓，國家所崇奉，與先師並列者也。」頤道文集太貴，我尚未能買，但讀其秣陵西泠諸詩集，覺得亦是慧業文人（此語姑且承誤用之），今所言何其鄙陋耶。

此事殊出意外，蓋我平時品評文人高下，常以相信所謂文昌與關聖，喜談果報者為下等，以為頤道居士當不至於此也。

第二篇《戒殺生四則》，意亦平常，但因此也比較地可讀，不佞本不反對戒殺，唯其理由須是大乘的，方有意思，若是吃了蝦米只怕轉生為蝦米去還債，仍不免為鄙夫之見耳。此文刻於道光丙申（一八三六），次年丁酉刻《蓄釐小錄》，首列戒殺放生詩二十四首，此四則亦復收入，寒齋倖存一冊。

《蓮花筏》中此外還有文十二篇，較重要的是《佛是藥說》，論儒佛及儒道書共五，答友人辟佛書，今不具論。正如《蓄釐小錄》自序所說，「近日儒門之士，無宋人理障之習，兼通二氏」，原是好事，唯拋開《原道》而朗誦《陰騭文》半斤等於八兩，殊無足取。削髮念佛，不佞自己無此雅興，但覺得還自成一路，若煉金丹求長生的道教本至淺陋，及後又有《陰騭文》一派則是方士之秀才化，更是下流，不能與和尚相比矣，讀書人乃多沉溺於此，高明者且不能免，何哉。

陳頤道與汪允莊均師事閔小艮，即金蓋老人是也，《自然好學齋詩鈔》卷十有輓詩三首，序中略述閔氏生平，所著《金蓋心燈》似最有名，今尚流傳，唯價不廉而書又未必佳，終未搜得，不能言其內容何似。輓詩注云，「先生證位玉斗右宮副相神璣明德真君。」又題《花月滄桑錄》詩注有云，「才女賢婦隸西王母，節女烈婦隸斗母。」集中此類語甚多，在我們隔教的人看去，很覺得荒漠無可稽考。據頤道著《汪宜人傳》中云：

「宜人茹荼飲蘗，所作皆單鳧寡鵠之音。因巫言身後有孽，從金蓋閔真人言，日對遺像誦《玉章經》，至臨終不廢。」又云：

「宜人禮誦誠格神明，不可思議，其最明顯者則在咸通高祖青丘先生一事。宜人選刻明詩竟，論定三百年詩人以先生為第一，世無異議，尚以不知身後真靈位業為恨，於呂祖前立願誦《玉章經》十萬八千卷，求為超升天界。誦既竣，為塑像期供奉保元堂。……神降於壇，言久借境升天，掌法南宮，輔相北帝，至今無不知九天洪濟明德真圓真人之為青丘先生，則宜人一誠之所感格也。」

這裡一部分的理由當如胡敬在《汪允莊女史傳》中所云：

「宜人素性高邁，於九流家言道釋諸書蔑視不足學，及夫死子疾，茹荼飲蘗，稍稍為之，亦猶名士牢騷之結習也。」

古今此種事極多，王荊石女亡而為曇陽子，屠赤水化女湘靈為祥雲洞侍香仙子，葉天寥女小鸞則本是月府侍書女，尤為有名，即鄉里老嫗亦信巫言，以死者已任某土地祠從神為慰，卻不知道土地爺實在不過是地保的職務而已。孔子曰，未知生，焉知死。又曰，未能事人，焉能事鬼。儒家者流宜知此意，但人世多煩惱，往往非有麻醉之助不能忍受此諸苦痛，雖賢者亦或不免，我們看到這些記述，初意雖欲責備，再加思量唯有哀矜之意耳。

汪允莊通道而又特別尊崇高青丘，這卻別有一種道理。頤道著傳中云：

「梅村濃而無骨，不若青丘澹而有品，遂奉高集為圭臬。因覓本傳閱之，見明祖之殘害忠良暴殄名儒也，則大恨。猶冀厄於遭際而不厄於文字也，及觀七子標榜，相沿成習，牧齋歸愚選本推崇夢陽而抑青丘，則又大恨。……誓翻五百年詩壇冤案而後已，因是選明詩初二集也。」後又云：

「宜人因先生（案即青丘）之故深有憾於明祖之殘暴，而感張吳君相之賢為不可及也；謂張吳與明祖並起東南，以力不敵為明所滅，不能並其禮賢下士保全善類之良法美意而滅之也。」所著《元明逸史》雖不傳，集中尚存《張吳紀律詩》二十五首，表章甚力，傳中記其語曰：

「吾前生為青丘先生弟子，既知之矣，抑豈張吳舊從事乎，何於此事拳拳不釋也。」其實理由似不難解，此蓋作者對於自己身世的非意識的反抗，不過借了高啟與朱元璋與張士誠等的名義而已。

青丘的詩我不甚了了，惟朱元璋的暴虐無道則夙所痛惡，故就事論事我也很贊成這種抗議，若為婦女設想，其反逆（或稍美其名曰革命亦可）的氣氛更可以瞭解，但尚未意識的敢於犯禮教的逆鱗耳。最初發端於高青丘的詩，終乃入於神仙家言，如治病抽「白面」（本當作麵，今從俗），益以陷溺，弄假當真。傳中述汪允莊臨終之言云：

「自言前世為元季張氏子，名佛保，師事青丘先生，並事張吳左丞潘公為雲從，張吳亡，入山修道，賴青丘師接引入呂祖玉清宮為從官，奉敕降世，為明此段因果，今事畢，夙世之因亦盡，將歸故處，令備輿馬。」此是印度大麻醉夢中似的幻影，但我們雖少信亦安忍當面破壞之哉。

譚友夏在《秋閨夢戍詩序》中有云：

「《伯兮》之詩曰，願言思伯，甘心首疾。彼皆願在愁苦疾痛中求為一快耳。若並禁其愁苦疾痛而不使之有夢，夢余不使之有詩，此婦人乃真大苦矣。嗟乎，豈獨婦人也哉。」我前譏頤道的鄙陋，細想亦是太苛，頤道晚年同一逆境，其甘心於去向夢與詩中討生活，其實亦可理解，多加責備，使其大苦，自是不必，唯其所著書只可自遣，如云救劫渡世，欲以持贈人，則是徒勞耳。

一切善書皆如此，今只就《蓮花筏》等說，實乃是尊重頤道居士與汪女士故也。

民國二十六年二月十六日，於北平。

【附記】

前兩天因為查閱張香濤所說的試帖詩的四宜六忌，拿出《軒語》來看，見《語行第一》中有戒講學誤入迷途一項，其一則中云：

「昨在省會有一士以所著書來上，將《陰騭文》《感應篇》，世俗道流所謂《九皇經》《覺世經》，與《大學》《中庸》雜糅牽引，忽言性理，忽言易道，忽言神靈果報，忽言丹鼎符籙，鄙俚拉雜，有如病狂，大為人心風俗之害，當即痛詆而麾去之。明理之士急宜猛省，要知此乃俗語所謂魔道，即與二氏亦無涉也。」

又其第三則云：

「士人志切科名，往往喜談《陰騭文》《感應篇》二書。二書意在勸化庸愚，固亦無惡於天下，然二書所言亦有大端要務，今世俗奉此則唯於其末節碎事營營焉用其心，良可怪也。」

《軒語》（其實這名稱還不如原來的《發落語》為佳）成於光緒元年，去今已一周甲，張君在清末新黨中亦非佼佼，今讀其語，多有為現今大人先生所不能言或不及知者，不禁感歎。茲錄其關於「魔道」的一部分於右，大有德不孤之喜，但一喜亦復正多一懼耳。

二月廿六日又記。

譚史志奇

去年秋天從書攤上買了兩部《譚史志奇》，這書既不大高明，板也刻得很壞，就是原刊本也並不能好到那裡去，但是我卻買了兩部來。其一是原本，有兩篇序文，一題褚傳經，一是自序，題古吳姚芝，年月都是嘉慶二十五年秋七月，卷首云丙戌新鐫，蓋是六年後所刻也。又其一是光緒戊子翻刻本，序文仍舊而年代悉改作光緒十四年，署名一稱同學弟松泉氏，自序則稱汝東彥臣氏，序中本自相稱述曰姚崑厓曰褚健庭，此處弄得牛頭不對馬嘴也並不管，可見作偽者之低能了。

我買此書固然可以用為翻刻作偽舉例之一，大有用處，其實以內容論也頗有意思，雖然淺陋原是難免。自序中云：

「庚辰夏日余與友人褚健庭偶遊郡序，見二少年對坐啜茗，高視縱譚，旁坐之客皆默然靜聽，或有竊慕其胸羅古今異聞而層出不窮者。余趨近聽之，大抵所譚皆今人說部中事，或有詢其古史所載恢詭譎怪之事則懵然不能對也。余因歎曰，喜新好奇固人情所必至，然史冊所載奇事不特確有可據，且寓勸懲之意，倘斯人於稠人廣眾中亦能娓娓而譚，使聞之者有所警勸，豈不賢於徒誇牛鬼之奇哉。於是每與吾友憩息松陰，各譚史載奇異者一二事或三五事，聊以消暑，歸即命子員瀾志之，久之不覺成帙。」

書凡八卷，分漢晉南北朝唐五代宋元明各為一卷，抄錄史上奇事，勸懲未必有效，亦差可備覽，與聽說狐鬼的意味正自不同耳。閱卷四紀唐朝事中有朱粲好食人肉一則，甚感興趣，查原文見《舊唐書》卷五十六《朱粲傳》中，今略引抄於下：

「朱粲者亳州城父人也，初為縣佐史，大業末從軍討長白山賊，遂聚結為群盜。……軍中罄竭，無所虜掠，乃取嬰兒蒸而啖之，因令軍士曰，食之美者寧過於人肉乎，但令他國有人，我何所慮。即勒所部，有掠得婦人小兒，皆烹之分給軍士，乃稅諸城堡取小弱男女，以益兵糧。隋著作佐郎陸從典，通事舍人顏愍楚因譴左遷並在南陽，粲悉引之為賓客，後遭饑餒，闔家為賊所啖。」

其後尚有唐高祖令段確迎勞相問答一節：

「確因醉侮粲曰，聞卿啖人，作何滋味？粲曰，若啖嗜酒之人，正似糟藏豬肉。」此事甚有名，大似《世說新語》中材料，但是我對於上邊所引特別感到興味，便因在這裡聽到了顏公子的下落。段公大約那時與其從者數十人也做了糟豬肉，不過我不知道他是何許人，不大怎麼關心。至於顏君則彷彿很有點面善。

不佞愛讀《顏氏家訓》，常見講到「思魯等」，又卷三《勉學篇》中有云：「湣楚友婿竇如同從河州來，得一青鳥，馴養愛玩，舉俗呼之為鶡。」《北齊書・文苑傳》云：「之推在齊有二子，長曰思魯，次曰湣楚，不忘本也。」原來顏之推的次子終於被流賊拉去當「掌書大人」，不久被吃了，在中國雖然太陽之下並無新事，不能算是什麼意外，不過在我聽了聯想到《顏氏家訓》，不禁感覺奇特有意思。

顏之推在北齊很久，高洋們不是好相處的朋友（古人有言，非我族類，其心必異也。），卻幸得無事，而其子孫乃為本族人所果腹，豈非天下一件很好玩之事乎。

不知道為什麼中國常有人好食人肉，昔人曾類聚而論列之，如謝在杭在《文海披沙》卷七中有食人一條，其文云：

「隋麻叔謀朱粲常蒸小兒以為膳，唐高瓚蒸妾食之，嚴震獨孤莊皆嗜食人，然皆菹醢而食也，未有生啖者。至梁羊道生見故舊部被縛，拔刀刳其睛吞之。宋王彥升俘獲胡人，置酒宴飲，以手裂其耳，咀嚼久之，徐引卮酒，俘者流血被面，痛楚叫號，而彥升談笑自若，前後凡啖數百人，即虎狼不若也。」

《玉芝堂談薈》卷十一好食人肉條下，徐君義慨歎云：

「西方聖人之教，放生戒殺，不忍以口腹之欲殘傷物命，乃世間一種窮奇窳，同類相殘，至有嗜食人肉者。」

其所列舉較謝君更多亦較詳，蒸妾乃深州諸葛昂，高瓚只是分吃肥肉者，乃客而非主，上文蓋誤。徐君敘竟，斷語云，「此諸人真人類之妖孽也。」

第二節云：

「至時值亂離，野無青草，民生斯時，弱肉強食，其性命不啻蟲蟻。每閱史至此，不覺掩卷太息，豈真眾生業障深重，致令閻浮國土化為羅剎之場耶。」

所舉凡有兩類，其一是荒亂時軍士以人為糧，如朱粲即其一例，其二乃人民自相買食。屬於後者一類文中有云：

「宋莊季裕《雞肋編》，靖康丙午歲金狄亂華，六七年間山東京西淮南等處荊榛千里，斗米至數千錢，盜賊官兵以至居民更互相食。人肉之價賤於犬豕，肥壯者一枚不過十五錢，全軀曝以為脯。又登州范溫率忠義之人泛海至錢塘，有持至行在充食者，老瘦男子謂之饒把火，婦女少艾者名之為美羊，小兒呼為和骨爛，又通目為兩腳羊。」這些別名實在定得很妙，但是人心真是死絕了。

據威斯透瑪克大著《道德觀念之起源與發達》下冊第四十六章食人中所說，吃人肉有幾種不同的原因，如一是肉食缺乏，二是貪嘴，三是報復等。在上面所說的中國人的食人，其原因不出一或二，或是一與二合併。有如朱粲因缺糧而吃人，隨後卻說「食之美者寧過於人肉乎」，即其明證。北宋末因饑荒而人相食，卻又定出這許多很妙的別名來，可見對於此物很有點嗜好，咽糠充饑的人一定不會替糠去取雅號，叫作什麼黃金粉的。

威斯透瑪克文中有云：

「人肉並不單是在非常時救急的食物，實在還多是當作美味看的。菲支島人說到好吃的東西，最好的讚辭是說它鮮嫩像死人似的。在南海的別的島上，人肉都說是美味食品，比豬肉要好。澳洲的苦耳那人說其味勝於牛肉。在澳洲有些部落裡，胖小孩是被認為一口好吃食，假如母親不在旁，幾個剛愎男子手中的木棍就會把他一下子結果了的。」

這幾句話似乎就在那裡替我們古時的食人家解說他的意思，雖然原本所講的都是所謂野蠻人的事情。聽說羅思舉在他自著的年譜裡講到軍中乏食，曾經煮賊為糧，這是清末的事，以後大約沒有了罷？

（廿六年三月一日）

曝背餘談

從估客書包中得到一冊筆記抄本，書名「曝背餘談」，凡二卷五十紙，題恒山屬邑天慵生著。卷首有歸愚齋主人鮑化鵬序，後有東垣王榮武跋，說明著者為槁城秦書田，餘均不可詳。又有一跋，蓋是抄者手筆，惜跋文完而佚其末葉，年月姓名皆缺，但知其係王榮武族孫，又據抄本諱字推測當在道光年中耳。

鮑序有云：

「一日手一編授餘，名曰『曝背餘談』，閒情之所寄也，或論古今人物，或究天地運會，或正名物之訛舛，或闡文章之奧妙，名章雋句，絡繹間起，如行山陰道上應接不暇。」王跋云：

「其間抒寫性情，博核古今者十之六七，範模山水，評騭詞章者十之三四，宏才俊思，郡人氏罕其匹也。」佚名跋中亦云：

「卷分上下，約二萬餘言，其中間情逸致，雋語名言，率皆未經人道，誠績學之士，亦未易才也。」

三君所言真實不虛，我也願加入為第四人，共致讚辭。秦君係乾隆時人，然則此書流傳下來至少已有百五六十年，不知何以終未刊行，編刻燕趙叢書者亦未能搜羅了去，真是很可惋惜的一件事。

《曝背餘談》裡所收的都是短篇小文，看去平淡無奇，而其好處即在於此。普通筆記的內容總不出這幾類：其一是衛道，無論談道學或果報。其二是講掌故，自朝政科名以至大官逸事。其三是談藝，詩話與志異文均屬之。其四是說自己的話。四者之中這末一類最少最難得，他無論談什麼或談得錯不錯，總有自己的見識與趣味，值得聽他說一遍，與別三家的人云亦云迥不相同。秦書田的《餘談》我想可以算是這類筆記之一，雖然所見不一定怎麼精深，卻是通達平易。書上有眉批，對於著者頗能瞭解，係鮑化鵬筆。

又有朱批署名於文叔，多所指摘，蓋稍有學問而缺少見識者也。如卷上原文云：

「李笠翁論花於蓮菊微有軒輊，以藝菊必百倍人力而始肥大也。余謂凡花皆可藉以人力，而菊之一種止宜任其天然。」於文叔批云：「李笠翁金聖歎何足稱引，以昔人代之可也。」即此可知其是正統派，要他破費工夫來看這一類文章實在本來是很冤枉的也。

這兩卷書裡我覺得可喜的文章差不多就有三分之一，今只選抄數則於下：

「魏武臨卒，遺命貯歌妓銅雀台及分香賣履事，詞語纏綿，情意悱惻，摘錄之作兒女場中一段佳話，便自可人，正不必於為真為偽之間枉費推敲也。」

「人之欲學仙者，以仙家歲月悠長，遠勝人間耳。世傳王質遇仙看弈，一局甫更，已歷數世，如彼所言，終天地之期自仙家當之不過一年，是仙家之歲月更促於人世，蟬蛻羽化不反為多事乎。」

「人謂元代以詞曲取士，此相傳之妄，實未嘗有是也。乃有明至今小試之文儼然花面登場，無醜不備，士人而俳優矣。世風至此，尚可問乎？使大臨呂氏見之當不知如何歎息痛恨矣。」

「齊宣王以文王囿七十里為問，其語甚癡，孟子答以芻蕘雉兔云云，明說文王不特無七十里之囿，並無一里半里也。其如宣王之不解何，其如後人之不解何。閻百詩先生必指地以實之。認蕉鹿為真有而按夢以求。不多事乎。」

「有女同車，無是女也，無是女而是女之容色氣韻佩服自為描繪，而又自為讚歎，歷歷活現如在目前者，心老回惑，眼花撩亂，高唐洛神之藍本也。」

「倉庚之至率以二三月，見之經書及前人詩賦者無不皆然，韋蘇州以夏鶯為殘鶯，（韋詩，殘鶯知夏淺。）陸放翁詩，山深四月始聞鶯，蓋異之也。今二三月杳無至者，四五月中始寥寥一見耳。古今之不同也如此，世豈無有心如康節其人者乎，書之以俟參考。」

「或曰，子北人也，西北地寒故後至，焉知南方之不如昔。曰，余所未至誠不知何如，然古今作詩賦者不盡南人，豳地尤屬西北，是可徵矣。」

「鵯鶋，報曉鳥也，一名夏雞，燕趙呼茶雞，音之轉也，遲明報曉，鳴聲清婉可愛。十數年尚聞之，今亦不至。獨鶴歸何晚，昏鴉已滿林，乃知清妙難得，不獨人為然也。」

「元宵燈火不知起於何時，其發端創始之人殊乏玲瓏之致。月之清光既受奪於燈火，燈火之豔發複見淡於月色，欲兩利俱存，反致兩賢相厄。是可乏利導之術乎，請移之中和，洗此笨氣。（原注，唐中葉以正月晦日為中和節。）」

在這幾則裡都可以看出著者的感情與思想，他沒有什麼很特異之處，只是找到一個平常的題目，似乎很隨便的談幾句，所說的話也大抵淺近平易，可是又新鮮真實，因為這是他自己所感到想到的，在這裡便有一種價值。有些興會上的話自然也不可太認真，如關於元宵批評得很對，不過要移到月底去卻是行不通的事，蓋元宵實在只是新年的一個掉尾，假如民間不能將新年的慶賀延長到整整一月，到得月末再來重起爐灶弄元宵，不特事實上有困難，恐怕實在也沒有多大興趣也。

《餘談》中還有幾條小文，大都是流連光景的，卻也值得一讀，抄錄於後：

「桃花以種村落籬牆畦圃處為多，探之者必策蹇郊行始得其趣，笠翁之論妙矣，余無以易之而意與之別。彼之所重在真，吾之所重在遠，梅紅柳綠，正妙在遠望處入畫也。」

「春夏樓居，不惟免剝啄之煩，雲霞宛宿簷端，竹巔木杪，晨昏與時鳥共語，亦自極仙人之樂也。」

「掃室焚香，讀書之樂。吾謂室可勤掃，香可不焚。蓋芸檀之屬氣味原自重濁，何況加之以煙，茶藥味美，用以相代，庶於親賢遠佞之意有合乎。」

「余性愛山，而所居無山，以雲代之。每當夕陽雨後，信步原野，遊目橫空，會心獨得，興致淋漓，不減陶靖節籬下悠然時也。」

這是全書的末一節，我讀了很喜歡也很感動，他真是率真的將真心給人家看，我們讀筆記多少冊不容易遇見一則，即此可見其難得可貴矣。

廿六年三月十三日，在北平記。

【附記】

梁清遠著《雕丘雜錄》卷十有一則云：

「古今紀載理之所無者，莫如王質爛柯一事。夫神仙之道欲其長生，正以日月悠長為可樂耳，乃一局棋便是人間數百年，數局棋便是人間數千年矣，由此言之，數萬年不抵人間一兩月，日月如是之速，神仙亦有何佳處耶。以此為寓言則可，以為實有此事，吾甚為神仙苦其短促也。」與上文學仙一節意相同，文亦有致。梁君亦是真定人，與天慵生是同鄉，彷彿覺得滹南遺老的流澤尚不甚遠也。

廿六年四月十八日校閱時記。

老學庵筆記

吾鄉陸放翁近來似乎很交時運，大有追贈國防詩人頭銜的光榮。這件事且莫談，因為我不懂詩，雖然我也是推尊放翁的，其原因卻別有所在。其一因為放翁是我的小同鄉。他晚年住在魯墟，就是我祖母的母家所在地，他題《釵頭鳳》的沈園離吾家不到半里路。五年前寫《姑惡詩話》中曾說起過：

「清道光時周寄帆著《越中懷古百詠》，其《沈園》一律末聯云，寺橋春水流如故，我亦踟躕立晚風。沈園早不知到那裡去了，現在只剩了一片菜園，禹跡寺還留下一塊大匾，題曰古禹跡寺，裡邊只有瓦礫草萊，兩株大樹。但是橋還存在，雖是四十年前新修的圓洞石橋，大約還是舊址，題曰春波橋，即用放翁詩句的典故，民間通稱羅漢橋，是時常上下的船步，船頭腦湯小毛氏即住在橋側北岸，正與廢園隔河相對。越城東南一隅原也不少古蹟，怪山，唐將軍墓，季彭山故里，王玄趾投水的柳橋，但最令人惆悵者莫過於沈園遺址，因為有些事情或是悲苦或是壯烈，還不十分難過，唯獨這種啼笑不敢之情（如毛子晉題跋所說），深微幽鬱，好像有蟲在心裡蛀似的，最難為懷，數百年後，登石橋，坐石闌上，倚天燈柱，望沈園牆北臨河的蘆荻蕭蕭，猶為之悵然，——是的，這裡悵然二字用得正好，我們平常大約有點濫用，多沒有那樣的切貼了。」

放翁三十二歲時在沈園見其故妻，至七十五歲又有題《沈園》二絕句，其二云：

「夢斷香消四十年，沈園柳老不飛綿，此身行作稽山土，猶吊遺蹤一泫然。」

這種情況是很可悲的。家祭無忘告乃翁的絕筆也本寫得好，卻不能勝於此二首，雖然比起岳鵬舉的《滿江紅》來自然已經好多了。

再說第二個原因是我愛讀他的遊記隨筆，即《老學庵筆記》與《入蜀記》。據《四庫書目提要》云《筆記》十卷，續二卷，《書目答問》亦如是說，注云津逮本，學津本。但是我不幸一直沒有能夠見到《續筆記》，查毛子晉所刻的無論是放翁全集本或津逮秘書本的《筆記》，都只有十卷，民國八年上海活字本據穴硯齋抄宋本亦無續筆，大約這只在四庫裡才有，而《答問》所注乃不可靠也。

《復堂日記補編》光緒四年十一月十五日條云：

「閱《老學庵筆記》十卷，放翁文士多瑣語，不足為著述也，然吾師吳和甫先生最嗜此書，蓋才識與務觀近耳。」

譚復堂亦是清末之有學識者，而此言頗偏，蓋其意似與《四庫提要》相近，必須「軼聞舊典往往足備考證」，才是好筆記也。我的意思卻正是相反，軼聞舊典未嘗不可以記，不過那應該是別一類，為野史的枝流，若好的隨筆乃是文章，多瑣語多獨自的意見正是他的好處，我讀《老學庵筆記》如有所不滿足，那就是這些分子之還太少一點耳。

《筆記》中有最有意義也最為人所知的一則，即關於李和兒的炒栗子的事。文在卷二，云：

「故都李和炒栗名聞四方，他人百計效之終不可及。紹興中陳福公及錢上閤愷出使虜庭，至燕山，忽有兩人持炒栗各十裹來獻，三節人亦人得一裹，自贊曰，李和兒也。揮涕而去。」趙雲松著《陔余叢考》卷三十三京師炒栗一則云：

「今京師炒栗最佳，四方皆不能及。按宋人小說，汴京李和炒栗名聞四方，紹興中陳長卿及錢愷使金，至燕山，忽有人持炒栗十枚來獻，自白曰，汴京李和兒也，揮涕而去。蓋金破汴後流轉於燕，仍以炒栗世其業耳，然則今京師炒栗是其遺法耶。」所云宋人小說當然即是放翁《筆記》，唯誤十裹為十枚，未免少得可笑也。

郝蘭皋著《曬書堂筆錄》卷四中亦有炒栗一則云：

「栗生啖之益人，而新者微覺寡味，乾取食之則味佳矣，蘇子由服栗法亦是取其極乾者耳。然市肆皆傳炒栗法。余幼時自塾晚歸，聞街頭喚炒栗聲，舌本流津，買之盈袖，恣意咀嚼。其栗殊小而殼薄，中實充滿，炒用糖膏（俗名糖稀），則殼極柔脆，手微剝之，殼肉易離而皮膜不黏，意甚快也。及來京師，見市肆門外置柴鍋，一人向火，一人坐高兀子，操長柄鐵勺，頻攪之令勻遍。其栗稍大，而炒製之法和以濡糖藉以粗沙，亦如余幼時所見，而甜美過之，都市炫鬻，相染成風，盤飣間稱佳味矣。偶讀《老學庵筆記》二言，云云。惜其法竟不傳，放翁雖著記而不能究言其詳也。」

郝君所說更有風致，敘述炒栗子處極細膩可喜，蓋由於對名物自有興味，非他人所可及，唯與放翁原來的感情卻不相接觸，無異於趙雲松也。

《放翁題跋》卷三有《跋呂侍講歲時雜記》云：

「承平無事之日，故都節物及中州風俗人人知之，若不必記，自喪亂來七十年，遺老凋落無在者，然後知此書之不可闕。呂公論著實崇寧大觀間，豈前輩達識固已知有後日耶。然年運而往，士大夫安於江左，求新亭對泣者正未易得，撫卷累欷。慶元三年二月乙卯，笠澤陸游書。」

讀此可知在炒栗中自有故宮禾黍之思，後之讀者安於北朝與安於江左相同，便自然不能覺得了。但是這種文字終不能很多，多的大都是瑣語，我也以為很有意思。卷三有一則云：

「今人謂賤丈夫曰漢子，蓋始於五胡亂華時。北齊魏愷自散騎長侍遷青州長史，固辭，文宣帝大怒曰，何物漢子，與官不受！此其證也。承平日有宗室名宗漢，自惡人犯其名，謂漢子曰兵士，舉宮皆然。其妻供羅漢，其子授《漢書》，宮中人曰，今日夫人召僧供十八大阿羅兵士，大保請官教點兵士書。都下哄然傳以為笑。」

又卷五有類似的一則云：

「田登作郡，自諱其名，觸者必怒，吏卒多被榜笞，於是舉州皆謂燈為火。上元放燈，許人入州治遊觀，吏人遂書榜揭於市曰，本州依例放火三日。」

這兩則在正統派看去當然是蕭鷗巴曾鶉脯之流，即使不算清談誤國，也總是逃避現實了吧。但是仔細想來，這是如此的麼？漢子的語源便直戳了老受異族欺侮的國民的心，「只許州官放火，不許百姓點燈」的俗諺豈不是至今還是存在，而且還活著麼？這種看法容易走入牛角灣的魔道裡去，不過當作指點老實人出迷津的方便如有用處，那麼似乎也不妨一試的吧。

又卷一有一則云：

「晏尚書景初作一士大夫墓誌，以示朱希真。希真曰，甚妙，但似欠四字，然不敢以告。景初苦問之，希真指有文集十卷字下曰，此處欠。又問欠何字，曰，當增不行於世四字。景初遂增藏於家三字，實用希真意也。」卷七有談詩的一則云：

「今人解杜詩但尋出處，不知少陵之意初不如是。且如岳陽樓詩：昔聞洞庭水，今上岳陽樓，吳楚東南坼，乾坤日夜浮，親朋無一字，老病有孤舟，戎馬關山北，憑軒涕泗流。此豈可以出處求哉，縱使字字尋得出處，去少陵之意益遠矣。蓋後人元不知杜詩所以妙絕古今者在何處，但以一字亦有出處為工，如《西崑酬唱集》中詩何曾有一字無出處者，便以為追配少陵可乎。且今人作詩亦未嘗無出處，渠自不知，若為之箋注亦字字有出處，但不妨其為惡詩耳。」

放翁的意見固佳，其文字亦冷雋可喜，末數語尤妙，「不妨其為惡詩」，大有刀筆餘風，令人想起後來的章實齋，上節記「不行於世」雖非放翁自己的話，也有同樣的趣味。卷八又有云：

「北方民家吉凶輒有相禮者，謂之白席，多鄙俚可笑。韓魏公自樞密歸鄴，赴一姻家禮席，偶取盤中一荔枝欲啖之，白席者遽唱言曰，資政吃荔枝，請眾客同吃荔枝。魏公憎其喋喋因置不復取，白席者又曰，資政惡發也，卻請眾客放下荔枝。魏公為一笑。惡發，猶云怒也。」

又卷二云：

「錢王名其居曰握髮殿。吳音握惡相亂，錢塘人遂謂其處曰，此錢大王惡髮殿也。」連類抄錄，亦頗有致。筆記中又有些文字，亦是瑣語而中含至理，可以滿正宗讀者之意，如卷一云：

「青城山上官道人北人也，巢居食松麨，年九十矣，人有謁之者，但粲然一笑耳，有所請問則託言病聵，一語不肯答。予嘗見之於丈人觀道院，忽自語養生曰，為國家致太平與長生不死皆非常人所能然，且當守國使不亂以待奇才之出，衛生使不夭以須異人之至，不亂不夭皆不待異術，惟謹而已。予大喜，從而叩之，則已復言聵矣。」

上官道人其殆得道者歟，行事固妙，所說治國衛生的道理寥寥幾句話，卻最高妙也最切實。我想這或者可以說是黃老之精髓吧，一方面亦未嘗不合於儒家的道理，蓋由於中國人原是黃帝子孫而孔子也嘗問禮於老聃乎。所可惜的是不容易做，大抵也沒有人想做過，北宋南宋以至明的季世差不多都是成心在做亂與夭，這實是件奇事。

中國的思想大都可以分為道與儒與法，而實際上的政教卻往往是非道亦非儒亦非法，總之是非黃老，而於中國最有益的辦法恐怕正是黃老，如上官道人所說是也。讀《老學庵筆記》而得救國之道，似乎滑稽之甚，但我這裡並不是說反話，真理元是平凡的東西，日光之下本無新事也。

廿六年三月三十日。

第二卷 文風拾趣

銀茶匙

在岩波文庫裡得到一本中勘助（Naka Kansuke）的小說《銀茶匙》（Gin no Saji），很是喜歡。這部小說的名字我早知道，但是沒有地方去找。在鈴木敏也所著文藝論抄《廢園雜草》中有一篇《描寫兒童的近代小說》，是大正十一年（一九二二）暑期講習會對小學教員所講的，第六節曰幼時的影，這裡邊說到《銀茶匙》，略述梗概之後又特別引了後篇的兩節，說是教員們應當子細玩味的部分。

鈴木氏云：

「現今教育多注全力於建立一種偶像，致忘卻真實的生命，或過於拘泥形式，反不明了本體在於那邊，這些實是太頻繁的在發生的問題。總之那珂氏（案此係發表當時著者的筆名，讀音與「中」相同）這部著作是描寫兒童的近代小說中最佳的一種，假如讀兒童心理學為現在教員諸君所必需，那麼為得與把握住了活的心靈之現實相去接觸，我想勸大家讀這《銀茶匙》。」

但是《銀茶匙》我在以前一直未能找到，因為這原來是登在東京《朝日新聞》上的，後來大約也出過單行本，我卻全不清楚。關於中勘助這人我們也不大知道，據岩波本和辻哲郎的解說云：

「中氏在青年時代愛讀詩歌，對於散文是不一顧視的。最初在大學的英文學科，後轉入國文學科畢業。其時在日本正值自然主義的文學勃興，一方面又是夏目漱石開始作家活動的時候。但中氏毫不受到這兩方面的影響，其志願在於以詩的形式表現其所獨有的世界，而能刺激鼓動如此創作欲的力量在兩者均無有也。中氏於是保守其自己獨特的世界，苦心思索如何乃能以詩的形式表現出來。可是末了終於斷念，以現代日本語寫長詩是不可能的事，漸漸執筆寫散文，雖然最初彷彿還感著委屈的樣子。這樣成功的作品第一部便是《銀茶匙》的前篇。時為明治四十五年（一九一二）之夏，在信州野尻湖畔所寫，著者年二十七歲。

「最初認識這作品的價值的是夏目漱石氏。漱石指出這作品描寫小孩的世界得未曾有，又說描寫整潔而細緻，文字雖非常雕琢卻不思議地無傷於真實，文章聲調很好，甚致讚美。第二年因了漱石的推薦，這篇小說便在東京《朝日新聞》上揭載出來。在當時把這作品那麼高的評價的人除漱石外大約沒有吧。但是現在想起來，漱石的作品鑒識眼確實是很透澈的。

「《銀茶匙》的後篇是大正二年（一九一三）之夏在比睿山上所寫。漱石作了比前篇還要高的評價，不久也在同一新聞上揭載出來了。」

查《漱石全集》第十三卷續書簡集中有幾封信給中氏的，其中兩三封關於他的小說，覺得頗有意思，如大正二年三月二十一日信云：

「來書誦悉。作者名字以中勘助為最上，但如不方便，亦無可如何。那迦，奈迦，或勘助，何如乎？鄙人之小說久不結束，自以為苦，且對兄亦甚抱歉，大抵來月可以登出亦未可料。稿費一節雖尚未商及，鄙人居中說合，當可有相當報酬，唯因係無名氏故，無論如何佳妙，恐未能十分多給，此則亦希豫先了知者耳。」

又大正三年十月二十七日信云：

「病已癒，請勿念。前日昨日已將大稿讀畢，覺得甚有意思。不過以普通小說論，缺少事件，俗物或不讚賞亦未可知。我卻很喜歡，特別是在病後，又因為多看油膩的所謂小說有點食傷了，所以非常覺得愉快。雖然是與自己隔離的，卻又彷彿很是密合，感到高興親近。壞地方自然也有，那只是世俗所云微疵罷了。喜歡那樣性質的東西的人恐怕很少，我也因此更表示同情與尊敬。原稿暫寄存，還是送還，任憑尊便。草草不一。」

這一封信大約是講別的作品的，但是批評總也可以拿來應用。中氏是這樣一個古怪的人，他不受前人的影響，也不管現在的流行，只用了自己的眼來看，自己的心來感受，寫了也不多發表，所以在文壇上幾乎沒有地位，查《日本文學大辭典》就不見他的姓名，可是他有獨自的境界，非別人所能侵犯。和辻氏說得好：

「著者對於自己的世界以外什麼地方都不一看，何況文壇的運動，那簡直是風馬牛了。因此他的作品也就不會跟了運動的轉移而變為陳舊的東西，這二十五年前所作的《銀茶匙》在現今的文壇上拿了出來，因此也依然不會失卻其新鮮味也。」

《銀茶匙》前篇五十三章，後篇二十二章，都是寫小學時代的兒童生活的，好的地方太多了，不容易挑選介紹，今姑且照鈴木氏所說，把那兩節抄譯出來。這都在後篇裡，其一是第二章云：

「那時戰爭開始（案即甲午年中日之戰）以來，同伴的談話整天都是什麼大和魂與半邊和尚（案此為罵中國人的話）了。而且連先生也加在一起，簡直用了嗾狗的態度，說起什麼便又拉上大和魂與半邊和尚去。這些使我覺得真真厭惡，很不愉快。

「先生關於豫讓或比干的故事半聲也不響了，永遠不斷的講什麼元寇和朝鮮征伐的事情。還有唱歌也單教唱殺風景的戰爭歌，又叫人做那毫無趣味的體操似的跳舞。大家都發了很，好像眼前就有不共戴天的半邊和尚攻上來的樣子，聳著肩，撐著肘，鞋底的皮也要破了似的踹著腳，在蓬蓬上捲的塵土中，不顧節調高聲怒號。我心裡彷彿覺得羞與此輩為伍似的，便故意比他們更響的歌唱。

「本來是很狹小的運動，這時碰來碰去差不多全是加藤清正和北條時宗，懦弱的都被當作半邊和尚，都砍了頭。在街上走時，所有賣花紙的店裡早已不見什麼千代紙或百囡囡等了，到處都只掛著炮彈炸開的齷齪的圖畫。凡耳目所遇到的東西無一不使我要生起氣來。

「有一回大家聚在一處，根據了傳聞的謠言亂講可怕的戰爭談，我提出與他們相反的意見，說結局日本終要輸給支那吧。這個想不到的大膽的豫言使得他們暫時互相對看，沒有話說，過了一會兒，那雖可笑卻亦可佩服的敵愾心漸漸增長，至於無視組長的權威，一個傢伙誇張的叫道：

『啊呀啊呀，不該呀不該！』

另一個人揑了拳頭在鼻尖上來擦了一下。又一個人學了先生的樣子說道：

『對不起，日本人是有大和魂的。』

我用了更大的反感與確信單獨的擔當他們的攻擊，又堅決的說道：

『一定輸，一定輸！』

我在這喧擾的中間坐著，用盡所有的智慧，打破對方的缺少根據的議論。同伴的多數連新聞也不跳著看，萬國地圖不曾翻過，《史記》與《十八史略》的故事也不曾聽見過。所以終於被我難倒，很不願意的只好閉住嘴了，可是鬱憤並不就此銷失，到了下一點鐘他們告訴先生道：

『先生，某人說日本要輸！』

先生照例用那副得意相說：

『日本人是有大和魂的。』

於是又照平常破口大罵支那人。這在我聽了好像是罵著我的樣子，心裡按納不下，便說：

『先生，日本人如有大和魂，那麼支那人也有支那魂吧。日本如有加藤清正和北條時宗，那麼在支那豈不也有關羽和張飛麼？而且先生平常講謙信送鹽給信玄的故事，教人說憐敵乃是武士道，為什麼老是那樣罵支那人的呢？』我這樣說了把平日的牢騷一下子都倒了出來之後，先生裝起臉孔，好久才說道：

『某人沒有大和魂！』

我覺得兩太陽穴的筋在跳著，想發脾氣了，可是大和魂的東西又不是可以抓出來給人家看的，所以只能這樣紅了臉沉默著了。

忠勇無雙的日本兵後來雖然把支那兵和我的乖巧的豫言都打得粉碎，但是我對於先生的不信任與對於同輩的輕蔑卻總是什麼都沒有辦法。」

其次是第十章云：

「我比什麼都討厭的功課是一門修身。高小已經不用掛圖，改用教科書了，不知怎的書面也齷齪，插圖也粗拙，紙張印刷也都壞，是一種就是拿在手裡也覺得不愉快的劣書，提起裡邊的故事來呢，那又都是說孝子得到王爺的獎賞，老實人成了富翁等，而且又毫無味道的東西。還有先生再來一講，他本來是除了來加上一種最下等意味的功利的說明以外沒有別的本領的，所以這種修身功課不但沒有把我教好了一點兒，反會引起正相反對的結果來。

「那時不過十一二歲的小孩，知識反正是有限的，可是就只照著自己一個人的經驗看來，這種事情無論如何是不能就此相信的。我就想修身書是騙人的東西。因此在這不守規矩要扣操行分數的可怕的時間裡，總是手托著腮，或是看野眼，打呵欠，哼唱歌，努力做出種種不守規矩的舉動，聊以發洩難以抑制的反感。

「我進了學校以後，聽過孝順這句話，總有一百萬遍以上吧。但是他們的孝道的根基畢竟是安放在這一點上，即是這樣的受生與這樣的生存著都是無上的幸福，該得感謝。這在我那樣既已早感到生活苦的味道的小孩能有什麼權威呢？我總想設法好好的問清楚這個理由，有一回便對於大家都當作毒瘡似的怕敢去碰只是囫圇吞下的孝順問題發了這樣的質問：

『先生，人為什麼非孝順不可呢？』

先生圓睜了眼睛道：

『肚子餓的時候有飯吃，身體不舒服的時候有藥喝，都是父母的恩惠。』我說道：

『可是我並不怎樣想要生活著。』

先生更顯出不高興的樣子，說道：

『這因為是比山還高，比海還深。』我說道：

『可是我在不知道這些的時候還更孝順呢。』

先生發了怒，說道：

『懂得孝順的人舉手！』

那些小子們彷彿覺得這是我們的時候了，一齊舉起手來。對於這種不講理的卑怯的行為雖然抱著滿腔的憤懣，可是終於有點自愧，紅著臉不能舉起手來的我，他們都憎惡的看著。我覺得很氣，但也沒有話可說，只好沉默，以後先生常用了這有效的手段鎖住了人家質問的嘴，在我以為避免這種屈辱起見，凡是有修身的那一天總是告假不上學校去了。」

十年前有日本的美術家告訴我，他在學校多少年養成的思想後來也用了差不多年數才能改正過來。這是很有意義的一句話。《銀茶匙》的主人公所說亦正是如此，不過更具體的舉出忠孝兩大問題來，所以更有意義了。

廿五年十二月十七日。

【附記】

近日從岩波書店得到中氏的幾本小說集，其中有一冊原刊本的《銀茶匙》，還是大正十四年（一九二五）的第一板，可見好書不一定有好銷路也。

廿六年二月二十日再記。

江都二色

我頗喜歡玩具，但翻閱中國舊書，不免悵然，因為很難得看見這種紀載。《通俗編》卷三十一戲具條下引《潛夫論》云：

「或作泥車瓦狗諸戲弄之具，以巧詐小兒，皆無益也。」我們可以知道漢朝小兒有泥車瓦狗等玩具，覺得有意思，但其正論殊令人讀了不快。偶閱黃生著《字詁》，其橅壥一條中有云：「東方朔與公孫弘書（見《北堂書鈔》），何必橅壥而遊，垂髮齊年，偃伏以自數哉。橅與模同，今小兒以碎碗底（方音督）為範，摶土成餅，即此戲也。」

又《義府》卷上毀瓦畫墁一條中云：

「《孟子》，毀瓦畫墁。如今人以瓦片畫牆壁為戲，蓋指畫墁所用乃毀裂之瓦耳。」不意在訓詁考據書中說及兒童遊戲之事，黃君可謂有風趣的人了。吾鄉陶石梁著《小柴桑諵諵錄》，卷上引《大智度論》云：

「菩薩作是念，眾生易度耳，所謂者何，眾生所著皆是虛誑無實。譬如人有一子，喜不淨中戲，聚土為谷，以草木為鳥獸，而生愛著，人有奪者，嗔恚啼哭。其父知已，此子今雖愛著，此事易離耳，小大自休。何以故，此物非真故。」

經論所言自是甚深法理，就譬喻言亦正不惡，此父可謂解人，龍樹造論，童壽譯文，乃有如此妙趣，在支那撰述中竟不可得，此又令我憮然也。小大自休，這是對於兒童的多麼深厚的瞭解，能夠這樣懂得情理，這才知道小兒的遊戲並非玩物喪志，聽童話也並不會就變成癡子到老去找貓狗說話，只可惜中國人太是講道統正宗，只管叉手談道學做製藝，升官發財蓄妾，此外什麼都不看在眼裡，著述充屋棟，卻使我們隔教人失望，想找尋一點資料都不容易得。

講到兒童事情的文章，整篇的我只見過趙與時著《賓退錄》卷六所記唐路德延的《孩兒詩》五十韻，裡邊有些描寫得頗好，如第三十一聯云：

「折竹裝泥燕，添絲放紙鳶。」又第四十六聯云：

「壘柴為屋木，和土作盤筵。」這所說的是玩具及遊戲，所以我覺得特別有趣味，在民國十二年曾想編一本小書，就題名曰「土之盤筵」。但是，別的整篇就已難得見到，不要說整本的書了。

手頭有一本書，不過不是中國的，未免很是可惜。書名曰「江都二色」，日本安永二年刊，這是西曆一七七三年，清乾隆三十八年癸巳，在中國正是大開四庫全書館，刪改皇侃《論語疏》的時候，日本卻是江戶平民文學的爛熟期，浮世繪與狂歌發達到極頂，乃迸發而成此玩具圖詠一卷。

大正十三年（一九二四）稀書複製會有重刊本，昭和五年（一九三〇）鄉土玩具普及會又有模刻並加注釋，均只二十六圖，及後米山堂得完本復刻，始見全書，共有五十四圖，有阪與太郎著《日本玩具史》，後編第五篇中悉收入。我所有的一冊是鄉土玩具普及會本，亦即有阪氏所刊，木刻著色，《玩具史》中則只是銅板耳。

書有蜀山人序，北尾重政畫圖，木室卯云作歌，每圖題狂歌一首，大抵玩具兩件，故名二色，江都者江戶也。全書所繪大約總在九十件以上，是一部很好的玩具圖集，狂歌只算是附屬品，卻也別有他的趣味。這勉強可以說是一種打油詩，他的特色是在利用音義雙關的文字，寫成正宗的和歌的形式，卻使瑣屑的崇高化或是莊嚴的滑稽化，引起破顏一笑，譏刺諷諫倒尚在其次。

這與言語文字有密切的關係，好的狂歌是不能移譯的，因為他的生命寄託在文字的身體裡，不像志異書裡所說的魂靈可以離開軀殼而存在，所以如道士奪舍這些把戲在這裡是不可能的事。全書第五三圖是一個猴子與獅子頭，所題狂歌雖猥褻而頗妙，但是不能轉譯，並不為猥褻，實因雙關語無可設法也。第五二圖繪今川土製玩具，鐘樓與茶爐各一，歌意可以譯述，然而原本不大好，蓋老實的連詠二物，便不免有點像中國的詩鐘了。原歌云：

Yamadera no iriai no kane o hazuseshiwa
Hana chirasazi to chaya no kufu ka ?

意云，把山寺的晚鐘卸了，讓花不要散的，是茶店的主意麼。有阪君注釋云：「花散則客不來。鐘樓相近的櫻花每因撞鐘的迴響而散落，故茶亭中人想了法子將鐘卸下了。」這種土製玩具中國也並不是沒有，十年前看護國寺廟會，曾買過好些，大抵是廚房用具，製作的很精巧，也有橋亭房屋之類，不過像是盆景中物，所以我不大喜歡。

過了幾年之後，這些小鍋小缸之屬卻不見了，我只惋惜從前所買的一副也已經給小孩拿去玩都弄破了。沒有人紀錄，更沒有人來繪圖題詩。我們如要談及，只能靠自己的見聞和記憶，宛如未有文字的民族一樣，不，他們無文字卻還有圖畫，如洞窟中所留遺的野象野牛的壁畫，我們因為怕得玩物喪志連這個也放下了。

耳食之徒五體投地的致敬於欽定四庫全書，那裡就是在存目裡也找不出一冊《江都二色》來，等是東方文化卻於此很分出高下來了，北尾木室二公不但知道小大自休，還覺得大了也無妨耍子，此正是極大見識極大風致，萬非耳食之徒所能及其一根汗毛者也。

日本現時研究玩具的人很多，但其中當以有阪君為最重要。寒齋藏書甚少，所得有阪君著作約有十種，今依年代列舉如此：

甲，《尾志矢風裡》（Oshaburi），玩具圖錄，已出四冊。一，東北篇，大正十五年（一九二六）。二，古代篇，同上。三，東京篇，昭和二年（一九二七）。四，東海道篇，昭和四年（一九二九）。尾志矢風裡，漢字當寫作「御舐」，據《大言海》云：東京嬰兒玩具名，以木作，形小，中略細，兩端成球形，乳嬰便吮其球也。按此長寸許，形如啞鈴，今多用膠質製，不及木雕遠矣。

乙，《玩具繪本》，已出五冊。一，《手習草紙》，昭和二年。二，《繪雙六》。三，《御雛樣》。四，《犬子》，均同上。五，《子守唄》，昭和三年。手習草紙此言習字本，書中所收皆為天神像，即菅原道真，世傳司文之神也。繪雙六略如中國的升官圖，有種種花樣。雛為上巳女兒節所供養的人像，並備傢俱裝飾。子守唄即撫兒歌，玩具皆作少女負兒狀。

丙，《伏見人形》，昭和四年。

丁，《玩具葉奈志》，已出三冊。一，《今戶人形》。二，《御祭》。三，《招手貓》，皆昭和五年。此書性質與《玩具繪本》相同，葉奈志寫漢文作「話」字也。伏見今戶皆地名。祭即神社祭賽。貓常「洗臉」，舉手撫其面，狐鼬等亦能屈掌當眼上，向後回顧，商家輒範土作貓招手狀，以發利市，謂能招集顧客也，今所集者皆此類玩具。

戊，《日本雛祭考》，昭和六年。

己，《鄉土玩具種種相》，同上。

庚，《日本玩具史》前後編，昭和六至七年。

辛，《日本玩具史篇》，昭和九年，雄山閣所出玩具叢書八冊之一。同叢書中尚有《世界玩具史篇》一冊亦有阪君所撰，唯此係翻譯賈克孫（N.Jackson）夫人原著，故今未列入。有阪君又譯德人格勒倍耳（K.Grober）原著為《泰西玩具圖史》，大約昭和六年頃刊行，我因已有原書英文本，故未曾搜集。

王，《鄉土玩具大成》，第一卷，東京篇，昭和十年。全書共三卷，第二三卷尚未出。

癸，《愛玩》，昭和十年。這本名「愛玩家名鑒」，凡集錄玩具研究或搜集家約三百人，可以知道鄉土玩具運動的大勢，有阪君編並為之序。此外有阪君又曾編刊雜誌《鄉土玩具》及《人形人》，皆由建設社出版。建設社主人阪上君與其時編輯員佐佐木君皆日本新村舊人，民國廿三年秋我往東京遊玩，二君來訪，因以佐佐木君紹介，八月一日曾訪有阪君於南品川。

其玩具藏名「蘇民塔」在建築中，外部尚未落成，內如小舍，有兩層，列大小玩具都滿，不及細看，目不給亦日不給也。在塔中坐談小半日，同行的川內君記錄其語，曾登入《鄉土玩具》第二卷中，愧不能有所貢獻，如有阪君問中國有何玩具書，我心裡只記著《江都二色》，卻無以奉答，只能老實說道沒有。

這「沒有」自四庫全書時代起直至現在都有效，不能不令人憮然，但在正統派或反而傲然亦未可知。蘇民故事據古書說，有蘇民將來者，家貧，值素盞嗚尊求宿，欣然款待，尊教以作茅輪，疫時佩之可免，其後人民多署門曰蘇民將來子孫，近世或有寺院削木作八角形，大略如塔，題字如上，售之以辟疾病。

有阪君之塔即模其形，據云恐本於生殖崇拜，殆或然歟，《愛玩》卷首有此塔照相，每面題字有蘇民將來子孫人也等約略可見。有阪君生於明治廿九年丙申（一八九六），在《愛玩》中自稱是不惜與鄉土玩具情死的男子，生計別有所在，卻以普及鄉土玩具為其天賦之職業，自己介紹得很得要領。日本又有清水晴風凱撒笛畝川崎巨泉諸人亦有名，均為玩具畫家，唯所作畫集價值多極貴，寒齋不克收藏，故亦遂不能有所介紹也。

廿六年一月十七日，於北平苦茶庵。

凡人崇拜

日本現代散文家有幾個是我所佩服的，戶川秋骨即是其一。據《日本文學大辭典》上說，秋骨本名明三，生於明治三年（一八七〇），專攻英文學，在慶應大學為教授。又云：

「在其所專門的英文學上既為一方之權威，在隨筆方面亦以有異色的幽默與諷刺聞名。以隨筆集《文鳥》及其他改編而成的《樂天地獄》（昭和四年即一九二九）中，他的代表作品大抵集錄在內。」

但是我最初讀了佩服的卻是大正十五年（一九二四）出版的一冊《凡人崇拜》，那時我還買了一本送給友人。這樣買了書送人的事只有幾次，此外有濱田陵的《橋與塔》，木下周太等的《昆蟲寫真生態》二冊，又有早川孝太郎的《野豬與鹿與狸》，不過買來擱了好久還沒有送掉，因為趣味稍偏不易找到同志也。

秋骨（戶川君今老矣，計年已六十有七，大前年在東京曾得一見，致傾倒之意，於此當稱秋骨先生，庶與本懷相合，唯為行文便利計，又據顏師古說舉字以相崇尚，故今仍簡稱字）的文章的特色是幽默與諷刺，這有些是英文學的影響，但是也不盡如是。他精通英文學，雖然口頭常說不喜歡英文與英文學，其實他的隨筆顯然有英國氣，不過這並不是他所最賞識的蘭姆，遠一點像斯威夫德，近的像柏忒勒（Butler）或蕭伯訥吧，──自然，這是文學外行人的推測之詞，未必會說得對，總之他的幽默裡實在多是文化批評，比一般文人論客所說往往要更為公正而且辛辣。

昭和十年（一九三五）所出隨筆集《自畫像》的自序中云：

「我曾經被人家說過，你總之是一個列倍拉列斯忒（自由主義者）吧。近來聽說列倍拉列斯忒是很沒有威勢了，可是不論如何，我以是一個列倍拉列斯忒為光榮的。從我自己說來毫無這些麻煩的想頭，若是旁觀者這樣的說，那麼就是如此也說不定。注重個性咧，趕不上時勢咧，或者就是如此也未可知吧。趕不上時勢什麼都沒有關係，我只以是一個列倍拉列斯忒，即自由主義者的事衷心認為光榮的。

「又被一個旁觀者說過，說是摩拉列斯忒。你到底是一個摩拉列斯忒，這是或人說的話。我向來是很討厭摩拉列斯忒的。摩拉列斯忒，換句話說就是道德家。啊呀，這樣的東西真是萬不敢領教，我平常總是這麼想。可是人家說，你說萬不敢領教這便正是摩拉列斯忒的證據。被人家這樣說來，那麼正是如此也未可定。……假如這是天性，沒有法子，除了死心塌地承受以外更無辦法。那麼這就是說天成的道德家了，如此一說的確又是可以感謝的事。但是此刻現在誰也不見得肯把我去當作思想善導的前輩吧。

「若是不能成為思想善導家那樣重要而且有錢賺的人，即使是道德家，也是很無聊的。總之是討厭的事。那麼摩拉列斯忒還是討厭的，不過雖是討厭而既然是天性，則又不得不死心塌地耳。」

因為他是自由主義者，是真的道德家，所以所寫的文章如他自己所說多是叫道德家聽了厭惡，正人君子看了皺眉的東西，這一點在日本別家的隨筆是不大多見的，我所佩服的也特別在此。專制，武斷及其附屬，都是他所不喜歡的，為他的攻擊的目標。諷刺是短命的，因為目標倒了的時候他的力量也就減少，但幽默卻是長命的，雖然不見得會不死，雖然在法西斯勢力下也會暫時假死。

《自畫像》的一篇小文中有云：

「特別最近說是什麼非常時了，要裝著怪正經的臉才算不錯，很有點兒可笑。而且又還亂七八糟的在助成殺伐的風氣。大抵兇手這種人物都是忘卻了這笑的，而受別人的刃的也大都是缺少這幽默的人。」

秋骨的文章裡獨有在非常時的兇手所沒有的那微笑，一部分自然無妨說是出於英文學的幽默，一部分又似日本文學裡的俳味，雖然不曾聽說他弄俳句，卻是深通「能樂」，所以自有一種特殊的氣韻，與全受西洋風的論文不相同也。

秋骨的思想的特點最明顯的一點是對於軍人的嫌憎。《凡人崇拜》裡第二篇文章題曰「定命」，劈頭便云：「生在武士的家裡，養育在武士風的環境裡，可是我從小孩的時候起便很嫌憎軍人。」後邊又云：

「小時候遇見一位前輩的軍官，他大約是嘗過哲學的一點味道的吧，很不平的說，俺們是同豬玀一樣，因為若干年間用官費養活，便終身被捆在軍籍裡，被使令服役著。我在旁聽到，心想這倒確實如此吧，雖然還年幼心裡也很對他同情。那人又曾憤慨的說，某親王同自己是海軍學校的同窗，平等的交際著的，一畢了業某親王忽然高升，做學生時候那了無隔閡的態度全沒有了，好像換了人似的以昂然的態度相對。我又在旁聽到，心想這倒確實如此吧。於是我的軍人嫌憎的意思更是強固起來了。」

同文中又有一節云：

「在須田町的電車交叉點立著一座非常難看相的叫做廣瀨中佐的海軍軍人的銅像。我曾寫過一篇銅像論，曾說日本人決不可在什麼銅像上留下他的尊相。須田町的那個大約是模仿忒拉法耳伽街的納耳遜像的吧，廣瀨中佐原比納耳遜更了不得，銅像這物事自然也是須田町的要比英國更好，總之不論什麼比起英國來總是日本為勝，我在那論內說過。

「只是很對不起的，要那中佐的貴相非在這狹隘熱鬧之區裝出那種呆樣子站著不可，這大約也就是象徵那名譽戰死的事是如何苦惱的吧。同樣是立像，楠正成則坐鎮於閒靜地方，並不受人家的談論，至於大村則高高的供在有名地方，差不多與世間沒交涉。惟有須田町的先生乃一天到晚俯視著種種形相，又被彼等所仰視著，我想那一定是煩得很，而且也一定是苦得很吧。

「說到忒拉法耳伽街，那是比須田町還要加倍熱鬧的街市，但是那裡的納耳遜卻立在非常高的地方，群眾只好遠遠的仰望，所以不成什麼問題。至於吾中佐，則就是家裡的小孩見了也要左手向前伸，模仿那用盡力氣的姿勢，覺得好玩。還有今年四歲的女孩，比她老兄所做的姿勢更學得可笑，大約是在中佐之下的兵曹長的樣子吧，彎了腰，歪了嘴，用了右手敲著臀部給他看。

「蓋兵曹長的姿勢實在是覺得這隻手沒有地方放似的，所以模仿他的時候除了去拍拍屁股也沒法安頓吧。就是在小孩看了，也可見他們感覺那姿態的異象。但是這些都沒有關係，中佐的了不得決非納耳遜呀楠呀大村呀之比。他永久了不得。只看日本國中，至少在東京市的小學校裡，把這人當作偉人的標本，講給學生聽，那就可以知道了罷。」

所以學生們回家來便問父親為什麼不做軍人，答說，那豈不是做殺人的生意麼？從這邊說是殺人，從那邊想豈不是被殺的生意麼？這種嫌憎軍人的意思在日本人裡並不能說是絕無，但是寫出來的總是極少，所以可以說是難得。

廣瀨中佐名武夫，日俄戰爭中死於閉塞旅順之役，一時尊為軍神，銅像舊在四叉路中心，大地震後改正道路，已移在附近一橫街中，不大招人憫笑矣。前文不記年月，但因此可知當在大正十二年（一九二三）之前也。

同書中第四篇曰「卑怯者」，在大地震一年後追記舊事，有關於謠傳朝鮮人作亂，因此有許多朝鮮人（中國人亦有好些在內）被殺害的事一節云：

「關於朝鮮人事件是怎麼一回事，我一點兒都不明白。有人說這是因為交通不完備所以發生那樣事情，不過照我的意思說來，覺得這正因為交通完備的緣故所以才會有那樣事情。假如那所謂流言蜚語真是出於自然的，那麼倒是一種有意思的現象，從什麼心理學社會學各方面都有調查研究的價值，可是不曾聽說有誰去做這樣的事。

「無論誰都怕摸身上長的毒瘡似的在避開不說，這卻是很奇怪。不過如由我來說，那麼這起火的根元也並不是完全不能知道。那個事件是九月二日夜發生的事，我還聽說同日同時刻在樺太島方面也傳出同樣的流言。恐怕樺太是不確的也未可知，總之同日同時那種流言似乎傳到很有點出於意外的地方去。

「無論如何，他總有著不思議的傳播力。依據昨今所傳聞，說是陸軍曾竭力設法打消那朝鮮人作亂的流言云云。的確照例陸軍的好意是足多的了。可是去年當時，我直接聽到那流言，卻是都從與陸軍有關係的人的嘴裡出來的。」

大地震時還有一件醜惡絕倫的事，即是憲兵大尉甘粕某殺害大杉榮夫婦及其外甥一案，集中也有一篇文章講到，卻是書信形式，題曰「寄在地界的大杉君書」。這篇文章我這回又反覆讀了兩遍，覺得不能摘譯，只好重複放下。如要摘譯，可選的部分太多，我這小文裡容不下，一也。

其二是不容易譯，書中切責日本軍憲，自然表面仍以幽默與遊戲出之，而令讀者不覺切齒或酸鼻，不佞病後體弱，尚無此傳述的力量也。我讀此文，數次想到斯威夫德上人，心生欽仰，關於大地震時二大不人道事件，不佞孤陋寡聞，未嘗記得有何文人寫出如此含有義憤的文章，故三年前在東京山水樓飯店見到戶川先生，單獨口頭致敬崇之詞，形跡雖只是客套，意思則原是真實耳。

上面所引多是偏於內容的，現在再從永井荷風所著《東京散策記》中另外引用一節，原在第八章空地中的：

「戶川秋骨君在《依然之記》中有一章曰『霜天的戶山之原』。戶山之原是舊尾州侯別莊的原址，那有名的庭園毀壞了變作戶山陸軍學校，附近便成為廣漠的打靶場。這一帶屬於豐多摩郡，近幾年前還是杜鵑花的名勝地，每年人家稠密起來，已經變成所謂郊外的新開路，可是只有那打靶場還依然是原來的樣子。秋骨君曰：

戶山之原是在東京近郊很少有的廣大的地面。從目白的裡邊直到巢鴨瀧之川一面平野，差不多還保留著很廣闊的武藏野的風致。但是這平野大抵都已加過耒耜，已是耕種得好好的田地了，因此雖有田園之趣而野趣則至為缺乏。若戶山之原，雖說是原，卻也有多少高下，有好些樹木。大雖是不大，亦有喬木聚生，成為叢林的地方。而且在此地一點都不曾加過人工，全是照著那自然的原樣。假如有人願意知道一點當初武藏野的風致，那麼自當求之於此處吧。

高下不平的廣大的地面上一片全是雜草遮蓋著，春天採摘野菜，適於兒女的自由遊戲，秋天可任雅人的隨意散步。不問四季什麼時候，學繪畫的學生攜帶畫布，到處描寫自然物色，幾無間斷。這真是自然之一大公園，最健全的遊覽地，其自然與野趣全然在郊外其他地方所不能求得者也。在今日形勢之下，苟有餘地則即其處興建築，不然亦必加耒耜，無所躊躇。可是在大久保近傍何以還會留存著這樣幾乎還是自然原狀的平野的呢？很奇怪，此實為俗中之俗的陸軍之所賜也。

戶山之原乃是陸軍的用地。其一部分為戶山學校的打靶場，其一部分作練兵場使用。但是其大部分差不多是無用之地似的，一任市民或村民之蹂躪。騎馬的兵士在大久保柏木的小路上列隊馳驟，那是很討厭的事，不，不是討厭，是叫人生氣的。把天下的公路像是他所有似的霸佔了，還顯出意氣軒昂的樣子，這是吾輩平民所甚感覺不愉快的。可是這給予不愉快的大機關卻又在戶山之原把古昔的武藏野給我們保留著。想起來時覺得世上真是不思議的互相補償，一利一害，不覺更是深切的有感於應報之說了。」

這裡雖然也仍說到軍人，不過重要的還是在於談戶山之原，可以算作他這類文章的樣本。永井原書成於大正四年（一九一五），此文的著作當在其前，《依然之記》我未曾見，大約是在《文鳥》集中吧，但《戶山之原》一篇也收在《樂天地獄》中。秋骨的書我只有這幾冊：

一，《凡人崇拜》（一九二六）

二，《樂天地獄》（一九二九）

三，《英文學筆錄》（一九三一）

四，《自然，多心，旅行》（同上）

五，《都會情景》（一九三三）

六，《自畫像》（一九三五）

這裡所介紹的只是一點，俟有機會當再來談，或是選譯一二小文，不過此事大難耳。

廿六年二月廿三日於北平。

浮世風呂

偶讀馬時芳所著《樸麗子》，見卷下有一則云：

「樸麗子與友人同飲茶園中，時日已暮，飲者以百數，坐未定，友亟去。既出，樸麗子曰，何亟也？曰，吾見眾目亂瞬口亂翕張，不能耐。樸麗子曰，若使吾要致多人，資而與之飲，吾力有所不給，且又不免酬應之煩，今在坐者各出數文，聚飲於此，渾貴賤，等貧富，老幼強弱，樵牧廝隸，以及遐方異域，黥劓徒奴，一杯清茗，無所參異，用解煩渴，息勞倦，軒軒笑語，殆移我情，吾方不勝其樂而猶以為飲於此者少，子何亟也。友默然如有所失。友素介特絕俗，自是一變。」

這篇的意思很好，我看了就聯想起戶川秋骨的話來，這是一篇論讀書的小文，收在他的隨筆選集《樂天地獄》（一九二九）裡，中有云：

「哈理孫告戒亂讀書的人說，我們同路上行人或是酒店裡遇見不知何許人的男子便會很親近的講話麼，誰都不這樣做，唯獨關於書籍，我常常同全然無名而且不知道是那裡的什麼人會談，還覺得高興。但是我卻以為同在路上碰見的人，在酒店偶然同坐的人談天，倒是頂有趣，從利益方面說也並不少的事。我想假如能夠走來走去隨便與遇著的人談談，這樣有趣的事情恐怕再也沒有吧。不過這只是在書籍上可以做到，實際世間不大容易實行罷了。《浮世床》與《浮世風呂》之所以為名著豈不即以此故麼。」

《浮世床》等兩部書是日本有名的滑稽小說，也是我所愛讀的書。去年七月我寫《與友人談日本文化書》之一，曾經連帶說及，今略抄於下：

「江戶時代的平民文學正與明清的俗文學相當，似乎我們可以不必滅自己的威風了，但是我讀日本的滑稽本還不能不承認這是中國所沒有的東西。滑稽——日本音讀作 **Kokkei**，顯然是從太史公的《滑稽列傳》來的，中國近來卻多喜歡讀若泥滑滑的滑了。——據說這是東方民族所缺乏的東西，日本人自己也常常慨歎，慚愧不及英國人。

這滑稽本起於文化文政（十九世紀初頭）年間，卻全沒有受著西洋的影響，中國又並無這種東西，所以那無妨說是日本人自己創作的玩意兒，我們不能說比英國小說家的幽默何如，但這種可證明日本人有幽默趣味要比中國人為多了。我將十返舍一九的《東海道中膝栗毛》（膝栗毛者以腳當馬，即徒步旅行）與式亭三馬《浮世風呂》及《浮世床》（風呂者澡堂，床者今言理髮處。此種漢字和用雖似可笑，世間卻多有，如希臘語帳篷今用作劇場的背景，跳舞場今用作樂隊講，是也）放在旁邊，再一一回憶我所讀過的中國小說，去找類似的作品，或者一半因為孤陋寡聞的緣故，一時竟想不起來。

借了兩個旅人寫他們路上的遭遇，或寫澡堂理髮鋪裡往來的客人的言動，本是所謂氣質物（Katagimono，Characters）的流派，亞理士多德門下的退阿佛拉斯多思（Theophrastos）就曾經寫有一冊書，可算是最早，從結構上說不能變成近代的好小說，但平凡的敘說裡藏著會心的微笑，特別是三馬的書差不多全是對話，更覺得有意思。

中國滑稽小說我想不出有什麼，自《西遊記》，《儒林外史》以至《何典》，《常言道》，都不很像，講到描寫氣質或者還是《儒林外史》裡有幾處，如高翰林那種神氣便很不壞，只可惜不多。」

其實高翰林雖寫得好，還是屬於特殊部類，寫的人固然可以誇張，原本也有點怪相，可以供人家的嗤笑以至譴責，如《浮世床》中的孔糞先生，嘲笑那時迂腐的漢學者，很是痛快，卻並不怎麼難寫。我想諷刺比滑稽為容易，而滑稽中又有分別，特殊的也比平凡的為容易。《浮世風呂》卷一裡出來的那個癱子和醉漢就都是特殊的例，如笑話中的瞎子與和尚或懼內漢之類，彷彿是鼻子上塗了白粉的小丑似的，人家對於他所給與的笑多半是有一種期待性，不算是上乘的創作，唯有把尋常人的平凡事寫出來，卻都變成一場小喜劇，這才更有意思，亦是更難。

雙木園主人（堀舍二郎）在《江戶時代戲曲小說通志》中說得不錯：

「文化六年（一八〇九）所出的《浮世風呂》是三馬著作中最有名的滑稽本。此書不故意設奇以求人笑，然詼諧百出，妙想橫生，一讀之下雖髯丈夫亦無不解頤捧腹，而不流於野鄙，不陷於猥褻，此實是三馬特絕的手腕，其所以被稱為斯道之泰斗者蓋亦以此也。」

式亭三馬本名菊地太輔，生於安永五年（一七七六），著書極多，以《浮世風呂》與《浮世床》為其傑作。樸麗子喜聽茶園中人軒軒笑語，以為能移我情，可謂解人，如遇三馬當把臂入林矣。

《浮世風呂》出版時當清嘉慶前半，其時在中國亦正有遊戲文章興起，但《常言道》等書只能與日本的「黃表紙」一類相當，滑稽本之流惜乎終未出現，馬君亦嘉道時人，能有此勝解而不有所著述，尤為可惜。

《浮世風呂》前後四編共九卷，各卷寫幾個場面都很有意思，我最喜歡前編卷下男澡堂中寫幾個書房裡放學出來的學生，三編卷上女澡堂中寫兩個十一二歲的小姑娘在著衣服時談話，雖今昔相隔已百三十年，讀了覺得情形不相遠，不佞曾想於此摘譯一部分，乃終未能夠，不但摘取為難，譯述亦大不易，我這裡只能以空言介紹終篇，誠不得已也。

我不看戲文，但推想《春香鬧學》，《三娘教子》等裡邊或者還含有兒童描寫的一丁點兒吧，不知何以小說散文中會那麼缺乏，豈中國文人的見識反在戲子下歟？寫學童的滑稽則尚有少許，郭堯臣著《捧腹集》詩抄中有《蒙師歎》七律十四首，其九，十兩首均頗佳，其詞云：

一陣烏鴉噪晚風，諸徒齊逞好喉嚨。趙錢孫李周吳鄭，天地玄黃宇宙洪。

千字文完翻鑒略，百家姓畢理神童。公然有個超群者，一日三行讀大中。

學書勉強捏泥拳，筆是麻皮硯是磚，墨號太平如黑土，紙裁尺八擬黃阡。
大人已化三千士，王子丹成十九天。隨手塗鴉渾莫辨，也評甲乙亂批圈。

在士人信仰文章報國的時代這種打油詩是只有挨罵的，但從我們外道看來卻也有他獨自的好處，有些事物情景，別體的文學作品都不能或不肯寫，而此獨寫得恰好，即其生命之所在。

《捧腹集》中又有《青氈生隨口曲》十四首，其十一云：

「一歲修金十二千，節儀在內訂從前，適來有件開心事，代筆叨光夾百錢。」原注云，「市語以二百為夾百。」我們細想這種內容實在只有如此寫法最恰當，否則去仿《書經》或《左傳》，這是《文章遊戲》的常用手法，卻未免又落窠臼了。滑稽小說與散文缺少，姑且以詩解嘲，雖已可憐，總還聊勝於無，此我對於嘉道以後的打油所以不敢存輕視之心也。

二十六年二月二十五日，舊元宵爆竹聲中寫訖。

讀檀弓

我久矣沒有讀《檀弓》了。我讀《檀弓》還是在戊戌年的春天，在杭州花牌樓寓內冬夏都開著的板窗下一張板桌上自己念的，不曾好好的背誦，讀過的大抵都已忘記，沒有留下什麼印象。前回一個星期三在學校裡遇見適之，他給了我一冊《中國文學史選例》，這只是第一卷，所選自卜辭至《呂氏春秋》，凡二十五項。其中第十六即是《檀弓》，計選了六則，即曾子易簀，子夏喪明，孔子夢奠，有子言似夫子，黔敖嗟來，原壤歌狸首，是也。

在從學校回家來的路上我把這六篇讀了一遍，覺得都很好，後來又拿《檀弓》上下卷來理舊書，似乎以文章論好的也就不過是這幾章罷了。這裡邊我最喜歡的是曾子的故事：

「曾子寢疾，病。樂正子春坐於床下，曾元曾申坐於足，童子隅坐而執燭。童子曰，華而睆，大夫之簀與？子春曰，止！曾子聞之瞿然曰，呼！曰，華而睆，大夫之簀與？曾子曰，然，斯季孫之賜也，我未之能易也。元，起易簀！曾元曰，夫子之病革矣，不可以變，幸而至於旦，請敬易之。曾子曰，爾之愛我也不如彼。君子之愛人也以德，細人之愛人也以姑息。吾何求哉，吾得正而斃焉斯已矣。舉扶而易之，反席未安而沒。」

這篇文章寫得怎麼好，應得由金聖歎批點才行，我不想來纏夾，我所感歎的是寫曾子很有意思。本來曾子是怎麼一個人物我也並不知道，但根據從《論語》得來的知識，曾子這臨終的情形給予我很諧和的恰好的印象。我覺得曾子該是這樣情形，即使《檀弓》所記的原只是小說而不是史實。據說，天上地下都無有神，有的但是拜神者的心情所投射出來的影。儒家雖然無神亦非宗教，其記載古聖先賢言行的經傳實在也等於本行及譬喻等，無非是弟子們為欲表現其理想之一境而作，文學的技工有高下，若其誠意乃無所異。

《檀弓》中記曾子者既善於寫文章，其所意想的曾子又有嚴肅而蘊藉的人格，令千載之下讀者為之移情，猶之普賢行願善能現示菩薩精神，亦復是文學佳作也。

原壤歌狸首一篇也是很好的文章，很能表出孔子的博大處，比《論語‧憲問第十四》所載要好得多。其文曰：

「孔子之故人曰原壤，其母死，夫子助之沐槨，原壤登木曰，久矣予之不托於音也。歌曰，狸首之斑然，執女手之卷然。夫子為弗聞也者而過之。從者曰，子未可以已乎？夫子曰，丘聞之，親者毋失其為親，故者毋失其為故也。」

要知道這裡的寫得好，最好是與《論語》所記的比較一下看：

「原壤夷俟。子曰，幼而不孫弟，長而無述焉，老而不死，是為賊。以杖叩其脛。」

看老而不死這句話，可知那時原壤已經老了。戴望注，《禮》，六十杖於鄉。那麼孔子也一定已是六十歲以上。胡罵亂打只有子路或者還未能免，孔子不見得會如此，何況又是已在老年。我們看《檀弓》所記便大不相同，我覺得孔子該是這樣情形，正如上文關於曾子我已經說過。執女手之卷然下據孔穎達《正義》云：

「孔子手執斤斧，如女子之手卷卷然而柔弱，以此歡說仲尼，故注云說人辭也。」假如這裡疏家沒有把他先祖的事講錯，我們可以相信那時孔子的年紀並不老，因為一是用女子之手比孔子，二是孔子手執斤斧，總不會是六十歲後的事情。

把兩件故事合起來看，覺得孔子在以前既是那麼寬和，到老後反發火性，有點不合情理。不過我們也不能就說那一件是真，那一件是假，反正都只是記者所見不同，寫出理想的人物來時亦寬嚴各異耳。

清嘉道間馬時芳著《續樸麗子》中有一則云：「傳有之，孟子入室，因袒胸而欲出其妻，聽母言而止。此蓋周之末季或秦漢間曲儒附會之言也。曲儒以矯情苟難為道，往往將聖賢妝點成怪物。嗚呼，若此類者豈可勝道哉。」

馬君主張寬恕平易，故以袒胸出妻為非，但亦有人以嚴切為理想，以為孟子大賢必當如是，雖有誠意，卻不免落於邊見，被稱為曲儒，兩皆無怪也。

記原壤的故事兩篇，見地不相同，不佞與馬君的意思相似，不取叩脛之說，覺得沐梆一篇為勝，讀《論語》中所記孔子與諸隱逸周旋之事，特別是對於楚狂接輿與長沮桀溺，都很有情意，並不濫用棒喝，何況原壤本是故人，益知不遺故舊為可信，且與經傳中表示出來的孔子的整個氣象相調和也。不佞未曾學書，學劍亦不成，如何可談文藝，無已且來談經吧，蓋此是文化遺產，人人都有分，都可得而接受處分之者也。

廿六年一月。

【附記】

清乾隆時人秦書田著《曝背餘談》卷下有一條云：

「《檀弓》載曾子易簀一事，余深不然其說。若以此簀出季孫之賜，等趙挺之之錦裘，則曾子當日便毅然辭之而不受，不待至是日而始欲易，若等於孔子孟子之交際，即不易何害，乃明日之不能待耶。其誕妄明甚，乃後儒因得正而斃一語，傳為千古美談，殆亦不度於情矣，烏知情之所不有即為理之所必無耶。」又云：

「觀隅坐執燭句，意只在作文字耳，奈之何曰經也。」秦君識見通達，其主張理不離情甚是，唯上節似不免稍有誤會，曾子之意蓋在物不在人，謂不當用大夫之簀耳。下節寥寥數語卻很有理解，此本非經，只是很好的一篇描寫，若作歷史事實看便誤，秦君知道他是在作文字，與我們的意見正相近也。

二十六年三月四日又記。

再談試帖

近來搜集一點試帖詩，成績不算很好，石印洋板不要，木板太壞的也不收，到現在一總還不過一百種左右而已。偶閱楊雪滄的《孤居隨錄》，——我有一冊誦芬堂本的《小演雅》題觀頮道人編，後來知道即是楊浚，所以找他的筆記來翻閱，別無什麼可看，但《續錄》卷七是論試帖的，其內容如下：

一，毛西河先生《唐人試帖》序（節錄）。

二，紀文達公《唐人試律說》序（同上）。

三，李守齋試帖七法。（注，原係八法，詩品未採，所選各聯並全首見《分類詩腋》。）

四，梁茝林中丞《試律叢話》選。（只採緒論，其詩見原書。）

五，張薌濤學使《輶語》。（語試律詩四宜六忌全錄。）

這裡所引的書我都有了，那麼理論方面的材料大抵已不愁缺乏，所應當注意的還是在別集總集吧。又閱《越縵堂日記補》，咸豐十年九月十四日條下云：

「夜偕叔子看陳秋舫殿撰《簡學齋試律》，頗有佳句。此雖小道，然肇自有唐，盛於當代，其流傳當遠於制義。制義數十年來衰弱已極，不復成文字，而試律猶有工者，故制義竊謂不久當廢，試律法度尚存，其行未艾，即或為功令所去，人必有嗜而為之者。同人中叔子珊士孟調蓮士皆工此體，叔子為尤勝也。」

又十一月初五日讀杜登春《社事始末》條下云：

「予嘗謂時文不出二十年必為功令所廢，即此可知也。」李君在七十餘年前能預言八股文之當廢，可謂有識，但他思想本舊，並不是識時務，實只是從文章上論，亦能看出興衰之跡。所云試律將有嗜而為之者，此語未確，唯文詩優劣卻說得很有道理，蓋雖同是賦得體，而一說理易陳腐，一詠事物尚可稍有情味也。

陳秋舫簡學齋詩今在七家試帖中，《試律叢話》卷五極稱道之，有云：

「殿撰試帖於詠史尤為擅長。文姬歸漢全首云：女有才如此，千金贖亦宜。存孤全友誼，忍死得歸期。一騎東風快，雙雛朔雪饑。身如焦尾在，心豈左賢知。大漠回看慘，陳留再到疑。經遛刊石本，笳補入關詞。兵燹餘悲憤，門楣系子遺。可憐書未續，無命作班姬。直是一篇文姬小傳，而情韻隱秀，居然班范之間，此豈尋常筆墨耶。」

吳谷人的《有正味齋試帖》中詠史數詩亦均佳，如殷浩書空云：

「咄咄嗟何益，茫茫恨不窮。一生投熱惱，幾字畫虛空。懸腕書防脫，看天問豈通。光陰斜日後，心緒亂雲中。遠勢能飛白，慚顏莫洗紅。肯教遺跡在，翻訝覆函同。高閣宜君輩，蒼生誤此公。西風回筆陣，渺渺羨煙鴻。」

此詩刻畫書空，唯六七聯講到殷深源，與陳作不同，卻也寫得很精緻。九家詩第一卷即有正味齋，咸豐中魏滌生又有選注本，與王惕甫芳草堂詩合刻，稱「二家詩鈔箋略」。魏君曾撰《駢雅訓纂》，為世所知，此箋精要，刻板亦佳，與普通坊本不同，其視試律殆與越縵有同意耶。自序中云：

「夫賦得詩不足存，矧為之作注，紀文達公《庚辰集》固有哂之者矣。顧吾觀今之類書踳駁舛，展卷即是，遞相抄撮，幾同杜撰，得如《庚辰集》之本本原原，伐山自作，不由稗販者，有幾人哉。惜其不為類書而為此注，使推其例以為之，當益為後學津逮，顧林猶幸其有是書以示後人，使後之為類書者知所取則，其沾丐後人亦正未有涯也。」後又云：

「後之讀二家詩者不知視《庚辰集》何如，而注則不逮遠甚，要之與抄撮影撰，沿訛踵謬，浮談無根者，固有間矣。」說的很不錯，如上文所引詩中末聯筆陣注除引《法書要錄》筆陣圖外，又云：

「又按此陣字借作雁陣解，蓋以雁為書空匠者意闕合，見陶穀《清異錄》上禽名門。」不單呆引出典，卻就本詩用意上說明，這注便活了，嘉慶中有九家詩選注，不能如此也。

又如蒼生句別家注只引王戎傳，卻不知其更包有本傳的「深源不起當如蒼生何」在內。《試律叢話》卷五論李伯子的《西漚試帖》有云：

「又《鶴子》句云，閱世應無紀，傳家別有經。上句用《瘞鶴銘》鶴壽不知其紀也，下句用浮丘公《相鶴經》，而為之注者皆不之及，則何用注之有哉。」（案，光緒中刊七家詩注均已補入。）嘗閱黎覺人《六朝文絜箋注》，在《蕩婦秋思賦》題下有注云：「《說文》曰，秋，禾穀熟也。」不覺失笑。由此觀之，魏滌生誠不易得，雖是賦得詩的注亦何害哉。魏君還有別的書如《同館詩賦題解》等，惜均未能得到。

寒齋目下所有唐人試律的書共只十三部，其中卻有一種很有意思，乃是王錫侯的《唐詩試帖課蒙詳解》十卷，卷首題作「唐詩應試分類詳解」，書簽上云「應試唐詩分類詳解」，禁書目錄上卻又云「唐詩試帖分類詳解」。王錫侯《字貫》一案是清朝文字獄中很苛刻的一例，《心史叢刊》中記其本末頗詳，所禁諸書我只見過《書法精言》，其次是這《唐詩試帖》。前有乾隆戊寅（一七五八）自序，蓋因丁丑新定鄉會試均用試帖，亦是投機的書，唯例言八則及論作詩法中案語六則均尚可讀，不似《書法精言》之庸腐。如例言一云：

「雜體之詩驅題就我，試帖之作束我就題，稍或縱放，語雖奇麗，與題無著矣。是天下詩之難作未有過於試帖者，試帖一工，何所不可。試帖之詩與八股文字無異，必須句斟字酌，與題相湊，精力有所不及，行間便少光采。然則西河毛氏謂八股文字起於試帖之詩，其信然也。」

這書裡還有一個特色，便是在有些詩的後面附有王氏自己的擬作，十卷中共有二十六首，蓋亦是模仿西河而作。詩雖不甚佳，唯王錫侯身被阬書被焚，灰揚跡滅之後，尚能於此破冊中保存著他的若干創作，亦可以說是吉光片羽矣，此其價值蓋在於試帖以外而屬於別一範圍者也。

二十六年二月十八日，於北平。

再談尺牘

我近來搜集一點尺牘，同時對於山陰會稽人的著作不問廢銅爛鐵也都想要，所以有些東西落在這交叉點裡，叫我不能不要他，這便是越人的尺牘。不過我的搜集不是無限制的，有些高價的書就只好緩議，即如陶石簣的集子還未得到，雖然據袁小修說這本來無甚可看，因為他好的小品都沒有選進去，在我說來難免近於酸蒲桃的辯解，不好就這樣說。

明人的尺牘單行的，我只有一冊沈青霞的《塞鴻尺牘》，其實這也是文集的一種，卻有獨立的名稱而已，此外的都只在集中見到，如王龍溪，徐文長，王季重，陶路叔，張宗子皆是。我根據了《謔庵文飯小品》與《拜環堂文集》殘卷，曾將季重路叔的尺牘略為介紹過，文長宗子亦是畸人，當有可談，卻尚缺少準備，今且從略，跳過到清朝人那邊去吧。

清朝的越人所著尺牘單行本我也得到不多，可以舉出來的只有商寶意的《質園尺牘》二卷，許葭村的《秋水軒尺牘》二卷，續一卷，龔聯輝的《未齋尺牘》四卷，以及范鏡川的《世守拙齋尺牘》四卷罷了。商寶意是乾嘉時有名的詩人，著有《質園詩集》三十二卷，又編《越風》初二集共三十卷，這尺牘是道光壬寅（一八四三）山陰余應松所刊，序中稱其「吐屬風雅，典麗高華，是金華殿中人語」，這是讚辭，同時也就說出了他的分限。上卷有致周舫軒書之一云：

「古諺如少所見多所怪，見橐駝言馬腫背。三月昏，參星夕，杏花盛，桑葉白。蜻蜓鳴，衣裘成，蟋蟀鳴，懶婦驚。——等語，清麗如樂府。尊公著作等身，識大識小並堪壽世，聞有《越諺》一卷，希錄其副寄我。久客思歸，對紙上鄉音如在蘭亭禹廟間共裡人話矣。」

又云：

「閱所示家傳，感念尊公幾山先輩之歿倏忽五年。君家城西別業舊有凌霄木香二架，芳豔動人，憶與尊公置酒花下，啖鳳潭錦鱗魚，論司馬氏四公子傳，豪舉如昨，而幾山不可作矣。年命朝露，可發深慨。足下既以文學世其家，續先人未竟之緒，夜台有知當含笑瞑目也。諸傳簡而有法，直而不誇，真足下擬陶石簣之記百家煙火，劉蕺山之敘水澄，其妙處笠山鵝池兩君已評之，余何能多作讚語，唯以老成淪喪，不禁涕淚沾襟耳。便鴻布達，黯然何如。」案《越風》卷七云：

「周徐彩，字粹存，會稽人，康熙庚子舉人，著有《名山藏詩稿》。所居城西別業，庭前木香一架，虯枝蟠結，百餘年物也，花時爛熳香滿裀席，余曾觴於此而樂之，距今四十年，花尚無恙。子紹鈉，字舫軒，諸生，著有《舫軒詩選》。」

兩封信裡都很有感情分子，所以寫得頗有意思，如上文對於城西別業殊多戀戀之情，可以為證，至於《越諺》那恐怕不曾有，即有也未必會勝於范嘯風，蓋扁舟子的見識殆不容易企及也。又致陶玉川云：

「夜來一雨，涼入枕簟，凌晨起視，已落葉滿階矣。寒衣俱在質庫中。陡聽金風，頗有吳牛見月之恐。越人在都者攜有菱芡二種，遍種於豐宜門外，提籃上市，以百錢買之。居然江鄉風味，紀以小詩，附塵一覽。大兄久客思歸，煙波浩淼之情諒同之也。」

這裡又是久客思歸，故文亦可讀，蓋內容稍實在也，說北京菱芡的起源別有意思。

敦禮臣著《燕京歲時記》七月下有菱角雞頭一條云：

「七月中旬則菱芡已登，沿街吆賣曰，老雞頭，才下河。蓋皆御河中物也。」讀尺牘可以知其來源，唯老雞頭依然豐滿而大菱則憔悴不堪，無復在鏡水中的丰采矣。《秋水軒尺牘》與其說有名還不如說是聞名的書，因為如為他作注釋的管秋初所說，「措辭富麗，意緒纏綿，洵為操觚家揣摩善本」，不幸成了濫調信札的祖師，久為識者所鄙視，提起來不免都要搖頭，其實這是有點兒冤枉的。秋水軒不能說寫得好，卻也不算怎麼壞，據我看來比明季山人如王百穀所寫的似乎還要不討厭一點，不過這本是幕友的尺牘，自然也有他們的習氣。

秋水軒刊於道光辛卯（一八三一），未齋則在乙巳（一八四五），二人不但同是幕友，而且還是盟兄弟，這是一件很好玩的事，可是他們二人的身後名很不一樣，秋水軒原刊板並不壞，光緒甲申（一八八四）還有續編出版，風行一時，注者續出，未齋則向來沒有人提起，小板多錯字，紙墨均劣，雖然文章並不見得比秋水軒不如。凡讀過秋水軒的應當還記得卷上的那「一枝甫寄，雙鯉頻頒」的一封四六信吧，那即是寄給龔未齋的，全部十四封中的第二信也。

未齋給許葭村的共有八封，其末一封云：

「病後不能搦管，而一息尚存又未敢與草木同腐。平時偶作詩詞，只堪覆瓿，唯三十餘年客窗酬應之札，直攄胸膈，暢所欲言，雖於尺牘之道去之千里，而性情所寄似有不忍棄者，遂於病後錄而集之。內中唯僕與足下酬答為獨多，惜足下鴻篇短制為愛者攜去，僅存四六一函，錄之於集，借美玉之光以輝燕石，並欲使後之覽者知僕與足下乃文字之交，非勢利交也。因足下素有嗜痂之癖，故書以奉告，錄出一番，另請教削，知許子之不憚煩也。」

秋水軒第十四封中有云：

「尺牘心折已久，付之梨棗，定當紙貴一時，以弟譾陋無文亦蒙采入，恐因魚目而減夜光之價，削而去之則為我藏拙多矣。」可以知道即是上文的回答，據《未齋尺牘》自序稱編集時在嘉慶癸亥（一八〇三），寫信也當在那時候吧。

秋水軒第一封信去謝招待，末云：

「阮昔侯於二十一日往磁州，破題兒第一夜，鍾情如先生當亦為之黯然也。」未齋第一封即是覆信，有云：

「阮錫侯此番遠出，未免有情，日前有札寄彼云，新月窺窗，輕風拂帳，依依不捨，當不只作草橋一夢，來翰亦云破題兒第一夜，以弟為鍾情人亦當聞之黯然，何以千里相違而情詞如接，豈非有情者所見略同乎。夫天地一情之所感，君子之道造端乎夫婦，學究迂儒強為諱飾，不知文王輾轉反側，后妃嗟我懷人，實開千古鍾情之祖，第聖人有情而無欲，所為樂而不淫也。弟年逾五十，而每遇出遊輒黯然魂消者數日，蓋女子薄命，適我征人，秋月春花，都成虛度，迨紅顏已改，白髮漸滋，此生亦復休矣。足下固鍾情人，前去接眷之說其果行否乎。縷及之，為個中人道耳。」

第二封是四六覆信，那篇「一枝甫寄」的原信也就附在後邊，即所謂借美玉之光也。第四封信似是未齋先發，中云：

「阮君書來道其夫人九月有如達之喜，因思是月也雀入大水，故敝署五產而皆雌，今來翰為改於十月免身，其得蛟也必矣，弟親自造作者竟不知其月，抑又奇也。舍侄甘林得館之難竟如其伯之得子，豈其東家尚未誕生也。今年曾寄寓信計六十餘函，足下陰行善事不厭其煩，何以報之，唯有學近日官場念《金剛經》萬遍，保佑足下多子耳。」

秋水軒答信云：

「昔侯夫人逾月而娩，以其時考之宜為震之長男，而得巽之長女，良由當局者自失其期，遂令旁觀者難神其算也。令任館事屢謀屢失，降而就副，未免大才小用，靜以待之，自有碧梧千尺耳。寓函往復何足云勞，而仁人用心祝以多子，則兄之善頌善禱積福尤宏，不更當老蚌生珠耶。」

他們所談的事大抵不出謀館納寵求子這些，他們本是讀書人之習幕者，不會講出什麼新道理來，值得現代讀者傾聽，但是從他們談那些無聊的事情上可以看出一點性情才氣，我想也是有意思的事，特別是我們能夠找著二人往來的信札，又是關於阮昔侯這人看他們怎樣的談論，這種機會也是不容易得的。

講到個人的才情，我覺得未齋倒未必不及秋水軒，蓋龔時有奇語而許則極少見也。《未齋尺牘》卷一與徐克家云：

「敝齋不戒於火，將身外之物一炬而燼之，不留一絲，不剩一字，真佛家所謂清淨寂滅者矣。友人或吊者，或賀者，吊者其常，賀者則似是而非也。夫凡民之於豪傑在有生之初而已定，如必生於憂患而死於安樂，彼夏商周之繼起為君者無所謂憂患，而世之少為公子老封君者曾安樂之足以為累否耶。不肖中人以下之資，即時時有祝融之警，終不能進於上智，若無此一火，亦未必遂流為下愚，不過適然火之，亦適然聽之而已。孟夫子之言為豪傑進策勵之功，非凡民所得而藉口也。質之高明，以為然否。」

又卷四與章含章云：

「諸君子之至於斯也，僕未嘗不倒屣而迎也，而素畏應酬，又無斯須之不懶，竟至有來而無往。最愛客來偏懶答，劇憐花放卻慵栽，此十年前之句，非是今日始，疏野之性有不可以藥者，而外間隨以僕為傲。夫有周公之才之美尚不可以驕吝，矧吾輩依人作嫁，碌碌魚魚，無足以傲世，更何所傲為。弟與足下交最久，知我獨深，望為我言曰，其為人懶而狂，非傲也。至諸侯大夫之至止者為丞相長史耳，更與張君嗣無涉也，懶也傲也均無關於輕重，可一笑置之。」

卷四有答周氾荇書與論「公門造福」，嬉笑怒罵頗極其妙，惜文長不能抄，自謂其苦可及其狂不可及也。秋水軒中便少此種狂文，鄙見以為此即未齋長處，蓋其本色所在，但此等不利於揣摩之用，或者正亦以此不能如秋水軒之為世人所喜歟。

二十六年三月二十八日，在北平。

談筆記

近來我很想看點前人筆記。中國筆記本來多得很，從前也雜亂的看得不少，可是現在的意思稍有不同。我所想看的目下暫以近三百年為準，換句話說差不多就是清代的，本來再上溯一點上去亦無不可，不過晚明這一類的著作太多，沒有資力收羅，至於現代也不包括在裡邊，其理由卻又因為是太少，新式的雜感隨筆只好算是別一項目了。看法也頗有變更，以前的看筆記可以謂是從小說引申，現在是彷彿從尺牘推廣，這句話有點說得怪，事實卻正如此。

近年我搜集了些尺牘書，貴重難得的終於得不到外，大約有一百二十種，隨便翻閱也覺得有意思，雖然寫得頂好自然還只能推東坡和山谷。他們兩位的尺牘實在與其題跋是一條根子的，所以題跋我也同樣的喜歡看，而筆記多半——不，有些好的多是題跋的性質或態度，如東坡的《志林》更是一個明顯的實例。

我把看尺牘題跋的眼光移了去看筆記，多少難免有齟齬不相入處，但也未始不是一種看法，不過結果要把好些筆記的既定價值顛倒錯亂一下罷了，據《四庫全書總目提要》卷一一七子部雜家類下分類解說云：

「以立說者謂之雜學，辨證者謂之雜考，議論而兼敘述者謂之雜說，旁究物理臚陳纖瑣者謂之雜品，類輯舊文塗兼眾軌者謂之雜纂，合刻諸書不名一體者謂之雜編，凡六類。」又卷一四〇子部小說類下云：

「跡其流別，凡有三派，其一敘述雜事，其一記錄異聞，其一綴輯瑣語也。」照著上邊的分法，雜家裡我所取的只是雜說一類，雜考與雜品偶或有百一可取，小說家裡單取雜事，異聞雖然小時候最歡喜，現在則用不著，姑且束之高閣。這實在是我看筆記最非正宗的一點。蒲留仙的《聊齋志異》，紀曉嵐的《閱微草堂筆記》五種，我承認他們是中國傳奇文與志怪小說的末代賢孫，文章也寫得不壞，可是現在沒有他們的分。

我這裡所要的不是故事，只是散文小篇，是的，或者就無妨稱為小品文，假如這樣可以辨別得清楚，雖然我原是不贊同這名稱的。姑妄言之的談狐鬼原也不妨，只苦於世上沒有多少這種高明人，中間多數即不入迷也總得相信，至於講報應的那簡直是下流與惡趣了。《廣陵詩事》卷九引成安若《皖遊集》云，太平寺中一家現婦人足，弓樣宛然（其實是婦人現豕足耳，只可惜士女都未之知。），便相信逆婦變豬並非不經之談。我曾這樣說：

「阮芸臺本非俗物，於考據詞章之學也有成就，乃喜記錄此等惡濫故事，殊不可解。世上不乏妄人，編造《坐花志果》等書，災梨禍棗，汗牛充棟，幾可自成一庫，則亦聽之而已，雷塘庵主奈何也落此科臼耶。」

張香濤著《軒語》卷一中有戒講學誤入迷途一項云：

「昨在省會有一士以所著書來上，將《陰騭文》《感應篇》，世俗道流所謂《九皇經》《覺世經》，與《大學》《中庸》雜糅牽引，忽言性理，忽言易道，忽言神靈果報，忽言丹鼎符籙，鄙俚拉雜有如病狂，大為人心風俗之害，當即痛詆而麾去之。明理之士急宜猛省，要知此乃俗語所謂魔道，即與二氏亦無涉也。」

張君在清末學者中不能算是大人物，這一節話卻很有見識，為一般讀書人所不能及。我曾批評陳雲伯所著善書《蓮花筏》，深惜其以聰明人而作鄙陋語，有云：

「此事殊出意外，蓋我平時品評文人高下，常以相信所謂文昌與關聖，喜談果報者為下等，以為頤道居士當不至於此也。」由此可知我對於這一類書是如何的沒有好感，雖然我知道要研究士大夫的腐敗思想這些都是極好的資料，但是現在無此雅興，所以只好擱下。

與這種神怪報應相反而亦為我所不要看的，有專講典章掌故的一類，如《嘯亭雜錄》，《清秘述聞》，《郎潛紀聞》等，無論人家怎麼看重，認為筆記中的正宗，這都不相干，我總之是不喜歡，所以不敢請教，也並不一定是看不起，他們或者自有其用處，實在只是有點隔教，和我沒有什麼情分。

有人要問，那麼是否愛那輕鬆漂亮的一路呢？正如有人說我必須愛讀《梅花草堂筆談》與《幽夢影》，因為我曾經稱揚過公安竟陵派的文學。其實這是未必然的。在一個月前我翻閱《復堂日記》，覺得有一件事情很有意思。《日記》卷三癸酉同治十二年項下有一則云：

「《西青散記》致語幽清，有唐人說部風，所採諸詩玄想微言，瀟然可誦。以示眉叔，歡躍歎賞，固性之所近，施均父略五六紙擲去之矣。」

《日記補錄》（念劬廬叢刻本）光緒二年（丙子）八月初九日條下有云：

「輿中展《西青散記》八卷，如木瓜釀，如新來禽，此味非舌閣硬餅者所知。」

又十二年(丙戌)二月初四日條云:

「閱《西青散記》,筆墨幽玄,心光淒澹,所錄詩篇頗似明季鍾譚一流,而視竟陵派為有生氣也。」

《日記續編》光緒二十三年(丁酉)四月十九日條云:

「《西青散記》附文略閱竟一過,嚼雪餐霞,味於無味,文章得山水之神,遇之於行墨之外,三十餘年時時有故人之懷,非痂嗜也。」

譚君於二十五年中四次賞揚《散記》,可知他對於此書確有一種嗜好,可是我卻不敢附和。《復堂日記》中常記讀小說,看他評定甲乙,其次序當是《瑣蛣雜記》,《夜雨秋燈錄》,《里乘》,《客窗閒話》,《伊園談異》似亦可入,蓋譚君多著重文字方面,又不以怪異果報為非也。

我看筆記也要他文字好,樸素通達便好,並不喜歡濃豔波俏,或顧影弄姿,有名士美人習氣,這一點意思與復堂不同,其次則無取志異。《西青散記》的詩文的確寫得不壞,論大體可以與舒白香《遊山日記》相比,兩者都是才人之筆,但《日記》似乎是男性的,有見識有膽力,而《散記》乃是女性的,拉上許多賀雙卿的傳說,很有點兒黏纏,容易流入肉麻一路去,還有許多降乩的女仙和顯聖的關公,難免雅得俗起來了。

《散記》中也有幾節文章可以選取的，如卷一記折柳亭的飲餞，卷二記姑惡鳥以及記絡緯等鳴蟲的一條，又有記兒時情事一則，與沈三白的《浮生六記》卷一所說文情相近。寒齋有瓜渚草堂舊刊本《西青散記》，有時候拿出來翻閱，也頗珍重，不過感情就只是如此而已，我是不喜歡古今名士派的，故對於史梧岡未必能比張元長張心來更看得重也。

上邊把各家的筆記亂說了一陣，大都是不滿意的，那麼到底好的有那幾家呢？這話一言難盡，但簡單的說，要在文詞可觀之外再加思想寬大，見識明達，趣味淵雅，懂得人情物理，對於人生與自然能巨細都談，蟲魚之微小，謠俗之瑣屑，與生死大事同樣的看待，卻又當作家常話的說給大家聽，庶乎其可矣。人心不足蛇吞象，野心與理想都難實現，我只希望能具體而微，或只得其一部分，也已可以滿足了。

據我近幾年來的經驗，覺得這個很不容易，讀過的筆記本不多，較好的只有傅青主的雜記，劉繼莊的《廣陽雜記》，劉青園的《常談》，郝蘭皋的《曬書堂筆錄》，馬平泉的《樸麗子》，李登齋的《常談叢錄》，王白岩的《江州筆談》等，此外趙雲松、俞理初的著作裡也有可看的東西，而《四庫總目》著錄的顧亭林，王山史，宋牧仲，王貽上，陸扶照，劉玉衡諸人卻又在其次了。

這裡我最覺得奇怪的是顧亭林的《日知錄》，顧君的人品與學問是有定評的了，文章我看也寫得很乾淨，那麼這部舉世推尊的《日知錄》論理應該給我一個好印象，然而不然。我看了這書也覺得有幾條是好的，有他的見識與思想，樸實可喜，看似尋常而別人無能說者，所以為佳，如卷十三中講館舍，街道，官樹，橋梁，人聚諸篇皆是。但是我總感到他的儒教徒氣，我不非薄別人做儒家或法家道家，可是不可有宗教氣而變成教徒，倘若如此則只好實行作揖主義，敬鬼神而遠之矣。

《日知錄》卷十五火葬條下云：「宋以禮教立國而不能革火葬之俗，於其亡也乃有楊璉真伽之事。」這豈不像是廟祝巫婆的話。卷十八李贄鍾惺兩條很明白的表出正統派的凶相，其朱子晚年定論一條攻擊陽明學派則較為隱藏，末一節云：

「以一人而易天下，其流風至於百有餘年之久者，古有之矣，王夷甫之清談，王介甫之新說，其在於今則王伯安之良知是也。孟子曰，天下之生久矣，一治一亂。撥亂世反之正，豈不在於後賢乎。」

又卷十九修辭一條攻擊語錄體文，末一則云：

「自嘉靖以後人知語錄之不文，於是王元美之札記，范介儒之膚語，上規子云，下法文中，雖所得有淺深之不同，然可謂知言者矣。」

次條題曰「文人摹仿之病」，卻劈頭說道：

「近代文章之病全在摹仿，即使逼肖古人已非極詣，況遺其神理而得其皮毛者乎。」心有所蔽，便難免自己撞著，雖然末節的話說得很對，人家看了仍要疑惑，不能相信到底誠意何在。

我不想來謗毀先賢，不過舉個例子說明好的筆記之不可多得罷了。我對於筆記與對於有些人認為神聖的所謂經是同樣的要求，想去吸取一點滋味與養料，得到時同樣的領受，得不到時也同樣無所愛惜的拋在一旁了。

二十六年三月十日，在北平寫。

歌謠與名物

北原白秋著《日本童謠講話》第十七章，題曰「水胡盧的浮巢」，其文云：

「列位，知道水胡盧的浮巢麼？現在就講這故事吧。

在我的故鄉柳河那裡，晚霞常把小河與水渠映得通紅。在那河與水渠上面架著圓洞橋，以前是走過一次要收一文橋錢的。從橋上望過去，垂柳底下茂生著蒲草與蘆葦，有些地方有紫的水菖蒲，白的菱花，黄的萍蓬草，或是開著，或是長著花苞。水流中間有叫做計都具利（案即是水胡盧）的小鳥點點的浮著，或沒到水裡去。

這鳥大抵是兩隻或四隻結隊出來，像豆一樣的頭一鑽出水面來時，很美麗的被晚霞映得通紅，彷彿是點著了火似的。大家見了便都唱起來了：

Ketsuri no atama ni hinchiita, Sunda to omottara kekieta.

意思是說，水胡盧的頭上點了火了，一沒到水裡去就熄滅了。於是小鳥們便慌慌張張的鑽到水底裡去了。再出來的時候，大家再唱，他又鑽了下去。這實在是很好玩的事。

關東（案指東京一帶）方面稱水鳥為牟屈鳥。（案讀若 mugutcho，狩谷望之著《和名類聚抄箋注》卷七如此寫。）計都具利蓋係加以都布利一語方言之訛，向來通稱為爾保。（案讀若 nio，和字寫作鳥旁從入字。）

這水鳥的巢乃是浮巢。巢是造在河裡蘆葦或蒲草的近根處，可是造得很寬緩很巧妙，所以水漲時他會隨著上浮，水退時也就跟了退下去。無論何時這總在水中央浮著。在這圓的巢裡便伏著蛋，隨後孵化了，變成可愛的小雛鳥，張著嘴啼叫道：

咕嚕，咕嚕，咕嚕！

在五六月的晚霞中，再也沒有比那拉長了尾聲的水胡盧的啼聲更是寂寞的東西了。若是在遠遠的河的對岸，尤其覺得如此。不久天色暗了下來，這裡那裡人家的燈影閃閃的映照在水上。那時候連這水鳥的浮巢也為河霧所潤濕，好像是點著小洋燈似的在暮色中閃爍。

水胡盧的浮巢裡點上燈了，
點上燈了。
那個是，螢火麼，星星的尾麼，
或者是蝮蛇的眼光？
蝦蟆也閣閣的叫著，
閣閣的叫著。
睡罷睡罷，睡了罷。
貓頭鷹也呵呵的啼起來了。

這一首我所做的撫兒歌便是歌詠這樣的黃昏的情狀的。小時候我常被乳母背著，出門去看那螢火群飛的暗的河邊。對岸草叢中有什麼東西發著亮光，彷彿是獨眼怪似的覺得可怕，無端的發起抖來。簡直是同螢火一樣的蟲原來在這些地方也都住著呵。」

這一篇小文章並沒有什麼了不得的地方，只因他寫一種小水鳥與兒童生活的關係，覺得還有意思，所以抄譯了來。

這裡稍成問題的便是那水鳥。這到底是什麼鳥呢？據源順所著《和名類聚抄》說，即是中國所謂，名字雖是很面善，其形狀與生態卻是不大知道。《爾雅》與《說文解字》中是都有的，但不能得要領，這回連郝蘭皋也沒有什麼辦法了，結果只能從揚子雲的《方言》中得到一點材料：

「野鳧，其小而好沒水中者，南楚之外謂之。」好沒水中，可以說是有點意味了，雖然也太簡單。我們只好離開經師，再去請教醫師。

《本草綱目》卷四十七云：

「《藏器》曰，水鳥也，大如鳩，鴨腳連尾，不能陸行，常在水中，人至即沉，或擊之便起。其膏塗刀劍不鏽，續英華詩云，馬銜苜蓿葉，劍瑩膏，是也。時珍曰，南方湖溪多有之，似野鴨而小，蒼白文，多脂，味美，冬月取之。」

日本醫師寺島良安著《和漢三才圖會》卷四十一引《本草》文後案語（原本漢文）云：「好入水食，似鳧而小，其頭赤翅黑而羽本白，背灰色，腹白，嘴黑而短，掌色紅也。雌者稍小，頭不赤為異。肉味有臊氣，不佳。」

小野蘭山著《本草綱目啟蒙》卷四十三云：

「形似鳧而小，較刁鴨稍大。頭背翅均蒼褐色有斑，胸黃有紫斑，腹白，嘴黑色而短，尾亦極短，腳色赤近尾，故不能陸行，《集解》亦云。好相並浮游水上，時時出沒。水面多集藻類，造浮巢，隨風飄漾。」

這裡描寫已頗詳盡，又集錄和漢名稱，根據《食物本草會纂》有一名曰水胡盧，使我恍然大悟，雖然我所見過的乃是在賣鳥肉的人的搭連裡，羽毛都已拔去，但我總認識了他，知道他肉不好吃，遠不及斑鳩。實在因為我知道是水胡盧，所以才來介紹那篇小文章，假如我只在古書上見到什麼鷿鷉等名，便覺得有點隔膜，即使有好文章好歌謠也就難於抄譯了。

輯錄歌謠似是容易事，其實有好些處要別的幫助，如方言調查，名物考證等皆是，蓋此數者本是民俗學範圍內的東西，相互的有不可分的關係者也。

關於水胡盧的記錄，最近見到川口孫治郎所著《日本鳥類生態學資料》第一卷（今年二月出版），其中有一篇是講這水鳥的，覺得很有意思。鳥的形色大抵與前記相似而更細密，今從略，其第五節記沒水法頗可備覽，譯述於下：

「沒水時先舉身至中腹悉露出水面，俯首向下，急轉而潛水以為常。瞳孔的伸縮極是自由自在。此在飼養中看出者。人如屢次近前，則沒水後久待終不復出。這時候他大抵躲在水邊有樹根竹株的土被水洗刷去了的地方，偷偷的偵察著人的動靜。也有沒有可以藏身的去處，例如四周都是細砂斜坡的寬大的池塘裡，沒水後不再浮出的事也常有之。經過很久的苦心精查，才能得到結果，其時他只將嘴露出水上，身在水中略張翼伸兩足，頭部以下悉藏水面下，等候敵人攻擊全去後再行出來。蓋此鳥鼻孔開口於嘴的中央部，故只須將嘴的大半露出水面，便可以長久的潛伏水中也。」

川口此書是學術的著述，故殊少通俗之趣，但使我們知道水胡盧的一點私生活，也是很有趣味的。在十六七年前，川口曾著有《飛之鳥》正續二卷，收在爐邊叢書內，雖較零碎而觀察記錄謹嚴還是一樣，但惜其中無水胡盧的一項耳。

民國廿六年三月十八日，於北平。

賦得貓——貓與巫術

我很早就想寫一篇講貓的文章。在我的《書信》裡與俞平伯君書中有好幾處說起，如廿一年十一月十三日云：

「昨下午北院葉公過訪，談及索稿，詞連足下，未知有勞山的文章可以給予者歟。不佞只送去一條窮袴而已，雖然也想多送一點，無奈材料缺乏，別無可做，久想寫一小文以貓為主題，亦終於未著筆也。」

葉公即公超，其時正在編輯《新月》。十二月一日又云：

「病中又還了一件文債，即新印《越諺》跋文，此後擬專事翻譯，雖胸中尚有一貓，蓋非至一九三三年未必下筆矣。」但二十二年二月二十五日又云：

「近來亦頗有志於寫小文，仍有暇而無閒，終未能就，即一年前所說的貓亦尚任其屋上亂叫，不克捉到紙上來也。」如今已是一九三七，這四五年中信裡雖然不曾再說，心裡卻還是記著，但是終於沒有寫成。

這其實倒也罷了，到現在又來寫，卻為什麼緣故呢？

當初我想寫貓的時候，曾經用過一番工夫。先調查貓的典故，並覓得黃漢的《貓苑》二卷，仔細檢讀，次又讀外國小品文，如林特（R.Lynd），密倫（A.A.Milne），卻貝克（K.Capek）等，公超又以路加思（E.V.Lucas）文集一冊見贈，使我得見所著談動物諸文，尤為可感。可是愈讀愈糊塗，簡直不知道怎樣寫好，因為看過人家的好文章，珠玉在地，不必再去擺上一塊磚頭，此其一。材料太多，貪吃便嚼不爛，過於躊躇，不敢下筆，此其二。太約那時的意思是想寫《草木蟲魚》一類的文章，所以還要有點內容，講點形式，卻是不大容易寫，近來覺得這也可以不必如此，隨便說說話就得了，於是又拿起那個舊題目來，想寫幾句話交卷。這是先有題目而作文章的，故曰賦得，不過我寫文章是以不切題為宗旨的，假如有人想拿去當作賦得體的範本，那是上當非淺，所以請大家不要十分認真才好。

現在我的寫法是讓我自己來亂說，不再多管人家的鳥事。以前所查過的典故看過的文章幸而都已忘卻了，《貓苑》也不翻閱，想到什麼可寫的就拿來用。這裡我第一記得清楚的是一件老姨與貓的故事，出在霽園主人著的《夜談隨錄》裡。此書還是前世紀末讀過，早已散失，乃從友人處借得一部檢之，在第六卷中，是夜星子二則中之一。其文云：

「京師某宦家，其祖留一妾，年九十餘，甚老耄，居後房，上下呼為老姨。日坐炕頭，不言不笑，不能動履，形似饑鷹而健飯，無疾病。嘗畜一貓，與相守不離，寢食共之。宦一幼子尚在襁褓，夜夜啼號，至曉方輟，匝月不癒，患之。俗傳小兒夜啼謂之夜星子，即有能捉之者。於是延捉者至家，禮待甚厚，捉者一半老婦人耳。是夕就小兒旁設桑弧桃矢，長大不過五寸，矢上繫素絲數丈，理其端於無名之指而拈之。

「至夜半月色上窗，兒啼漸作，頃之隱隱見窗紙有影條進條卻，彷彿一婦人，長六七寸，操戈騎馬而行。捉者擺手低語曰，夜星子來矣來矣！亟彎弓射之，中肩，唧唧有聲，棄戈返馳，捉者起急引絲率眾逐之。拾其戈觀之，一搓線小竹簽也。跡至後房，其絲竟入門隙，群呼老姨，不應，因共排闥燃燭入室，遍覓無所見。搜索久之，忽一小婢驚指曰，老姨中箭矣！眾視之，果見小矢釘老姨肩上，呻吟不已，而所畜貓猶在胯下也，咸大錯愕，亟為拔矢，血流不止。捉者命撲殺其貓，小兒因不復夜啼，老姨亦由此得病，數日亦死。」

後有蘭岩評語云：「怪出於老姨，誠不知其何為，想係貓之所為，老姨龍鍾為其所使耳。卒乃中箭而亡，不亦冤乎。」

同卷中又有貓怪三則，今悉不取，此處評者說是貓之所為亦非，蓋這篇夜星子的價值重在是一件巫蠱案，貓並不是主，乃是使也。我很想知道西漢的巫蠱詳情，可是沒有工夫去查考，所以現在所說的大抵是以西歐為標準，巫蠱當作 witch-craft 的譯語，所謂使即是 familiars 也。英國藹堪斯泰因女士（Lina Eckenstein）曾著《兒歌之研究》，二十年前所愛讀，其遺稿《文字的咒力》（A Spell of Words, 1932）中第一篇雲「貓及其同幫」，於我頗有用處。第一章貓或狗中云：

「在北歐古代貓也算是神聖不可犯的，又用作犧牲。木桶裡的貓那種殘酷的遊戲在不列顛一直舉行，直至近代。這最好是用一隻貓，在得不到的時候，那就用煙煤，加入桶中。」

「在法蘭西比利時直至近代，都曾舉行公開的用貓的儀式。聖約翰祭即仲夏夜，在巴黎及各處均將活貓關在籠裡，拋到火堆裡去。在默茲地方，這個習俗至一七六五年方才廢除。比利時的伊不勒思及其他城市，在聖灰日即四旬齋的第一日舉行所謂貓祭，將活貓從禮拜堂塔頂擲下，意在表示異端外道就此都廢棄了。貓是與古代女神茀賴耶有繫屬的，據說女神嘗跟著軍隊，坐了用許多貓拉著的車子。書上說現在伊不勒思尚留有遺址，原是獻給一個女神的廟宇。」第二章貓與巫中又云：

「貓在歐洲當作家畜，其事當直在母權社會的時代。貓是巫的部屬，其關係極密切，所以巫能化貓，而貓有時亦能幻作巫形。兔子也有同樣的情形，這曾被叫作草貓的。德國有俗諺云，貓活到二十歲便變成巫，巫活到一百歲時又變成一隻貓。

一五八四年出版的巴耳溫的《留心貓兒》中有這樣的話，巫是被許可九次把她自己化為貓身。《羅米歐與茱麗葉》中諦巴耳特說，你要我什麼呢？麥邱細阿答說，美貓王，我只要你九條性命之一而已。據英法人說，女人同貓一樣也有九條性命，但在葛蘭綏則云那老太太有七條性命正如一隻黑貓。

又有俗諺云，貓有九條性命，而女人有九隻貓的性命（案此即八十一條性命矣）。

巫可以變化為貓或兔，十七世紀的知識階級還都相信這是可能的事。」

燒貓的習俗，茀來則博士（J.G.Frazer）自然知道得最多，可惜我只有一冊節本的《金枝》（The Golden Bough），只可簡單的抄幾句。在六十四章火裡燒人中云：

「在法國阿耳登思省，四旬齋的第一星期日，貓被扔到火堆裡去，有時候殘酷稍為醇化了，便將貓用長竿掛在火上，活活的烤死。他們說，貓是魔鬼的代表，無論怎麼受苦都不冤枉。」他又解釋燒諸動物的理由云：

「我們可以推想，這些動物大約都被算作受了魔法的咒力的，或者實在就是男女巫，他們把自己變成獸形，想去進行他們的鬼計，損害人類的福利。這個推測可以證實，只看在近代火堆裡常被燒死的犧牲是貓，而這貓正是據說巫所最喜變的東西，或者除了兔以外。」

這樣大抵可以說明老姨與貓的關係。總之老姨是巫無疑了，貓是她的不可分的繫屬物。理論應該是老姨她自己變了貓去作怪，被一箭射中貓肩，後來卻發見這箭是在她的身上。如散茂斯（M.Summers）在所著《殭屍》（The Vampire, 1928）第三章殭屍的特性及其習慣中云：

「這是在各國妖巫審問案件中常見的事，有巫變形為貓或兔或別的動物，在獸形時遇著危險或是受了損傷，則回復原形之後，在他的人身上也有著同樣的傷或別的損害。」

這位散茂斯先生著作頗多，此外我還有他的名著《變狼人》，《巫術的歷史》與《巫術的地理》，就只可惜他是相信世上有巫術的，這又是非聖無法故該死的，因此我有點不大敢請教，雖然這些題目都頗珍奇，也是我所想知道的事。吉忒勒其教授（G.L.Kittredge）的《舊新英倫之巫術》（Witchcraft in Old and New England，1929）第十章變形中亦云：

「關於貓巫在獸形時受害，在其原形受有同樣的傷，有無數的近代的例證。」在小注中列舉書名出處甚多。吉忒勒其曾編訂英國古民謠為我所記憶，今此書亦是我愛讀的，其小序中有一節云：

「有見於近時所出講巫術的諸書，似應慎重一點在此聲明，我並不相信黑術（案即害他的巫術），或有魔鬼干預活人的日常生活。」由是可知他的態度是與《殭屍》的著者相反的，我很有同感，可是文獻上的考據還是一樣，蓋檔案與大眾信心固是如此，所謂泰山可移而此案難翻者也。

話又說了回來，老姨卻並不曾變貓，所以不是屬於這一部類的。這頭貓在老姨只是一種使，或者可稱為鬼使（familiar spirit）。茂來女士（M.A.Murray）於一九二一年著《西歐的巫教》（The Witch-cult in Western Europe），辨明所謂巫術實是古代的原始宗教之餘留，也是我所尊重的一部書，其第八章論使與變形是最有價值的論斷。據她在這裡說：

「蘇格蘭法律家福布斯說過，魔鬼對於他們給與些小鬼，以通信息，或供使令，都稱作古怪名字，叫著時它們就答應。這些小鬼放在瓦罐或是別的器具裡。」大抵使有兩種，一云占卜使，即以通信息，猶中國的樟柳神，一云畜養使，即以供使令，猶如蠱也。書中又云：

「畜養使平常總是一種小動物，特別用麵包牛乳和人血餵養，又如福布斯所云，放在木匣或瓦罐裡，底墊羊毛。這可以用了去對於別人的身體或財產使行法術，卻決不用以占卜。」

吉法特在十六世紀時記述普通一般的所信云：巫有她們的鬼使，有的只一個，有的更多，自二以至四五，形狀各不相同，或像貓，黃鼠狼，癩蝦蟆，或小老鼠，這些她們都用牛乳或小雞餵養，或者有時候讓它們吸一點血喝。

在早先的審問案件裡巫女招承自刺手或臉，將流出來的血滴給鬼使吃。但是在後來的案件裡這便轉變成鬼使自己喝巫女的血，所以在英國，巫女算作特色的那冗乳（案即贅疣似的多餘的乳頭）普通都相信就是這樣舐吮而成的。」吉忒勒其教授云：

「一五五六年在千斯福特舉行的伊里查白時代巫女大審問的第一案裡，貓就是鬼使。這是一頭白地有斑的貓，名叫撒旦，喝血吃。」恰好在茂來女士書裡有較詳的記載，我們能夠知道這貓本來是法蘭色斯從祖母得來的，後來她自己養了十五六年，又送給一位老太太華德好司，再養了九年，這才破案。因為本來是小鬼之流，所以又會轉變，如那頭貓後來就化為一隻癩蝦蟆了。

法庭記錄（見茂來書中）說：

「據該嫗華德好司供，伊將該貓化為蟾蜍，係因當初伊用瓦罐中墊羊毛養放該貓，歷時甚久，嗣因貧窮不能得羊毛，伊遂用聖父聖子聖靈之名禱告願其化為蟾蜍，於是該貓化為蟾蜍，養放罐中，不用羊毛。」這是一個理想的好例，所以大家都首先援引，此外鬼使作貓形的還不少，茂來女士書中云：

「一六二一年在福斯東地方擾害費厄法克思家的巫女中，有五人都有畜養使的。惠忒的是一個怪相的東西，有許多隻腳，黑色，粗毛，像貓一樣大。惠忒的女兒有一鬼使，是一隻貓，白地黑斑，名叫印及思。狄勃耳有一大黑貓，名及勃，已經跟了她有四十年以上了。她的女兒所有鬼使是鳥形的，黃色，大如鴉，名曰啁呼。狄更生的鬼使形如白貓，名菲利，已養了有二十年。」由此可知貓的地位在那裡是多麼高的了。

吉忒勒其教授書中（仍是第十章）又云：

「馴養的鄉村的貓，在現今流行的迷信裡，還保存著好些他的魔性。貓會得吸睡著的小孩的氣，這個意見在舊的和新的英倫（案即英美兩國）仍是很普遍。又有一種很普遍的思想，說不可令貓近死屍，否則會把屍首毀傷。這在我們本國（案即美國）變成了一種高明的說法，云：勿使貓近死人，怕他會捕去死者的靈魂。我們記得，靈魂常從睡著的人的嘴裡爬出來，變成小老鼠的模樣！」

講到這裡，我們可以知道老姨的貓是屬於這一類的畜養使，無論是鬼王派遣來，或是養久成了精，總之都是供老姨的使令用的，所以跨了當馬騎正是當然的事。到了後來時不利兮騅不逝，主人無端中了流矢，貓也就殉了義，老姨一案遂與普通巫女一樣的結局了。

我聽人家所講貓的故事裡，還有一件很有意思的，即是貓替猴子伸手到火爐裡抓煨栗子吃，覺得十分好玩，想拿來做文章的主題，可是末了終於決定借用這老姨的貓。為什麼呢？這件故事很有意思，因為這與中國的巫蠱和歐洲的巫術都有關係，雖然原只是一篇志異的小說。以漢朝為中心的巫蠱事情我很想知道，如上邊所已說過，只是尚無這個機緣，所以我在幾本書上得來的一點知識單是關於巫術的。

那些巫，馬披，沙滿，藥師等的哲學與科學，在我都頗有興趣而且稍能理解，其荒唐處固自言之成理，亦復別有成就，克拉克教授在《西歐的巫教》附錄中論一女所用飛行藥膏的成分，便是很有趣的一例。其結論云：

「我不能說是否其中那一種藥會發生飛行的感覺，但這裡使用烏頭（aconite）我覺得很有意思。睡著的人的心臟動作不勻，使人感覺突然從空中下墜，今將用了使人昏迷的莨菪與使心臟動作不勻的烏頭配合成劑，令服用者引起飛行的感覺，似是很可能的事。」

這樣戳穿西洋鏡似乎有點殺風景，不如戈耶所畫老少二女白身跨一掃帚飛過空中的好，我當然也很愛好這西班牙大匠的畫；但是我也很喜歡知道這三個藥方，有如打聽得祝由科的幾門手法或會黨的幾句口號，雖不敢妄希仙人的他心通，唯能多察知一點人情物理，亦是很大的喜悅。

茂來女士更證明中古巫術原是原始的地亞那教（Diana-Cult）之留遺，其男神名地亞奴思，亦名耶奴思（Janus），古羅馬稱正月即從此神名衍出，通行至今，女神地亞那之徒即所謂巫，其儀式乃發生繁殖的法術也。雖然我並不喜歡吃菜事魔，自然更沒有騎掃帚的興趣，但對於他們鬼鬼祟祟的花樣卻不無同情，深覺得宗教審問院的那些烤打殺戮大可不必。

多年前我讀英國克洛特（E.Clodd）的《進化論之先驅》與勒吉（W.E.H.Lecky）的《歐洲唯理思想史》，才對於中古的巫術案覺得有注意的價值，就能力所及略為涉獵，一面對那時政教的權威很生反感，一面也深感危懼，看了心驚眼跳，不能有隔岸觀火之樂，蓋人類原是一個，我們也有文字獄思想獄，這與巫術案本是同一類也。

歐洲的巫術案，中國的文字獄思想獄，都是我所怕卻也就常還想（雖然想了自然又怕）的東西，往往互相牽引連帶著，這幾乎成了我精神上的壓迫之一。想寫貓的文章，第一挑到老姨，就是為這緣故。該姨的確是個老巫，論理是應該重辦的，幸而在中國偶得免肆諸市朝，真是很難得的，但是拿來與西洋的巫術比較了看也仍是極有意思的事。

中國所重的文字獄思想獄是儒教的，——基督教的教士敬事上帝，異端皆非聖無法，儒教的文士諂事主君，犯上即大逆不道，其原因有宗教與政治之不同，故其一可以隨時代過去，其一則不可也。我們今日且談巫術，論老姨與貓，若文字獄等亦是很好題目，容日後再談，蓋其事言之長矣。

民國二十六年一月二十六日於北平。

【附記】

黃漢《貓苑》卷下引《夜談隨錄》，云有李侍郎從苗疆攜一苗婆歸，年久老病，嘗養一貓酷愛之，後為夜星子，與原書不合，不知何所本，疑未可憑信。

明珠抄六首

談儒家

中國儒教徒把佛老並稱曰二氏，排斥為異端，這是很可笑的。據我看來，道儒法三家原只是一氣化三清，是一個人的可能的三樣態度，略有消極積極之分，卻不是絕對對立的門戶，至少在中間的儒家對於左右兩家總不能那麼歧視。我們且不拉扯書本子上的證據，說什麼孔子問禮於老聃，或是荀卿出於孔門等等，現在只用我們自己來做譬喻，就可以明白。

假如我們不負治國的責任，對於國事也非全不關心，那麼這時的態度容易是儒家的，發些合理的半高調，雖然大抵不違背物理人情，卻是難以實行，至多也是律己有餘而治人不足，我看一部《論語》便是如此，他是哲人的語錄，可以做我們個人持己待人的指標，但決不是什麼政治哲學。略為消極一點，覺得國事無可為，人生多憂患，便退一步願以不才得終天年，入於道家，如《論語》所記的隱逸是也。又或積極起來，挺身出來辦事，那麼那一套書房裡的高尚的中庸理論也須得放下，要求有實效一定非嚴格的法治不可，那就入於法家了。

《論語・為政第二》云：

「子曰，道之以政，齊之以刑，民免而無恥。道之以德，齊之以禮，有恥且格。」後者是儒家的理想，前者是法家的辦法，孔子說得顯有高下，但是到得實行起來還只有前面這一個法子，如歷史上所見，就只差沒有法家的那麼真正嚴格的精神，所以成績也就很差了。

據《史記》四十九《孔子世家》云：

「定公十四年，孔子年五十六，由大司寇行攝相事。於是誅魯大夫亂政者少正卯。」那麼他老人家自己也要行使法家手段了，本來管理行政司法與教書時候不相同，手段自然亦不能相同也。

還有好玩的是他別一方面與那些隱逸們的關係。

我曾說過，中國的隱逸大都是政治的，與外國的是宗教的迴異。他們有一肚子理想，但看得社會渾濁無可施為，便只安分去做個農工，不再來多管，見了那知其不可而為之的人，卻是所謂惺惺惜惺惺，好漢惜好漢，想了方法要留住他，看晨門接輿等六人的言動雖然冷熱不同，全都是好意，毫沒有歧視的意味，孔子的應付也是如此，都是頗有意思的事。如接輿歌云，往者不可諫，來者猶可追，正是朋友極有情意的勸告之詞，孔子下，欲與之言，與對於桓魋的蔑視，對於陽貨的敷衍，態度全不相同，正是好例。

因此我想儒法道三家本是一起的，那麼妄分門戶實在是不必要，從前儒教徒那樣的說無非想要統制思想，定於一尊，到了現在我想大家應該都不再相信了罷。至於佛教那是宗教，與上述中國思想稍有距離，若論方向則其積極實尚在法家之上，蓋宗教與社會主義同樣的對於生活有一絕大的要求，不過理想的樂國一個是在天上，一個即在地上，略為不同而已。

宗教與主義的信徒的勇猛精進是大可佩服的事，豈普通儒教徒所能及其萬一，儒本非宗教，其此思想者正當應稱儒家，今呼為儒教徒者，乃謂未必有儒家思想而掛此招牌之吃教者流也。

談韓文

借閱《賭棋山莊筆記》，第二種為《藤陰客贅》，有一節云：

「洪容齋曰，韓文公《送孟東野序》曰，物不得其平則鳴。然其文云，在唐虞時咎陶禹其善鳴者也，而假之以鳴，夔假於韶以鳴，伊尹鳴殷，周公鳴周。又云，天將和其聲而鳴國家之盛。然則非所謂不得其平也。（《容齋隨筆》四）余謂不止此也。篇中又云，以鳥鳴春，以蟲鳴秋。夫蟲鳥應時發聲，未必中有不平，誠如所言，則彼反舌無聲，飛蝴不語，可謂得其平耶。究之此文微涉纖巧附會，本非上乘文字，世因出韓公不敢議耳。」

世間稱韓退之文起八代之衰，人云亦云的不知說了多少年，很少有人懷疑，這是絕可怪的事。謝枚如是林琴南之師，卻能跳出八家的圈子，這裡批評韓文的紕謬尤有識力，殊不易得。八代之衰的問題我也不大清楚，但只覺得韓退之留贈後人有兩種惡影響，流澤孔長，至今未艾。簡單的說，可以云一是道，一是文。

本來道即是一條路，如殊途而同歸，不妨各道其道，則道之為物原無什麼不好。韓退之的道乃是有統的，他自己辟佛卻中了衣鉢的迷，以為吾家周公三吐哺的那只鐵碗在周朝轉了兩個手之後，一下子就掉落在他手裡，他就成了正宗的教長，努力於統制思想，其為後世在朝以及在野的法西斯派所喜歡者正以此故，我們翻過來看就可以知道這是如何有害於思想的自由發展的了。

但是現在我們所要談的還是在文這一方面。

韓退之的文算是八家中的頂呱呱叫的，但是他到底如何好法呢？文中的思想屬於道這問題裡，今且不管，只談他的文章，即以上述《送孟東野序》為例。這並不是一篇沒有名的古文，大約《古文觀止》等書裡一定是有的，只可惜我這裡一時無可查考。可是，如洪謝二君所說，頭一句膾炙人口的「大凡物不得其平則鳴」，與下文對照便說不通，前後意思都相衝突，殊欠妥貼。

金聖歎批《才子必讀書》在卷十一也收此文，批曰，只用一鳴字，跳躍到底，如龍之變化，屈伸於天。聖歎的批是好意，我卻在同一地方看出其極不行處，蓋即此是文字的遊戲，如說急口令似的，如唱戲似的，只圖聲調好聽，全不管意思說的如何，古文與八股這裡正相通，因此為世人所喜愛，亦即其最不堪的地方也。

《賭棋山莊筆記》之三《稗販雜錄》卷一有云：

「作文喜學通套言語。相傳有塾師某教其徒作試帖，以剃頭為題，自擬數聯，有剃則由他剃，頭還是我頭，有頭皆可剃，無剃不成頭等句，且謂此是通套妙調，雖八股亦不過此法，所以油腔滑筆相習成風，彼此摹仿，十有五六，可慨也。」以愚觀之，剃頭詩與《送孟東野序》實亦五十步與百步之比，其為通套妙調則一也。如有人願學濫調古文，韓文自是上選，《東萊博議》更可普及，剃頭詩亦不失為可讀之課外讀物。但是我們假如不贊成統制思想，不贊成青年寫新八股，則韓退之暫時不能不挨罵，蓋竊以為韓公實係該項運動的祖師，其勢力至今尚彌漫於全國上下也。

談方姚文

謝枚如筆記《稗販雜錄》卷一有望溪遺詩一條，略云：

「望溪曾以詩質漁洋，為其所譏誚，終身以為恨，此詩則在集外，未刻本也。所作似有一二可取，而詠古之篇則去風雅遠矣。其詠明妃云：蔦蘿隨蔓引，性本異貞松。若使太孫見，安知非女戎。夫明妃為漢和親，當時邊臣重臣皆當為之減色，今乃貶其非貞松，又料其為禍水，深文鍛煉，不亦厚誣古人乎。經生學人之詩，不足於採藻，而析理每得其精，茲何其持論之偏歟。側聞先生性卞急，好責人，宜其與溫柔敦厚不近，幸而不言詩，否則谿刻之說此唱彼和，又添一魔障矣。享高名者其慎之哉。」

今查《望溪集外文》卷九有詩十五首，詠明妃即在其內，蓋其徒以為有合於載道之義，故存之歟。谿刻之說原是道學家本色，罵王昭君的話也即是若輩傳統的女人觀，不足深怪。唯孔子說女子與小人難養，因為近之則不遜，遠之則怨，具體的只說不好對付罷了，後來道學家更激烈卻認定女人是浪而壞的東西，方云非貞松，是禍水，是也。

這是一種變質者的心理，郭鼎堂寫孟子輿的故事，曾經這樣的加以調笑，我覺得孟君當不至於此，古人的精神應該還健全些，若方望溪之為此種人物則可無疑，有詩為證也。中國人士什九多妻，據德國學者記錄云占男子全數的六十餘（我們要知道這全數裡包含老頭子與小孩在內），可謂盛矣，而其思想大都不能出方君的窠臼，此不單是一矛盾，亦實中國民族之危機也。

道學家對人谿刻，卻也並不限於女子。查《望溪文集》卷六有《與李剛主書》，係嗐其母喪者，中間說及剛主子長人之夭，有云：

「竊疑吾兄承習齋顏氏之學，著書多訾謷朱子。記曰，人者天地之心。孔孟以後，心與天地相似而足稱斯言者舍程朱而誰與，若毀其道，是謂戕天地之心，其為天所不祐決矣。故自陽明以來，凡極詆朱氏者多絕世不祀，僕所見聞具可指數，若習齋西河，又吾兄所目擊也。」

剛主係望溪的朋友，又是他兒子的老師，卻對他說活該絕嗣。因為罵了朱晦庵，真可謂刻薄無人心，又以為天上聽見人家罵程朱便要降災處罰，識見何其鄙陋，品性又何其卑劣耶。不過我們切勿怪方君一個人，說這樣話的名人也還有哩。

查《惜抱軒文集》卷六《再復簡齋書》有云：

「且其人生平不能為程朱之行，乃欲與程朱爭名，安得不為天之所惡，故毛大可李剛主程綿莊戴東原率皆身滅嗣絕，殆未可以為偶然也。」

夫姚惜抱何人也，即與方望溪並稱方姚為桐城派之始祖者也，其一鼻孔出氣本不足異，唯以一代文宗而思想乃與《玉曆鈔傳》相同，殊非可以樂觀的事。方姚之文繼韓愈而起，風靡海內，直至今日，此種刻薄鄙陋的思想難免隨之廣播，深入人心，貽害匪淺，不佞乃教員而非文士，文章藝術之事不敢妄談，所關心者只是及於青年思想之壞影響耳。

談畫梅畫竹

謝枚如在《課餘偶錄》卷一云：

「永新賀子翼貽孫先生著述頗富，予客江右，嘗借讀其全書，抄存其《激書》十數篇，收之篋衍。」謝君又摘錄《水田居文集》中佳語，我讀了頗喜歡，也想一讀，卻急切不可得，只找到一部《水田居激書》，咸豐三年孫氏重刊，凡二卷四十一篇，題青原釋弘智藥地大師鑒定，並有序，即方密之也。

老實說，這類子書式的文章我讀了也說不出什麼來，雖然好些地方有「吳越間遺老尤放恣」的痕跡，覺得可喜，如多用譬喻或引故事，此在古代係常有而為後代做古文的人所不喜者也。卷二《求己》中有一節云：

「吾友龍仲房聞雪湖有《梅譜》，遊湖涉越而求之，至則雪湖死久矣。詢於吳人曰，雪湖畫梅有譜乎？吳人誤聽以為畫眉也，對曰，然，有之，西湖李四娘畫眉標新出異，為譜十種，三吳所共賞也。仲房大喜，即往西湖尋訪李四娘，沿門遍叩，三日不見。忽見湖上竹門自啟，有嫗出迎曰，妾在是矣。及入問之，笑曰，妾乃官媒李四娘，有求媒者即與話媒，不知梅也。仲房喪志歸家，歲云暮矣，悶坐中庭，值庭梅初放，雪月交映，梅影在地，幽特拗崛，清白簡傲，橫斜倒側之態，宛然如畫，坐臥其下，忽躍起大呼，伸紙振筆，一揮數幅，曰，得之矣。於是仲房之梅遂冠江右。」

雪湖吾鄉人，《梅譜》寒齋亦有之，卻未見其妙處，題詩文盈二卷，但可以考姓名耳。我在這裡覺得有興趣的乃是仲房的話。《激書》中敘其言曰：「吾學畫梅二十年矣，向者貿貿焉遠而求之雪湖，因梅而失之眉，因眉而失之媒，愈遠愈失，不知雪湖之《梅譜》近在庭樹間也。」

相似的話此外也有人說過。如金冬心《畫竹題記》自序云：「冬心先生年逾六十，始學畫竹，前賢竹派不知有人，宅東西種植修篁，約千萬計，先生即以為師。」又鄭板橋《題畫》竹類第一則云：「余家有茅屋二間，南面種竹。夏日新篁初放，綠陰照人，置一小榻其中，甚涼適也。秋冬之際，取圍屏骨子斷去兩頭，橫安以為窗櫺，用勻薄潔白之紙糊之，風和日暖，凍蠅觸窗紙上冬冬作小鼓聲，於是一片竹影零亂，豈非天然圖畫乎，凡吾畫竹，無所師承，多得於紙窗粉塗，日光月影中耳。」

這所說都只是老生常談，讀了並不見得怎樣新鮮，卻是很好的學畫法。不但梅竹，還可以去畫一切，不但繪畫，還可以用了去寫文章。現在姑且到了文章打住，再說下去便要近於《郭橐駝傳》之流，反為龍仲房所笑了。

雪湖之《梅譜》近在庭樹間，這的確是一句妙語，正如禪和子所說眼睛依舊眉毛下，太陽之下本無新事，卻是踏破鐵鞋無覓處，得來全不費工夫，不獨不費工夫，且一生吃著不盡也。抑語又有之，有緣千里來相會，無緣對面不相逢，天下之在梅樹下跑進跑出遍找梅花而不得者何限，旁人亦愛莫能助。吾見祝由科須先卜病可治（論法術病無不可治，卜者問該不該癒耳，即有緣否也）而後施術，此意甚妙，雖然法術我不相信，只覺得其頗好玩而已。

談字學舉隅

偶然借到宋倪正父的《經鉏堂雜誌》四冊，萬曆庚子年刻，有季振宜印，卷面又有人題字一行云：昌樂閻恭定公家舊書，道光丁未夏借讀。可知這書是有來歷的了。

倪君的議論也有可取處，字體又刻得很精緻，原來也是一部好書，可是被妄人塗抹壞了，簡直不能再看。先有人拿朱筆寫了好些批語，後來又有人拿墨筆細心的把它一一勾掉或直掉，這倒還在其次，最要不得的是又有一個人（或者即是勾批語的也未可知）將書中每個帖體簡筆字都照了《字學舉隅》改正筆墨，如能所此於等字，無不以昏墨敗筆加以塗改，只餘第八卷末十五葉不曾點汙，豈讀至此處而忽澹然耶。展卷一望，滿眼荊棘，書中雖有好議論，也如西子蒙不潔，不欲觀也已。

我們看了其墨之昏筆之敗，便如見其頭腦之昏敗，再看其塗抹得一塌糊塗，也如見其心地之糊塗，舉筆一揮，如悟能之忽現豬相，真可異也。書雖可讀，因面目可憎，心生厭惡，即還原處，竟不及讀畢一卷，此種經驗在我也還是初次，所以不免少見多怪的要說這一大番話，假如將來見識得多，那麼自然看慣了也就不多說了吧。

《字學舉隅》這把戲我是攪過的，並不覺得怎麼的了不得。我在小時候預備舉業，每日寫一張大字之外還抄《字學舉隅》與《詩韻》，這個苦功用得不冤枉，在四十歲以前，上下平三十韻裡的某字在某韻我大抵都記得清楚，仄聲難免有點麻胡，直到現在才算把它忘記完了，《字學舉隅》的標準寫法至今還記得不少，——但是這有什麼用呢？大家都知道，《字學舉隅》是寫館閣體字的教科書，本是曹文正公曹振鏞的主意，而這曹文正公也即是傳授做官六字秘訣的祖師，秘訣維何，曰多磕頭少說話，是也，所謂字學，實亦只是寫館閣體字（象徵磕頭的那一種字體）的方面而已，與文字之學乃是風馬牛十萬八千里也。

不佞少時失學，至廿五歲時始得見《說文解字》，略識文字，每寫今隸輒恨其多謬誤，如必丸等字簡直苦於無從下筆，如魚鳥等字亦均不合，蓋鳥無四足，魚尾亦非四歧也。及後又少識金文甲骨文，更知小篆亦多轉變致訛，如凡從止的字都該畫一足形，無論什麼簡單均可，總不能如小篆那樣，若欲求正確則須仔細描出腳八椏子才行。

不佞有志於正字，最初以為應復小篆，後更進而主張甲骨文，庶幾不失造字本意。其意美則美矣，奈難以實行何？假如用我最正確的主張，則我便非先去學畫不可，不然就無從寫一止字也。小篆還可以知道一點，惜仍不正確，若今隸更非矣，而《字學舉隅》又是今隸中之裹小腳者耳，奚足道哉。

不佞不能寫象形文字，正字之大業只好廢然而止，還來用普通通行的字聊以應用，只求便利，帖體簡筆固可採取，即民間俗字亦無妨利用，只不要不通就好了。不能飛入天空中去便不如索性老實站在地上，若著了紅繡鞋立在秋千上離地才一尺，搖搖擺擺的誇示於人，那就大可不必，《字學舉隅》的字體即此類是也。不知何等樣人乃據此以塗改古人的書，那得不令人噁心殺。

婦人之笑

來集之著《倘湖樵書》卷十一有《婦人之笑》一篇云：

「唐人詩云，西施醉舞嬌無力，笑倚東風白玉床，言夷光好笑而麋鹿走於姑蘇也。又云，回頭一笑百媚生，六宮粉黛無顏色，言楊妃好笑而鼙鼓動於漁陽也。乃妲己不好笑，必見炮烙之刑而後笑，褒姒不好笑，必見烽火之戲而後笑，吾又安知不好笑之為是，而好笑之為非。如息嬀入楚不言，何況於笑，而唐人詩曰，細腰宮裡露桃新，默默無言幾度春，畢竟息亡緣底事，可憐金谷墜樓人，蓋責備賢者之意也。

「予謂《詩》云，巧笑倩兮，美目盼兮，是婦人之美多在於笑也。《史記》，箕子過殷墟，欲哭則不敢，欲泣為近於婦人，是婦人之性多善於泣也。諸美人以一笑而傾人城，杞梁妻又以一哭而崩杞之城，是婦人者笑又不得，哭又不得，笑既不得，而不笑又不得。諸婦人以長舌而喪人之國，而息嬀又以不言而喪兩國，是婦人者言又不得，不言又不得。左氏云，尤物移人。又曰，深山大澤，實生龍蛇，彼美予懼其生龍蛇以禍汝。則但問其尤物何如耳，不必問其笑不笑言不言也。」

《樵書》本來是一種類書，與《玉芝堂談薈》相似，類聚事物，不大有什麼議論，這條卻是一篇好文章，又有好意思，是很難得的事。向來文人說女人薄命的也都有，但總不過說彩雲易散，古今同悲這些話頭而已，來君所說則更進一步，標出女人哭笑都不得，肯替她們稍鳴不平。

《癸巳類稿》卷十三《節婦說》中云：

「男子理義無涯涘，而深文以罔婦人，是無恥之論也。」又《書舊唐書輿服志後》中云：

「古有丁男丁女，裹足則失丁女，陰弱則兩儀不完。又出古舞屣賤服，女賤則男賤。」《越縵堂日記補》辛集上讀《癸巳類稿》所記有云：

「俞君頗好為婦人出脫。……語皆偏譎，以謝夫人所謂出於周姥者，一笑。」

李君自然是恪守周公之禮者，覺得士大夫沒有侍妾便失了體統，其不能瞭解俞理初的話也是當然，但俞君的價值固自存在，在近代中國思想中蓋莫能與之比肩也。皇帝多嬪妃，公主也就要面首，這可以說有點偏譎，若是體察別人的意思，平等來看待，那正是不偏，孔子說過，己所不欲勿施於人，又豈不是恕乎。

俞君頗好為婦人出脫，此即是他的不可及處，試問近一二百年中還有誰能如此說，以我孤陋寡聞殊不能舉出姓名來，來元成的這一篇小文頗有此意，但其時在清初，去今已有二百五十年以上了。

再找上去還可以找到一個人，即是鼎鼎大名的李卓吾。友人容元胎近著《李卓吾評傳》，第二章李贄的思想中有云：

「他的平等的見解應用在男女問題上，他以為男女的見識是平等的。他說：謂人有男女則可，謂見有男女可乎？謂見有短長則可，謂男子之見盡長，女人之見盡短，又豈可乎？（《答以女人學道為見短書》，《焚書》卷二。）這是平等見解最好的表見。在中國十六世紀的後半紀，這種見解的確是了不得的。」

李卓吾之學出於王陽明，卻更為解放自由。在《道古錄》卷上講格物的地方有云：「聖人知天下之人之身即吾一人之身。我亦人也。是上自天子，下至庶人，通為一人矣。」

這話說得很有意思，「我亦人也」與墨子的「己亦在人中」頗有點相像，在思想上自然是平等，在行為上也就是兼愛了。但是他在當時被判為惑世誣民，嚴拿治罪，行年八十死於獄中。這姑且算了吧，後人的批評怎麼樣呢？

我們先問顧亭林看，他在《日知錄》卷十八有李贄一條，抄錄張問達劾疏及諭旨後發表意見云：

「愚案自古以來小人之無忌憚而敢於叛聖人者莫甚於李贄，然雖奉嚴旨而其書之行於人間自若也。」

奇哉亭林先生乃贊成思想文字獄，以燒書為唯一的衛道手段乎，可惜還是在流行，此事蓋至乾隆大禁毀明季之遺書而亭林之願望始滿足耳。

此外王山史、馮鈍吟、尤西堂等的意見都是一鼻孔出氣，不必多舉。不佞於顧君的學問豈敢菲薄，不過說他沒有什麼思想，而且那種正統派的態度是要不得的東西，只能為聖王效驅除之用而已。不佞非不喜《日知錄》者，而讀之每每作惡中輟，即因有此種惡濁空氣混雜其中故也。

來君著作我只見到這部《樵書》。宋長白著《柳亭詩話》卷十五有姑惡一則云：

「姑惡鳥名也，相傳上世有婦人見虐於其姑，結氣而死，化為此鳥，詩人每譜入禽言。來元成有句云，不改其尊稱曰姑，一字之貶名曰惡。來氏以《春秋》名家，書法之妙即於此見之。」此一聯未必佳，恰是關於婦女生活的，抄錄於此，亦可以與上文相發明耳。

【附記】

《明珠抄》十九首，本是念五年冬間為《世界日報》明珠欄所寫，今因上海兵燹，原稿散失，重檢得六篇收入，皆是年十二月中作也。

二十八年十二月十七日記於北平。

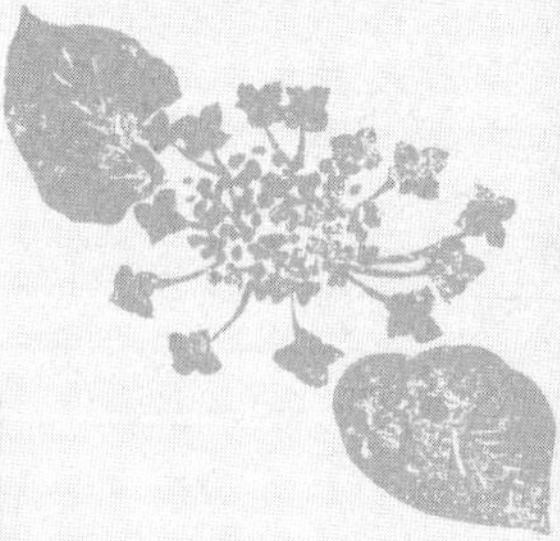

兼燭後談

第三卷　詩意串趣

自己所能做的

自己所能做的是什麼？這句話首先應當問，可是不大容易回答。飯是人人能吃的，但是像我這一頓只吃一碗的，恐怕這就很難承認自己是能吧。以此類推，許多事都尚待理會，一時未便晝供。這裡所說的自然只限於文事，平常有時還思量過，或者較為容易說，雖然這能也無非是主觀的，只是想能而已。我自己想做的工作是寫筆記。

清初梁清遠著《雕丘雜錄》卷八有一則云：

「余嘗言，士人至今日凡作詩作文俱不能出古人範圍，即有所見，自謂創獲，而不知已為古人所已言矣。惟隨時記事，或考論前人言行得失，有益於世道人心者，筆之於冊，如《輟耕錄》《鶴林玉露》之類，庶不至虛其所學，然人又多以說家雜家目之。嗟乎，果有益於世道人心，即說家雜家何不可也。」又卷十二云：

「余嘗論文章無裨於世道人心即卷如牛腰何益，且今人文理粗通少知運筆者即各成文集數卷，究之只堪覆瓿耳，孰過而問焉。若人自成一說家如雜抄隨筆之類，或紀一時之異聞，或抒一己之獨見，小而技藝之精，大而政治之要，罔不敘述，令觀者發其聰明，廣其聞見，豈不足傳世翼教乎哉。」

不佞是雜家而非說家，對於梁君的意見很是贊同，卻亦有差異的地方。我不喜掌故，故不敘政治，不信鬼怪，故不紀異聞，不作史論，故不評古人行為得失。餘下來的一件事便是涉獵前人言論，加以辨別，披沙揀金，磨杵成針，雖勞而無功，於世道人心卻當有益，亦是值得做的工作。

中國民族的思想傳統本來並不算壞，他沒有宗教的狂信與權威，道儒法三家只是愛智者之分派，他們的意思我們也都很能瞭解。道家是消極的徹底，他們世故很深，覺得世事無可為，人生多憂患，便退下來願以不才終天年，法家則積極的徹底，治天下不難，只消道之以政，齊之以刑，就可達到統一的目的。

儒家是站在這中間的，陶淵明《飲酒》詩中云：

「汲汲魯中叟，彌縫使其淳，鳳鳥雖不至，禮樂暫得新。」這彌縫二字實在說得極好，別無褒貶的意味，卻把孔氏之儒的精神全表白出來了。

佛教是外來的，其宗教部分如輪迴觀念以及玄學部分我都不懂，但其小乘的戒律之精嚴，菩薩的誓願之弘大，加到中國思想裡來，很有一種補劑的功用。不過後來出了流弊，儒家成了士大夫，專想升官發財，逢君虐民，道家合於方士，去弄燒丹拜斗等勾當，再一轉變而道士與和尚均以法事為業，儒生亦信奉《太上感應篇》矣。這樣一來，幾乎成了一篇糊塗賬，後世的許多罪惡差不多都由此支持下來，除了抽鴉片這件事在外。

這些雜糅的東西一小部分紀錄在書本子上，大部分都保留在各人的腦袋瓜兒裡以及社會百般事物上面，我們對他不能有什麼有效的處置，至少也總當想法偵察他一番，分別加以批判。希臘古哲有言曰，要知道你自己。我們凡人雖於愛智之道無能為役，但既幸得生而為人，於此一事總不可不勉耳。

這是一件難事情，我怎麼敢來動手呢。當初原是不敢，也就是那麼逼成的，好像是「八道行成」裡的大子，各處彷徨之後往往走到牛角裡去。三十年前不佞好談文學，彷彿是很懂得文學似的，此外關於有好許多事也都要亂談，及今思之，腋下汗出。

後乃悔悟，詳加檢討，凡所不能自信的事不敢再談，實行孔子不知為不知的教訓，文學鋪之類遂關門了，但是別的店呢？

孔子又云，知之為知之。到底還有什麼是知的呢？沒有固然也並不妨，不過一樣一樣的減掉之後，就是這樣的減完了，這在我們凡人大約是不很容易做到的，所以結果總如碟子裡留著的末一個點心，讓他多少要多留一會兒。我們不能乾脆的畫一個雞蛋，滿意而去，所以在關了鋪門的路旁仍不免要去擺一小攤，算是還有點貨色，還在做生意。

文學是專門學問，實是不知道，自己所覺得略略知道的只有普通知識，即是中學程度的國文，歷史，生理和博物，此外還有數十年中從書本和經歷得來的一點知識。這些實在凌亂得很，不新不舊，也新也舊，用一句土話來說，這種知識是叫做「三腳貓」的。三腳貓原是不成氣候的東西，在我這裡卻又正有用處。

貓都是四條腿的，有三腳的倒反而稀奇了，有如劉海氏的三腳蟾，便有描進畫裡去的資格了。全舊的只知道過去，將來的人當然是全新的，對於舊的過去或者全然不顧，或者聽了一點就大悅，半新半舊的三腳貓卻有他的便利，有點像革命運動時代的老新黨，他比革命成功後的青年有時更要急進，對於舊勢力舊思想很不寬假，因為他更知道這裡邊的辛苦。

我因此覺得也不敢自菲薄，自己相信關於這些事情不無一日之長，願意盡我的力量，有所供獻於社會。我不懂文學，但知道文章的好壞，不懂哲學玄學，但知道思想的健全與否。我談文章，係根據自己寫及讀國文所得的經驗，以文情並茂為貴。談思想，係根據生物學文化人類學道德史性的心理等的知識，考察儒釋道法各家的意思，參酌而定，以情理併合為上。

我的理想只是中庸，這似乎是平凡的東西，然而並不一定容易遇見，所以總覺得可稱揚的太少，一面固似抱殘守缺，一面又像偏喜訶佛罵祖，誠不得已也。不佞蓋是少信的人，在現今信仰的時代有點不大抓得住時代，未免不很合式，但因此也正是必要的，語曰，良藥苦口利於病，是也。

不佞從前談文章謂有言志載道兩派，而以言志為是。或疑詩言志，文以載道，二者本以詩文分，我所說有點纏夾，又或疑志與道並無若何殊異，今我又屢言文之有益於世道人心，似乎這裡的糾紛更是明白了。這所疑的固然是事出有因，可是說清楚了當然是查無實據。我當時用這兩個名稱的時候的確有一種主觀，不曾說得明瞭，我的意思以為言志是代表《詩經》的，這所謂志即是詩人各自的情感，而載道是代表唐宋文的，這所謂道乃是八大家共通的教義，所以二者是絕不相同的。

現在如覺得有點纏夾，不妨加以說明云：凡載自己之道者即是言志，言他人之志者亦是載道。我寫文章無論外行人看去如何幽默不正經，都自有我的道在裡邊，不過這道並無祖師，沒有正統，不會吃人，只是若大路然，可以走，而不走也由你的。我不懂得為藝術的藝術，原來是不輕看功利的，雖然我也喜歡明其道不計其功的話，不過講到底這道還就是一條路，總要是可以走的才行。於世道人心有益，自然是件好事，我那裡有反對的道理，只恐怕世間的是非未必盡與我相同，如果所說發其聰明，廣其聞見，原是不錯，但若必以江希張為傳世而葉德輝為翼教，則非不佞之所知矣。

一個人生下到世間來不知道是偶然的還是必然的，但是無論如何，在生下來以後那總是必然的了。凡是中國人不管先天後天上有何差別，反正在這民族的大範圍內沒法跳得出，固然不必怨艾，也並無可驕誇，還須得清醒切實的做下去。國家有許多事我們固然不會也實在是管不著，那麼至少關於我們的思想文章的傳統可以稍加注意，說不上研究，就是辨別批評一下也好，這不但是對於後人的義務也是自己所有的權利，蓋我們生在此地此時實是一種難得的機會，自有其特殊的便宜，雖然自然也就有其損失，我們不可不善自利用，庶不至虛負此生，亦並對得起祖宗與子孫也。

語曰，秀才人情紙一張。又曰，千里送鵝毛，物輕情意重。如有力量，立功固所願，但現在所能止此，只好送一張紙，大家莫嫌微薄，自己卻也在警戒，所寫不要變成一篇壽文之流才好耳。

廿六年四月廿四日，在北京書。

南堂詩鈔

偶然得到兩本清初的詩集。我說偶然，因為詩我是不大懂的，平常詩集除了搜集同鄉著作之外就不買，所以這兩本的確可以說是偶然得來的，雖然亦自各有其因緣。其一是吳景旭的《南山堂自訂詩》四卷。吳景旭字旦生，著有《歷代詩話》八十卷，刻入嘉業堂的吳興先哲遺書中，是我所喜歡的一種書，這回看見他的詩也想拿來一讀。

書無序跋，目錄也撕去了一半，疑心他不全，查《詩話》劉承幹跋只云「有南山自訂詩」，也不說卷數，到後來拆開重訂，乃見後書面的裡邊有字兩行，左云：「《南山堂自訂詩》，下冊七卷至十卷佚闕。」右云：「旦生公遺著，裔孫永敬識。」

蓋估人作弊，將書面反摺改裝，假充完全，卻不知即使是殘本不佞也會要也。但此冊實止四卷，或者下冊當是五至十，亦未可知。

集中所收詩自順治己丑至康熙甲辰，凡十六年，卷四有五十二偶作，時為壬寅，案當生於明萬曆三十九年辛亥，劉跋亦稱其為明諸生，其詩卻極少遺老氣，辛丑有《喜光兒得賜探花》一詩可知，唯時有放恣或平易處亦覺得可喜。

卷一《罱泥行》上半云：

「一溪小雨直如髮，尖頭艓子長竿揭，憑將兩腕翕復張，形模蛤蚧相箝鑷。載歸取次壅桑間，平鋪滑汰孩子跌。」卷三有詩題云：

「己亥聞警，雉侯下令荷戈戍城上，家貧無兵械，因銷一花小鋤為刃，作長句傷之。」詩並不佳，故不錄，但只此一題也就夠有意思了。

其二是方貞觀的《南堂詩鈔》六卷。這詩集是全的，前有李可淳序，又乾隆戊午汪廷璋序，蓋即是刻書的那一年。方貞觀是方苞的從弟，方苞的詩極惡劣，謝枚如在《賭棋山莊筆記》中曾大加以貶斥，貞觀所作卻大不相同，如李序所說，宛轉沉痛，言短意長，及後更益造平淡近自然。

各卷卷首皆題方貞觀詩集，唯卷三則曰方貞觀卷葹集，有小引云：

「癸巳之歲，建亥之月，奉詔隸歸旗籍。官牒夕至，行人朝發，倉卒北向，吏役驅逐，轉徙流離，別入板籍。瞻望鄉國，莫知所處，先隴棄遺，親知永隔，行動羈畢，存沒異鄉。嗚呼哀哉，豈復有言。而景物關會，時序往復，每不能自已，始乎去國，迄於京華，其嗚咽不成聲者去之，存若干首，命曰卷葹集，庾信所謂其心實傷者也。後之君子尚其讀而悲之。康熙五十八年四月望，貞觀記。」

案方望溪集後附蘇惇元編年譜，在雍正元年癸卯條下有記事云：

「先是《滇遊紀聞》案，先生近支族人皆隸漢軍，至是肆赦，上曰，朕以方苞故赦其合族，苞功德不細。」

自癸巳至癸卯，貞觀蓋隸旗籍者滿十年，卷葹集一卷即此十年中所作，所云宛轉沉痛的詩多在此中，殆哀而至於傷矣。這是我們說他哀傷，若是從上頭說來何嘗不是怨懟，那麼就情罪甚重了。如卷三第一首《別故山》有云：

「哀門自多故，懷璧究何人。」《出宗陽》云：

「生逢擊壤世，不得守耕桑。」《泊牛渚》云：

「生男願有室，生女願有家。緬彼堯舜心，豈曰此念奢，我亦忝蒸黎，何至成浮槎。」《欲暮》云：

「豈有聲名如郭解，自知肥白愧張蒼。」《望見京城》云：

「獨有覆盆盆下客，無緣舉目見青天。」《寄家書》云：

「餘生不作大刀夢，到死難明破鏡由。」但是最重要的還應該舉出那第三首《登舟感懷》來，其詞云：

「山林食人有豺虎，江湖射景多含沙，未聞十年不出戶，咄嗟腐蠹成修蛇。吾宗秉道十七世，雕蟲奚足矜搜爬，豈知道旁自得罪，城門殃火來無涯。破巢自昔少完卵，焚林豈辨根與芽。舉族驅作北飛鳥，棄捐隴墓如浮苴，日暮登舟別親故，長風颯颯吹蘆花。語音漸異故鄉遠，回頭止見江天霞，嗚呼賦命合漂泊，磐砧變化成虛槎。殺身只在南山豆，伏機頃刻鍘阬瓜，古今禍福非意料，文網何須說永嘉。君不見，烏衣巷裡屠沽宅，原是當時王謝家。」

查《四庫全書總目提要》卷一八二《秋笳集》下批語有云：

「特其自知罪重譴輕，甘心竄謫，但有悲苦之音，而絕無怨懟君上之意，猶為可諒。」

今貞觀詩怨甚矣，不但堅稱冤枉，以楊惲自擬，還拿了秦始皇阬儒來比，豈不是肆口誹謗乎。我取出《禁書總目》來一查，「我找著了！」《南堂詩鈔》的的確確收在裡邊。我很高興我的眼力不差，假如去做一名檢查官大可勝任愉快也。

卷六有一篇詩題云，「乾隆戊午冬中三日，余馬齒六十矣」，可以知道方貞觀是生於康熙十八年己未，三十五歲隸旗籍，四十五歲放免，五十八歲被徵博學鴻詞，謝老病不赴。關於這件事有一首妙詩，題云：

「部牒復至，備見敦迫，終不能赴，再寄孫公。纁幣與安車，吾聞其語矣，書傳半真偽，竊恐未必爾。今者符檄來，洶洶吏如鬼，幸不見執縛，幾為敦迫死。家無應門童，我病杖乃起，老婦驚逾垣，問禍來所以。敢希稽古榮，奚至捕盜比，寄言謝故人，銘心佩知己。世不乏應劉，樗櫟何足齒，偃蹇負弓旌，免蹈虛聲恥。」

這裡有意思的事，第一是博學鴻詞敦迫的情形，大有鎖拿沈石田的樣子，其次是方君仍舊的那樣大不敬，他描寫吏如鬼之洶洶，還說竊恐未必爾的古代安車之類，真可以說幽默得很。卷一《鄉大水》一篇末云：

「官家積穀如山丘，立法本為蒼生謀。便宜行事汲都尉，流亡愧俸韋蘇州。古來書傳半真偽，兩人未識誠有否。殺人不問梃刃政，屠伯何須在錄囚。」

這書傳半真偽的話，可見早見用了，雖然是蘇東坡恐本無楊雄的故典之轉化，卻用得很有力量。同一篇中又有云：

「小民賦命本餓殍，熟亦不活奚災傷。」這也比孟子的樂歲終身苦的話更說得辛辣，其區別蓋因一是正言而一是逆說，此正是幽默之力也。

方君少年時蓋頗有許行之徒的傾向，其《耕織詞》云：

「貧女不上機，宮中皆草衣。農夫不耕田，侯王都餓死。雞鳴向田間，採桑朝露新，望望紅日高，照見晏眠人。」又《題古戰場圖》云：

「豈不畏鋒鏑，將軍驕欲行。威尊身命賤，法重死生輕。力盡□偏狡，天寒虜益橫。誰非人子骨，千載暴邊城。」

第五句第三字原缺，或者是胡字吧？即此諸詩可以見作者思想之一斑，在清朝桐城派雖有名，不佞以為方氏之榮譽當不在苞而在貞觀耳。

詩我都不大懂，上邊所談只是就詩中所有的意思，隨意臧否，也不敢自以為是，並不真是談詩。或恐有朋友疑心我談詩破例，順便聲明一句。

廿六年四月廿二日，在北平苦住庵記。

【補記】

《南山堂自訂詩》十卷，嘉業堂有新刻本，末有癸亥劉承幹跋，中有云，自卷一至卷五為其裔孫漁川觀察所藏弆，以畀餘，惜已佚半，嗣留心訪求，竟獲卷六至卷十，遂為完璧。漁川即吳永，然則我所得殘書即是其底本，但不知何以又流落在舊書攤頭耳。近年又得全書一部，卷首有朱文長方印曰，閩戴成芬芷農圖籍，內容與劉刻本悉相同，唯原本有目錄三十一頁，而劉刻略去，改為總目一頁，未免少欠忠實。民國癸未冬日編校時記。

東萊左氏博議

近來買到一部書，並不是什麼珍本，也不是小品文集，乃是很普通很正經，在我看來是極有意義的書。這只是四冊《東萊左氏博議》，卻是道光己亥春錢唐瞿氏清吟閣重雕足本，向來坊刻只十二卷八十六篇，這裡有百六十篇，凡二十五卷。《東萊博議》在宋時為經生家揣摩之本，流行甚廣，我們小時候也還讀過，作為做論的課本，今日重見如與舊友相晤，亦是一種喜悅，何況足本更覺得有意思，但是所謂有意義則別有在也。

《東萊左氏博議》雖然《四庫書目》列在經部春秋類二，其實與經學不相干，正如東萊自序所說，乃是諸生課試之作也。瞿世瑛道光戊戌年跋文云：

「古之世無所謂時文者。自隋始以文辭試士，唐以詩賦，宋以論策，時文之號於是起，而古者立言必務道其所心得，即言有醇有駁，無不本於其中心之誠然，而不肯苟以炫世誇之意，亦於是盡亡矣。蓋所謂時文者，至宋南渡後創制之經義，其法視詩賦論策為勝，故承用最久，而要其所以名經義者，非誠欲說經，亦姑妄為說焉以取所求耳。故其為文不必果得於經所以云之意，而又不肯自認以為不知，必率其私臆，鑿空附會，粉飾非者以為是，周內是者以為非，有司者亦不諗其所知之在於此，而始命以在彼之所不知，於是微言奧旨不能宿通素悉於經之內，而枝辭贅喻則可暫假猝辨於經之外，徒恃所操之機熟，所積之理多，隨所命而強赴之，亦莫不斐然可觀，以取盈篇幅，以僥倖得當於有司之目。

「噫，不求得於心則立言之意亡，不求通於經則說經之名戾，時文之蔽類然已。《東萊左氏博議》雖作於其平居暇日，苟以徇諸生之請，然既以資課試為心，故亦不免乎此蔽，其所是非大抵出於方執筆時偶然之見，非必確有所低昂軒輊於其間，及其含意聯詞，不得不比合義類，引眾理以壯其文，而學者遂見以謂定論而不可奪，不知苟欲反其所非以為是，易其所是以為非，亦必有眾理從而附會之，而淺見者亦將駭詫之以為定論矣。」

關於經義的變遷，吾鄉茹敦和著《周易小義》序中說的很簡明，今抄引於下：

「經義者本古科舉之文，其來舊矣。至宋王安石作《三經新義》，用以取士，命其子雱及呂惠卿等著為式頒之，此一變也。元延祐中定科舉式，以《論語》《孟子》《大學》《中庸》為四書，以《易》《詩》《書》《禮記》《春秋》經文為五經，別之為書義經義，又於破題承題之外增官題原題大講大結等名，此再變也。明成化中又盡易散體為俳偶，束之為八比，此三變也。至嘉隆以後於所謂八比之中稍恢大焉，漸至俳中有俳，偶中有偶，乃於古今文體中自成一體，然義之名卒不改。」

我們從這裡可以知道兩件事實。其一是八股文原是說經的經義，只是形式上化散為排，配作四對而已。其二是《東萊博議》原是《春秋》類的經義，不過因為《春秋》是記載史事的書，所以《博議》成為一種應試體的史論。這兩件事看似平常，其實卻很重大，即是上邊所說的有意義。

我們平常罵八股文，大有天下之惡皆歸焉之概，實在這是有點兒冤枉的，至少也總是稍欠公平吧。八股文誠然是不行，如徐大椿的《時文歎》所說：

「三句承題，兩句破題，擺尾搖頭，便是聖門高弟。可知道三通四史是何等文章，漢祖唐宗是那朝皇帝。案頭放高頭講章，店裡買新科利器。讀得來肩背高低，口角噓唏，甘蔗渣兒嚼了又嚼，有何滋味。辜負光陰，白白昏迷一世。」

又如我的《論八股文》中講到中國的奴隸性的地方有云：

「幾千年來的專制養成很頑鈍的服從與模仿根性，結果是弄得自己沒有思想，沒有話說，非等候上頭的吩咐不能有所行動，這是一般的現象，而八股文就是這個現象的代表。」

不過我們要知道八股乃是應試的經義而用排偶的，因為應試所以遵守功令說應有盡有的話，是經義所以優孟衣冠似的代聖人立言，又因為用排偶，所以填譜按拍那樣的做，卻也正以此不大容易做得好，至今體魄一死，唯餘精魂，雖然還在出現作祟，而軀殼敗壞之後已返生無術矣。

《博議》一類論事的文章在經義漸漸排偶化的時候分了出來，自成一種東西，與經義以外的史論相混，他的壽命比八股更長，其毒害亦更甚，有許多我們罵八股文的話實在都應該算在他的賬上才對。平常考試總是重在所謂書義，狹義的經義既比較不重要，而且試文排偶化了，規矩益加繁瑣，就是做《春秋》題也只有一定的說法，不能隨意議論，便索性在這邊停止活動，再向別方向去發展，於是歸入史論一路去，因為不負責任的發議論是文人所喜歡的事，而宋人似乎也特別有這嗜好。

馮班《鈍吟雜錄》卷一家戒上云：

「士人讀書學古，不免要作文字，切忌勿作論。成敗得失，古人自有成論，假令有所不合，闕之可也。古人遠矣，目前之事猶有不審，況在百世之下而欲懸言其是非乎。宋人多不審細止，如蘇子由論蜀先主云，據蜀非地也，用孔明非將也。考昭烈生平未嘗用孔明為將，不據蜀便無地可措足，此論直是不讀《三國志》。宋人議論多如此，不可學他。」

又卷八遺言有云：

「宋人說話只要說得爽快，都不料前後。」

徐時棟《煙嶼樓讀書志》卷十六宋文鑑之十云：

「宋儒論古人多好為迂刻之言，如蘇轍之論光武昭烈，曾鞏之論漢文，秦觀之論石慶，張耒之論邴吉，多非平情。孔子曰，爾責於人終無已時。大抵皆坐此病。」

又蔣超伯《南漘楛語》卷四云：

「痰字從無入詩文者，朱直《史論初集》詆胡致堂云：雙目如瞽，滿腹皆痰。鄙俚極矣，不可為訓。」

蔣氏原意在於論痰字，又朱直的議論或者也未必高明，反正這種東西是沒法作得好的，但總之批評胡致堂的話是很對，而且也可以移作許多史論的評語。

史論本來容易為迂刻之言，再加上應試經義的參和，更弄得要不得了，我說比八股文還有害的就是這個物事。蓋最初不過是雙目如瞽，滿腹皆痰，實為天分所限，隨口亂說，還是情有可原，應試體的史論乃是舞文弄墨，顛倒黑白，毫無誠意，只圖入試官之目，或中看官之意，博得名利而已。此種技倆在瞿君的跋文中說得非常透澈，無以復加，我們可以不必再來辭費，現在只想結束一句道：八股文死矣，與八股文同出於經義的史論則尚活著，此即清末的策論，民國以來的各種文字是也。

去年我寫過一篇小文，說明洋八股即是策論，曾經有這幾句話：

「同是功令文章，但做八股文使人庸腐，做策論則使人謬妄，其一重在模擬服從，其一則重在胡說亂道也。專做八股文的結果只學會按譜填詞，應拍起舞，裡邊全沒有思想，其做八股文而能胡說亂道者仍靠兼做策論之力也。」這個意思我覺得是對的，關於八股文的話與徐靈胎相合，關於策論則與馮鈍吟等人相合，古人所說正可與我互作注腳也。

小時候在家讀坊刻《東萊博議》，忽忽三十餘年，及今重閱已不記那幾篇讀過與否，唯第一篇論鄭莊公共叔段，《左傳》本文原在卷首，又因金聖歎批點過，特別記得清楚，《博議》文亦尚多記得。如起首一節云：

「釣者負魚，魚何負於釣。獵者負獸，獸何負於獵。莊公負叔段，叔段何負於莊公。且為鉤餌以誘魚者釣也，為陷阱以誘獸者獵也，不責釣者而責魚之吞餌，不責獵者而責獸之投阱，天下寧有是耶。」

又結末云：

「本欲陷人而卒自陷，是釣者之自吞鉤餌，獵者之自投陷阱也，非天下之至拙者詎至此乎。故吾始以莊公為天下之至險，終以莊公為天下之至拙。」

讀下去都很面善，因為這篇差不多是代表作，大家無有不讀的，而且念起來不但聲調頗好，也有氣勢，意思深刻，文字流暢，的確是很漂亮的論，有志寫漢高祖或其他的論文的人那能不奉為圭臬呢。

但細看一下，也不必用什麼新的眼光，就覺得這確是小試利器，甜熟，淺薄，伶俐，苛刻，好壞都就在這裡，當作文章看卻是沒有希望的，因為這只是一個秀才胚子，他的本領只有去做頌聖詩文或寫狀子而已。

只可惜潛勢力太大，至今還有多數的人逃不出他的支配，不論寫古文白話都是如此，只要稍為留心，便可隨時隨地看出新策論來，在這時候如要參考資料以備印證，《東萊博議》自然是最好的，其次才是《古文觀止》。

試帖詩與八股文不會復活的了，這很可以樂觀，策論或史論就實在沒有辦法，土八股之後有洋八股或者還有什麼別的八股出來，我相信一定都是這東西的變種，蓋其本根深矣。我寫這篇小文，並不是想對於世道人心有什麼裨益，吾力之微正如帝利之為大，如孟德斯鳩所說，實在我是一點沒有辦法。傅青主《書成弘文後》云：「仔細想來，便此技到絕頂，要他何用。文事武備暗暗底吃了他沒影子虧。要將此事算接孔孟之派，真噁心殺，真噁心殺。」我也只是說噁心而已。

廿六年六月七日，於北平苦住庵。

賀貽孫論詩

謝枚如著《課餘偶錄》卷一有一則云：

「永新賀子翼貽孫先生著述頗富，予客江右嘗借讀其全書，抄存其《激書》十數篇收之篋衍。其《水田居文集》凡五卷，議論筆力不亞魏叔子，且時世相及，而名不甚顯，集亦不甚行，殆為易堂諸子所掩耳，要為桑海中一作手，非王於一陳士業輩所能比肩也。有云：遵養時晦，藏用於正人無用之時，著書立說，多事於帖括無事之日（《答李謙庵書》）。貧能煉骨，骨堅則境不搖，彼無骨者必不能不逢迎紛紜，無怪其居心不靜也。無骨之人，富貴尤能亂志，貧賤更難自持（《復周疇五書》）。有意為閒，其人必忙，有意為韻，其人必村，此不待較量而知也（《書補松詩後》）。安貧嗜古之意溢於言下，可以覘其所養矣。」

《四庫全書總目》一八一別集類存目八著錄文集五卷，評云：

「所作皆跌宕自喜，其與艾千子書云，文章貴有妙悟，而能悟者必於古人文集之外別有自得，雖針砭東鄉之言，而貽孫所以自命者亦大略可見，特一氣揮寫過於雄快，亦不免於太盡之患也。」

又一二五雜家類存目二著錄《激書》，無卷數，評云：

「所述皆憤世嫉俗之談，多證以近事，或舉古事，易其姓名，藉以立議，若《太平廣記》貴公子煉炭之類，或因古語而推闡之，如蘇軾書曹孟德之類。其文稱心而談，有縱橫曼衍之意，而句或傷於冗贅，字或傷於纖麗，蓋學《莊子》而不成者，其大旨則黃老家言也。」

《四庫提要》對於非正宗的思想文章向來是很嫉視的，這裡所說還算有點好意。平景孫著《國朝文棷題辭》卷一中也有一則是講《水田居文集》的，並說及《激書》，文云：

「子翼少工時文，與茂先巨源石莊諸公齊名，舉崇禎丙子副貢生，入國朝隱居不出，順治丁酉巡按笪江上欲以布衣薦，遂改僧服。據葉擎霄《激書》序，似卒於康熙丙子，年九十一矣。文筆奔放，近蘇文忠，集中史論最多，他文意制峭詭，有似柳州可之復愚者。《激書》二卷，包慎伯最愛之，謂近《韓非》《呂覽》，而世少知者。蓋嘉慶中駢體盛而散文衰，桐城派尤易襲取，慎伯與完庵厚堂默深子瀟諸子出以丙部起文集之衰，故有取於是。其風實自陽湖惲李二氏昉，於是古文復盛，至於今不衰。」

看了這些批評，我就想找水田居全集來一讀，可是詩文集未能買到，只搜得其他五種，即《激書》二卷，《易觸》七卷，《詩觸》六卷，《騷筏》一卷，《詩筏》一卷，《易經》我所不懂，《詩經》頗有說得好的地方。《四庫書目》十七詩類存目一著錄《詩觸》，評有云：

「每篇先列小序，次釋名物，次發揮詩意，主孟子以意逆志之說，每曲求言外之旨，故頗勝諸儒之拘腐，而其所從入乃在鍾惺詩評，故亦往往以後人詩法詁先聖之經，不免失之佻巧，所謂楚既失之齊亦未為得也。蓋迂儒解《詩》患其視與後世之詩太遠，貽孫解《詩》又患其視與後世之詩太近耳。」

其實據我看來這正是賀君的好處，能夠把《詩經》當作文藝看，開後世讀《詩》的正當門徑。此風蓋始於鍾伯敬，歷戴仲甫萬茂先賀子翼，清朝有姚首源牛空山郝蘭皋以及陳舜百，此派雖被視為旁門外道，究竟還不落寞。

《四庫書目》中評萬氏《詩經偶箋》云：

「其自序有曰，今之君子知《詩》之為經，而不知《詩》之為詩，一蔽也，云云。蓋鍾惺譚元春詩派盛於明末，流弊所及乃至以其法解經，《詩歸》之貽害於學者可謂酷矣。」

我想這正該反過來說，《詩歸》即使在別方面多缺點，其以詩法讀經這一點總是不錯的，而且有益於學者亦正以此，所可惜者現今紹述無人，新文藝講了二十年，還沒有一部用新眼光解說的《詩經》，此真公安竟陵派不如矣，我們不必一定去愛古人，但有時難免有薄今人之意耳。

賀君說《詩》仍從序說，雖然只取古序發端一語，以為此外皆漢儒續增不盡足據，其解釋《詩》旨難得有新意思也是當然的，唯關於詩詞頗多妙語，如衛風氓之蚩蚩一詩，仍遵序云刺時也，解有云：

「此篇與《穀風》篇才情悉敵，但《穀風》詞正，此詩詞曲，《穀風》怨而婉，此詩恧而婉，其旨微異耳。且其列敘事情，如首章幽約，次章私奔，三章自歎，四章被斥，五章反目，六章悲往，明是一本分出傳奇，曲白關目悉備，如此醜事卻費風人竭力描寫，色色逼真，所謂化工，非畫工也。今或從注說，謂必淫婦人自作乃能委悉如此，不知今古棄婦吟經曹子建輩錦心繡腸從旁揣摩，比婦人聲口尤為酸楚，況抱布貿絲車來賄遷，分明是出像《會真記》，豈有婦人自供之理。」

又云：

「鍾伯敬曰，子無良媒，譴之也，奔豈有媒乎。將子無怒，秋以為期，亦譴之也，蓋貿絲春時事也，此時已許之矣，故又譴之。古今男女狎昵情詞不甚相達，但口齒蘊藉，後人不解遂認真耳。」

這裡所說道理似均極平常，卻說得多麼好，顯得氣象平易闊寬，我們如不想聽深奧的文藝批評，只要找個有經驗人略給指點，待我自己去領解，則此類的說詩當最為有益了。《詩筏》一卷凡二百則，亦即以此氣象來談古詩，自十九首以至明末。其自序云：

「二十年前與友人論詩，退而書之，以為如涉之用筏也，故名曰詩筏，今取視之，幾不知為誰人之語，蓋予既已舍之矣。予既舍之，而欲人之用之，可乎？雖然，予固望人之舍也，苟能舍之，斯能用之矣。深則厲，淺則揭，奚以筏為。河橋之鵲，渡則去焉，葛陂之龍，濟則擲之，又奚以筏為。君其涉於江而浮於海，望之而不見所極，送君者自涯而返，君自此遠矣。是為用筏耶，為舍筏耶，為不用之用不舍之舍耶。夫苟如是而後吾書可傳也，亦可燒也。」

卷中佳篇甚多，意見通達，傾向公安竟陵而能不偏執，極為難得。略舉其數則如云：「不為應酬而作則神清，不為諂瀆而作則品貴，不為迫脅而作則氣沉。」此雖似老生常談，古今文人卻沒有幾個人擔當得起，上二是富貴不能淫，還有許多人做得到，下一是威武不能屈，便不大容易，況威武並不限於王難耶。

又云：

「公燕詩在酒肉場中露出酸餡本色，寒士得貴游殘杯冷炙，感恩至此，殊為可笑，而滿篇搬數他人富貴，尤見俗態，惟曹子建自露家風，而應《侍建章集詩》末語不忘儆戒，頗為得體耳。大抵建安諸子稍有才調，全無骨力，豈文舉正平見殺後，文人垂首喪氣，遂軟媚取容至此，傷哉。」

「《巷伯》之卒章曰，寺人孟子，作為此詩。《節南山》之卒章曰，家父作誦，以究王訩。是刺人者不諱其名也。《崧高》之卒章曰，吉甫作誦，其詩孔碩。《烝民》之卒章曰，吉甫作誦，穆如清風。是美人者不諱其名也。三代之民直道而行，毀不避怨，譽不求喜，今則為匿名謠帖，連名德政碑矣。偶觸褊心則醜語叢生，唯恐其知，忽焉搖尾，則諛詞泉湧，唯恐其不知也。至於贈答應酬，無非溢詞，慶問通贄，皆陳頌語，人心如此，安得有詩乎。」

此後舉儲光羲《張谷田舍》詩杜子美《遭田父泥飲美嚴中丞》詩二篇為例，以為唐人為之尚能自占地步，若在今人不知如何醜態矣，文繁不能備引。

又有云：

「凡詩可盜者，非盜者之罪而誨盜者之罪。若彭澤詩諸葛出師文，寧可盜乎？李杜韓歐集中亦難作賊，間有盜者，雅俗雜出，如茅屋補以銅雀瓦，破衲綴以葡萄錦，贓物現露，易於捉敗。先明七才子諸集，遞相剽劫，乃盜窩耳。」

「徐文長七言古有李賀遺風，七言律雖近晚唐，然其佳者升少陵子瞻之堂，往往自露本色，唯五言律味短，而五言古欠蘊藉，集中詼語俊語學之每能誤人，此其所病，然嘉隆間詩人畢竟推為獨步。近日持論者貶剝文長幾無餘地，蓋薄其為諸生耳。諺云，進士好吟詩，信哉。」

「少陵不喜淵明詩，永叔不喜少陵詩，雖非定評，亦足見古人心眼各異，雖前輩大家不能強其所不好，貶己徇人，不顧所安，古人不為也。」

「近日吳中山歌掛枝兒語近風謠，無理有情，為近日真詩一線所存。如漢古詩云：客從北方來，言欲到交趾，遠行無他貨，惟有鳳凰子。句似迂鄙，想極荒唐，而一種真樸之氣，有張蔡諸人所不能道者。晉宋間子夜讀曲及清商曲亦爾，安知歌謠中遂無佳詩乎。每欲取吳謳入情者匯為風雅別調，想知詩者不為河漢也。」

這幾節我覺得都很好，有他自己的見識與性情，雖本是詩話而實是隨筆，並不講某侍御某大令的履歷，選錄幾首樣本的詩，卻只是就古今現成的資料來發展他的感想，這裡自然以關於詩的為限，實在可以看出他對於生活的許多意思，這我以為是最有趣味的事。大約因為他是接近公安竟陵派的緣故吧，他關於山歌也有高明的意見，大有編選吳歌集之意，只可惜沒有實行，這個光榮卻給龍子猶得了去了。

這一點長處大約比較的頂容易為看官所承認，其餘的難免心眼有異，恐怕會被人看作偏激，不合潮流亦未可知，不過在我個人總以為然，覺得《詩筏》這一卷書是很值得破費工夫去一讀的。《騷筏》我也喜歡，現在卻不想談，因為《楚辭》我實在有點生疏，將來還得好好的讀了再來看這部書，那時才會得有話可說。

《激書》我讀過幾篇，這是該屬於丙部而且又是雜學類的，長篇大論這一路文章我不大喜歡，總覺得難免文勝於物，弄得不好近於八大家，好也可以近《莊子》吧，可是誰都沒有這把握。《激書》裡有些意思與部分的文章卻也有好的，如《四庫提要》所說的證以近事，或舉古事，易其姓名這一類，看了很好玩。《酌取》篇中維揚巨賈公子炊飯必用煉炭，本《太平廣記》，已見《提要》，又《疑陽》篇敘青州少年入鬼國，被鬼巫用「送夜頭」法送之登舟，原注亦云見《廣記》中。《求己》篇述其友龍仲房訪求王雪湖梅譜，乃得畫眉之李四娘與話媒之官媒李娘，蓋用近事而文甚詼諧。又《失我》篇引二事，其出典當在《笑府》中歟：

「獻賊掠禾陽時，禾陽之張翁假僧衲笠與之同匿。須臾賊至，踉蹌相失，疾呼僧不應，翁哭以為僧遇賊死矣。忽自視其衲笠皆僧物也，復大哭曰，僧則在是矣，我安在哉？楚湘有豎善睡，其母命之登棚守瓜。盜夜盡竊其瓜，豎睡正酣，盜戲為豎剃髮舁入僧寺。凌晨母見瓜豎皆失，蹤跡至寺，豎尚鼾呼如雷，母怒痛撻之至醒，忽自尋其首無髮，訴曰，失瓜者乃寺內沙彌，非我也。」

這種作法，說得古可以上接孟子輿的日攘一雞，說得今也就是張宗子的夜航船裡和尚伸伸腳之類，要恭維或罵倒任憑自由，都有充足的口實可找，不佞別無所容心，但自己則頗喜此體，惜終是不能寫得好耳。講到意思，也有覺得可取的，如《汰甚》一篇，梅道人評云：

「天崇間舉朝慣使滿帆風，只圖一時之快，遂受無窮之傷，賀子嘗抱漆室之憂，故其文痛快如此，今讀之猶追想其拊膺提筆時也。」

文中主意不過是不為已甚，其言曰：善治天下者無取乎有快心之事也，快心之事生而傷心之事起矣。此意亦自平常，但絕不易實行，況在天崇間乎，言者之心甚深又甚苦，然而毫無用處，則又是必然也。二十世紀的人聽到天崇間事不禁瞿然，不知為何。陳言更復何用，徒亂人意，故可不必再引，不佞今日所談似可始終以詩為限，故遂題曰賀貽孫論詩云。

廿六年六月二十一日，於北平記。

【附記】

見書目有吳興叢書本《詩筏》一冊，吳大受著，以為偶同書名耳，今日有書賈攜來，便一翻閱，則內容全同，不禁啞然。查卷末附傳，大受為吳景旭曾孫，卒於乾隆十八年，年六十九，計當生於康熙二十四年。

《詩筏》中云：

「余於兵燹後借得唐人殘編一帙，其中可笑詩甚多」，當然係指甲申後事，非吳氏所及見。又末一則云：「以此二詩糊名郵送萬茂先，定其甲乙。」案萬茂先著《詩經偶箋》在崇禎癸酉，尚在吳氏誕生前五十二年，二人恐無相見的可能。況賀氏

《詩筏》固自存在，不知何以錯誤。

劉刊本卷首題吳大受刪訂，或者原來只是抄錄賀書，（卻亦並未有刪訂，但缺一小引耳。）後人不察以為即其所著，也未可料。名字雖然錯亂，但《詩筏》有了新刻本，於讀者不無便利，只須知道這是水田居而非南山堂就好了。

七月十六日記於北平之苦住庵。

水田居存詩

賀貽孫《水田居存詩》三卷，凡詩七百首，詞四十四首，其友人李陳玉所選，有序，即梅道人也，卷首題同治庚午年新鐫，似以前並未有刊本。卷二七律二首，題曰「戊戌僧裝詩」，注云，「有序未錄」。

平景孫《國朝文椒題辭》卷一《水田居文集》項下云：「順治丁酉巡按笪江上欲以布衣薦，遂改僧服。」詩序即說此事，惜不傳。《僧裝詩》第一首中一聯云：

「問臘應高靈隱坐，談詩又喜浙江潮。」用駱賓王事。第二首中云：

「佛汗幾回增涕泣，經聲一半是離騷。」洛陽平等寺佛汗兩兆爾朱之禍，蓋不僅尋常離亂之感。這裡令人想起同時的陳章侯來。《寶綸堂集》中有五古一首，

時人。

其二十四　催賦健兒勢絕倫，儒冠溺後拭紅裙，山歌聯唱杯聯飲，脂粉含羞不忍聞。

將這兩首詩讀過一遍，覺得他的力量總不及前面的十首，為什麼緣故雖然我不知道，但這卻是事實。這十首差不多全是打油詩，論理應該為文壇所不齒，一邊的正宗嫌他欠高雅，不能載道，又一邊的正宗恨他太幽默，不能革命，其實據我看來卻是最有力，至少讀過了在心上擱下一點什麼東西，未必叫他立刻痛哭流涕，卻叫他要想。

拍桌跳罵，力竭聲嘶，這本是很痛快的，但痛快就是滿足，有如暑天發悶痧，背上亂扭一番，無論扭出一個王八或是八卦，病就輕鬆，悶著的時候最是難過，而悲慘事的滑稽寫法正是要使人悶使人難過。假如文章的力量在於煽動，那麼我覺得這種東西總是頗有力量的吧。

從前讀顯克微支的小說，其《炭畫》與《得勝的巴耳德克》兩篇都是用這方法寫的，使我讀了很受感動，至今三十餘年還是不曾忘記。這回看水田居的詩得見那幾首《村謠》，很是佩服，這一半固然由於著者的見識，一半也因為是明末清初在公安竟陵之後，否則亦未必可能也。

賀子翼在《詩筏》卷上有一則云：

「看詩當設身處地，方見其佳。王仲宣《七哀詩》云：出門無所見，白骨蔽平原。路有饑婦人，抱子棄草間，顧聞號泣聲，揮涕獨不還，未知身死處，何能兩相完。驅馬棄之去，不忍聽此言。昔視之平平耳，及身歷亂離，所聞所見殆有甚焉，披卷及此，始覺酸鼻。」

此是好一則詩話，卻也可應用在他自己的詩上。我不知現今的人看了他這些詩，稍覺得酸鼻乎，抑以為平平乎。我個人的意見不足貢獻，還是要請看客各自理會耳。

民國二十六年七月六日，於北平苦茶庵。

俞理初的詼諧

俞理初著《癸巳存稿》卷四有《女》一篇云：「《白虎通》云，女，如也，從如人也。《釋名》云，女，如也，青徐州曰婟。婟，忤也，始生時人意不喜，忤忤然也。《史記・外戚世家》，褚先生云，武帝時天下歌曰，生男勿喜，生女勿怒。《太平廣記》，《長恨歌傳》云，天寶時人歌曰，生男勿喜歡，生女勿悲酸。則忤忤然怒而悲酸，人之常矣。

《玉台新詠》，傅玄《苦相篇》云，苦相身為女，卑陋難再陳。男兒當門戶，墮地自生神，雄心志四海，萬里望風塵。女育無欣愛，不為家所珍，長大避深室，藏頭羞見人。垂淚適他鄉，忽如雨絕雲。低頭和顏色，素齒結朱唇，跪拜無復數，婢妾如嚴賓。情合同雲漢，葵藿仰陽春。心乖甚水火，有戾集其身。玉顏隨年變，丈夫多好新，昔為形與影，今為胡與秦。胡秦時相見，一絕逾參辰。此諺所謂姑惡千辛，夫嫌萬苦者也。

《後漢書．曹世叔妻傳》云，女憲曰，得意一人是謂永畢，失意一人是謂永訖，亦貴乎遇人之淑也。白居易《婦人苦》詩云，婦人一喪夫，終身守孤子，有如林中竹，忽被風吹折，一折不重生，枯死猶抱節。男兒若喪婦，能不暫傷情，應似門前柳，逢春易發榮，風吹一枝折，還有一枝生。為君委曲言，願君再三聽，須知婦人苦，從此莫相輕。其言尤藹然。

《莊子．天道篇》云，堯告舜曰，吾不虐無告，不廢窮民，苦死者，嘉孺子而哀婦人，此吾所以用心也。《書．梓材》，成王謂康叔，至於敬寡，至於屬婦，合由以容。此聖人言也。《天方典禮》引謨罕墨特云，妻暨僕，民之二弱也，衣之食之，勿命以所不能。蓋持世之人未有不計及此者。」

俞君不是文人，但是我讀了上文，覺得這在意思及文章上都很完善，實在是一篇上乘的文字，我雖然想學寫文章，至今還不能寫出能像這樣的一篇來，自己覺得慚愧，卻也受到一種激勵。近來無事可為，重閱所收的清朝筆記，這一個月中間差不多檢查了二十幾種共四百餘卷，結果才簽出二百三十條，大約平均兩卷裡取一條的比例。

但是更使我覺得奇異的是，筆記的好材料，即是說根據我的常識與趣味的二重標準認為中選的，多不出於有名的文人學士的著述之中，卻都在那些悃愊無華的學究們的書裡，如俞理初的《癸巳存稿》，郝蘭皋的《曬書堂筆錄》是也。講到學問與詩文，清初的顧亭林與王漁洋總要算是一個人物了，可是讀他們的筆記，便覺得可取的地方沒有如預料的那麼多。

為什麼呢？中國文人學士大抵各有他們的道統，或嚴肅的道學派或風流的才子派，雖自有其系統，而缺少溫柔敦厚或淡泊寧靜之趣，這在筆記文學中卻是必要的，因此無論別的成績如何，在這方面就難免很差了。這一點小事情卻含有大意義，蓋這裡不但指示出看筆記的途徑，同時也教了我寫文章的方法也。

俞理初生於乾嘉時，《存稿》成於癸巳，距今已逾百年矣，而其見識乃極明達，甚可佩服，特別是能尊重人權，對於兩性問題常有超越前人的公論，蔡子民先生在年譜序中曾列舉數例，加以讚揚，如上文所引亦是好例之一也。但是我讀《存稿》，覺得另有一種特色，即是議論公平而文章乃多滑稽趣味，這也是很難得的事。

戴醇士著《習苦齋筆記》有一則云：

「理初先生，黟縣人，予識於京師，年六十矣。口所談者皆遊戲語，遇於道則行無所適，南北東西，無可無不可。至人家，談數語，輒睡於客座。問古今事，詭言不知，或晚間酒後，則原原本本無一字遺。予所識博雅者無出其右。」

這是很有價值的一種記錄，從日常言行一小節上可以使人得到好資料，去瞭解他文字思想上的有些特殊問題。

《存稿》卷三《魯二女》一篇中說《春秋》僖公十四年季姬及鄫子遇於防，公羊穀梁二家釋為淫通，據《左傳》反駁之，評云：

「季姬蓋老矣，遭家不造，為古貴婦人之失勢者，不料漢人恕己度人，好言古女淫佚也。」又云：

「聽女淫佚，則《春秋》之法，公子出境，重至帥師，非君命不書，非告廟不書，淫佚有何喜慶，而命之策命，告之祖宗，固知瞀儒穢言無一可通者。」

又卷三《書難字後》有一節云：

「《說文》，亡從入從，為有亡，亦為亡失，唐人《語林》云，有亡之亡一點一畫一乙，亡失之亡中有人，觀篆文便知。不知是何篆文有此二怪字，欲令人觀之。」又關於欸乃二字云：

「《冷齋夜話》引洪駒父言欸乃音奧，可為怪歎，反譏世人分欸乃為兩字。此洪識難字誠多矣，然不似讀書人也。」又有云：「又《短書》言宋乩神示古忠恕乃一筆書，退檢古名帖，忠恕草書是中心如一四字。是不惟人荒謬，乩神亦荒謬也。」又卷四《師道正義》中云：「《楓窗小牘》言，宋仁宗時開封民聚童子教之，有因夏楚死者，為其父母所訟，當抵死。此則非人所為。師本以利，誠不愛錢，即謝去一二不合意之人亦非大損，乃苦守聚徒取錢本意而致出錢幼童於死，此其昧良尤不可留於人世也。」又云：「《東京夢華錄》云，市學先生，春社秋社重五重九，豫斂諸生錢作會，諸生歸時各攜花籃果實食物社糕而散。此固生財之道，近人情也。」

卷十一《芭蕉》一文中謂南方雪中實有芭蕉，王維山中亦當有之，對於諸家評摩詰畫乃神悟不在形跡諸說深不以為然。評曰：「世間此種言語，譬西施之耳，西施是日適不曾也。」

卷十四《古本大學石刻記》中云：「明正德十三年七月，王守仁從《禮記》寫出《大學》本文，其識甚高。時有張夏者輯《閩洛淵源錄》，反極詆守仁倒置經文，蓋張夏言道學，不暇料檢五經，又所傳陳澔《禮記》中無《大學》，疑是守仁偽造。然朱子章句見在，為朱學者多以朱墨塗其章句之語，夏欲自附朱子，亦不全覽朱子章句，致不知有舊本，可云奇怪。」後說及豐坊偽作石經本《大學》，周從龍作《遵古編》附和之，語多謬妄，評云：

「此數人者慷慨下筆，殆有異人之稟。」又《愚儒莠書》中引宋人所記不近情理事以為不當有，但因古有類似傳說，因仿以為書，不自知其愚也。篇末總結云：

「著者含毫吮墨，搖頭轉目，愚鄙之狀見於紙上也。」可謂窮形極相。古今來此類層出不盡，惜無人為一一指出，良由常人難得之故。

蓋常人者無特別稀奇古怪的宗旨，只有普通的常識，即是向來所謂人情物理，尋常對於一切事物就只公平的看去，所見故較為平正真切，但因此亦遂與大多數的意思相左，有時也有反被稱為怪人的可能，如漢孔文舉明李宏甫皆是，俞君正是幸而免耳。

中國賢哲提倡中庸之道，現在想起來實在也很有道理，蓋在中國最缺少的大約就是這個，一般文人學士差不多都有點異人之稟，喜歡高談闊論，講他自己所不知道的話，寧過無不及，此莠書之所以多也。如平常的人，有常識與趣味，知道凡不合情理的事既非真實，亦不美善，不肯附和，或更辭而辟之，則更大有益世道人心矣。俞理初可以算是這樣一個偉大的常人了，不客氣的駁正俗說，而又多以詼諧的態度出之，這最使我佩服，只可惜上下三百年此種人不可多得，深恐雙手不能滿也。

民國二十六年九月八日，在北平苦雨齋。

老年的書

谷崎潤一郎的文章是我所喜歡讀的，但這大抵只是隨筆，小說除最近的《春琴抄》，《蘆刈》，《武州公秘話》這幾篇外也就沒有多讀。昭和八年（一九三三）出版的《青春物語》凡八章，是谷崎前半生的自敘傳，後邊附有一篇《藝談》，把文藝與演藝相提並論，覺得很有意思。其一節云：

「我覺得自己的意見與現代的藝術觀根本的不相容，對於一天一天向這邊傾過去的自己略有點覺得可怕。我想這不是動脈硬化的一種證據麼，實在也不能確信其不如此。但是轉側的一想，在現代的日本幾乎全無大人所讀的或是老人所讀的文學。

日本的政治家大抵被說為缺乏文藝的素養，暗於文壇的情勢，但是這在文壇方面豈不是也有幾分責任麼。因為就是他們政治家也未必真是對於文藝冷淡，如犬養木堂翁可以不必說了，像濱口雄幸那樣無趣味似的人，據說也愛誦《碧岩錄》，若槻前首相那些人則喜歡玩拙劣的漢詩，此外現居閒地的老政治家裡面，在讀書三昧中度日的人一定也還不很少吧。不過他們所喜歡的多是漢文學，否則是日本的古典類，毫不及於現代的文學。

讀日本的現代文學，特別是讀所謂純文學的人，都是從十八九至三十前後的文學青年，極端的說來只是作家志望的人們而已。我看見評論家諸君的月評或文藝論使得報紙很熱鬧的時候，心裡總是奇怪，到底除了我們同行以外的讀者有幾個人去讀這些東西呢？在現在文壇占著高位的創作與評論，實在也單是我們同行中人做了互相讀和批評，此外還有誰來注意。

目前日本國內充滿著不能得到地位感覺不平的青年，因此文學志願者的人數勢必很多，有些大報也原有登載那些作品的，但是無論如何，文壇這物事是完全以年青人為對手的特別世界，從自然主義的昔日以至現在，這種情形毫無變化。雖是應該對於政治組織社會狀態特殊關心的普羅作家，一旦成為文士而加入文壇，被批評家的月評所收容，那麼他們的讀者也與純文學的相差不遠，限於狹小的範圍內，能夠廣大的從天下的工人農人中獲得愛讀者的作家真是絕少。

在日本的藝術裡，這也只是文學才跼蹐於這樣局促的天地，演劇不必說了，就是繪畫音樂也更有廣泛的愛好者，這是大家所知覺的事情。只是大眾文學雖為文壇的月評所疏外，卻在社會各方面似乎更有廣大的讀者層，可是這些愛讀者的大部分恐怕也都是三十歲內的男女吧。

的確，大眾文學裡沒有文學青年的臭味，又多立腳於日本的歷史與傳統，其中優秀的作品未始沒有可以作為大人所讀的文學之感，但是對於過了老境的人能給與以精神的糧食之文學說是能夠從這裡生出來，卻又未能如此想。要之現時的文學是以年青人為對手的讀物，便是在作者方面，他當初也就沒有把四十歲以上的大人們算在他的計畫中的。

老實說，像我這樣雖然也是在文壇的角落裡占一席地的同行中人，可是看每月雜誌即使別欄翻閱一下，創作欄大概總是不讀，這是沒有虛假的事實。蓋無論在那一時代那一國土，愛好文學的多是青春期的人們，所以得他們來做讀者實是文藝作家的本懷，那些老人們便隨他去或者本來也不要緊，但是像我這樣年紀將近五十了，想起自己所寫的東西除年青人以外找不到人讀，未始不感到寂寞。

又或者把我自己放在讀者方面來看，覺得古典之外別無堪讀的東西，也總感覺在現代的文學裡一定有什麼缺陷存在，為什麼呢？因為從青年期到老年期，時時在燈下翻看，求得慰安，當作一生的伴侶永不厭倦的書物，這才可以說是真的文學。人在修養時代固然也讀書，到了老來得到閒月日，更是深深的想要有滋味的讀物，這正是人情。那時候他們所想讀的，是能夠慰勞自己半生的辛苦，忘卻老後的悔恨，或可以說是清算過去生涯，什麼都就是這麼樣也好，世上的事情有苦有悲也都有意思，就如此給與一種安心與信仰的文學。我以前所云找出心的故鄉來的文學，也就是指這個。」

我把這一篇小文章譯錄在這裡，並不是全部都想引用，雖然在文學上中國的情形原來相近，谷崎所說的話也頗有意思。我現在所想說的，只是看到在缺少給大人和老人讀的書物這句話，很有同意，所以抄了過來，再加添一點意思上去。文學的世界總是青年的，然而世界不單只是文學，人生也不常是青年。我見文學青年成為大人（此語作第二義解亦任便），主持事務則其修養（或無修養）也與舊人相差無幾，蓋現時沒有書給大人讀，正與日本相同，而舊人所讀過的書大抵亦不甚高明也。

日本老人有愛誦《碧岩錄》者，中國信佛的恐只慕淨土念真言，非信徒又安肯讀二氏之書乎。不佞數年前買《揞黑豆集》，雖覺得有趣而仍不懂，所以也不能算。據我妄測，中國舊人愛讀的東西大概不外三類，即香豔，道學，報應，是也。

其實香豔也有好詩文，只怕俗與醜，道學也是一種思想，但忌偽與矯，唯報應則無可取。我每想像中年老年的案頭供奉《感應篇》《明聖經》，消遣則《池上草堂勸戒近錄》，筆墨最好的要算《坐花志果》了，這種情形能不令人短氣，這裡便與日本的事情不同，我覺得我們所需要的雖然也是找出心的故鄉來的文學，卻未必是給與安心與信仰的，而是通達人情物理，能使人增益智慧，涵養性情的一種文章。

無論什麼，談了於人最有損的是不講情理的東西，報應與道學以至香豔都不能免這個毛病，不佞無做聖賢或才子的野心，別方面不大注意，近來只找點筆記看，便感到這樣的不滿，我想這總比被麻醉損害了為好，雖然也已失了原來讀書的樂趣。現在似乎未便以老年自居，但總之已過了中年，與青年人的興趣有點不同了，要求別的好書看看也是應該，卻極不容易。

《詩經》特別是國風，陶詩讀了也總是喜歡，但是，讀書而非求之於千年前的古典不可，豈不少少覺得寂寞麼？大約因為近代的時間短的緣故吧，找書真大難，現代則以二十世紀論亦只有三十七年耳。近日偶讀牛空山《詩志》，見豳風《東山》後有批語云：

「情豔之事與軍人不相關，慰軍人卻最妙。蟲鳥果蔬之事與情豔不相關，寫情豔卻最妙。

凱旋勞軍何等大關目，妙在一字不及公事。

一篇悲喜離合都從室家男女生情。開端敦彼獨宿，亦在車下，隱然動勞人久曠之感，後文婦歎於室，其新孔嘉，惓惓於此三致意焉。夫人情所不能已聖人弗禁，東征之士誰無父母，豈鮮兄弟，而夫婦情豔之私尤所繾切，此詩曲體人情，無隱不透，直從三軍肺腑捫攄一過，而溫摯婉惻，感激動人，悅以使民，民忘其死，信非周公不能作也。」

這幾節話在牛空山只是讀詩時感到的意思批在書眉上，可是說得極好，有情有理，一般儒生經師詩人及批評家都不能到這境地，是很難得的。我引這些話來做一個例，表示有這種見識情趣的可以有寫書的資格了，只可惜他們不大肯寫，而其更重要的事情是他們這種人實在也太少。供給青年看的文學書充足與否不佞未敢妄言，若所謂大人看的書則好的實在極少，除若干古典外幾於無有，然則中年老年之缺少修養又正何足怪也。

我近來想讀書，卻深感覺好書之不易得，所以寫這篇小文，蓋全是站在讀者方面立場也。若雲你不行，我來做，則豈敢，昨日聞有披髮狂夫長跪午門外自稱來做皇帝，不佞雖或自大亦何至於此乎。

民國二十六年五月四日於北平。

兒童詩

鮑辛甫著《稗勺》一卷，收在賜硯堂叢書裡，有真雅文俗一則云：「紫幢王孫文昭厭交旗下人士，謂非真雅。高南阜評南方士人多文俗。二君皆與余善。」

記得板橋集中也常提起高南阜，與音五哥李三鱓都彷彿是小時候舊相識，查《板橋詩鈔》有絕句二十三首，其一節是高鳳翰，有序曰：

「號西園，膠州秀才，薦舉為海陵督灞長。工詩畫，尤善印篆，病廢後用左臂書畫更奇。

西園左筆壽門書，海內朋交索向餘，短札長箋都去盡，老夫贗作亦無餘。」

有鮑鄭二君的介紹，我對於南阜山人也就頗有好感，想找他的著作來看，只可惜但有詩而無文，雖然從他的詩草小序看來，文章也是一定會寫得好的。

《南皐詩集》七卷，乾隆甲申刊成，蓋已是著者死後十六年了。宋蒙泉序中說，諸體品格在中晚兩宋之間，這當然是說得很對的，不過與我不大有什麼關係，因為我的看法原是非正宗的，並不是講詩的好壞，實在只是窺看一點從詩中顯露出來的著者的性情趣味而已。

卷二湖海集是南皐四十以後作，卷頭有七言絕句八首，覺得很有意思。前四首題曰「兒童詩效徐文長體」，有序云：

「在南州五六月，客況無聊，時與齋中小童嬉戲，作兒曹事，撫掌一笑，少破岑寂。一日余方苦吟，童子笑謂阿癡日日作詩，能以吾曹嬉戲事為韻語，且令人人可解乎？余唯唯，援筆成四絕句，才一朗吟，而童子輩已譁然競笑矣。」

閒撲黃蜂繞野籬，盡橫小扇覓蛛絲，階前拾得青青竹，偷向花陰縛馬騎。

半拽長襟作獵衣，絲牽紙鷂撲天飛，春風欄外斜陽裡，攪碎桃花學打圍。

窗前小鳳影青青，幾日春雷始放翎，五尺長梢生折去，綠楊風裡撲蜻蜓。

南風五月藕荷香，踏藕穿荷鬧一塘，紅褌紅衫都濕盡，又藏花帽罩鴛鴦。

第一首詠竹馬，似南阜深喜此戲，《詩集類稿》雍正甲寅自序云：「詩自戊子有訂稿，前此爛紙久如敗蝟，蓋自騎竹縛鷂以來已多儷語，茫茫煙煤，略無端緒，顧影一笑，有付之書燈酒火耳。」

又乾隆乙丑跋有云：「其前此騎竹集皆幼年所作，及頻年隨手散落者概未闌入。」可知戊子以前詩集即以騎竹為名，惜不傳，風箏則只見於第二首。《徐文長集》卷十一二均係七言絕句，卻未見此類詩，唯題畫詩中有《擬郭恕先作風鳶圖》，自稱「每一圖必隨景悲歌一首，並張打油叫街語也」，共二十五首，有幾首頗可喜。如其四云：

我亦曾經放鷂嬉，今來不道老如斯，那能更駐遊春馬，閒看兒童斷線時。

又其二十五云：

新坐犢子鼻如油，有索難穿百自由，才見春郊鳶事歇，又搓彈子打黃頭。

南皋的後四首無小引，題曰「小娃詩再效前體」，蓋是詠女孩兒家嬉戲事者也。其詩云：

畫廊東畔綠窗西，鬥草尋花又捉迷，袖裡偷來慈母線，一勾小襪刺貓蹄。

原注云：作襪不半寸許，著貓足為戲，謂之貓蹄兒。

安排杓柄強枝梧，略著衣裳東一軀，花草堆盤學供養，橫拖綠袖拜姑姑。

原注云：以杓柄作芻偶乞靈，謂之請姑姑。

高高風信放鳶天，阿弟春郊恰放還，偷去長絲縛小板，牽人花底看秋千。

姊妹南園戲不歸，喁喁小語坐花圍，平分一段芭蕉葉，剪碎春雲學製衣。

這幾首詩的好壞是別一問題，總之是很難得的，古人雖有閒看兒童捉柳花，稚子敲針作釣鉤等單句，整篇的在《賓退錄》卷六記有路德延的《孩兒詩》五十韻，其次我想該算這七絕八首了吧。

近來翻閱寅半生所編的《天花亂墜二集》，書凡八卷，刊於光緒乙巳，去年才三十二年，所收錄的都是遊戲文章，為正經的讀者所不屑一顧的，在這中間我卻找到了一篇兒童詩，可以說是百年內難得見的佳作。卷五所錄全是詩歌，末尾有一篇《幼稚園上學歌》凡十節，署名曰人境廬主人。歌詞云：

春風來，花滿枝。兒手牽娘衣，兒今斷乳兒不啼。娘去買棗梨，待兒讀書歸。上學去，莫遲遲。

兒口脫娘乳，牙牙教兒語。兒眼照娘面，娘又教字母。黑者龍，白者虎，紅者羊，黃者鼠。一一圖，一一譜，某某某某兒能數。去上學，上學去。

天上星，參又商。地中水，海又江。人種如何不盡黃，地球如何不成方。昨歸問我娘，娘不肯語說商量。上學去，莫徜徉。

大魚語小魚，世間有江湖。小魚不肯信，自偕同隊魚，三三兩兩俱。可憐一尺水，一生困溝渠。大魚化鵬鳥，小魚飽鵜鶘。上學去，莫踟躕。

搖錢樹，乞兒婆。打鞀鼓，貨郎哥。人不學，不如他。上學去，莫蹉跎。

鄰兒饑，菜羹稀，鄰兒飽，食肉糜，飽饑我不知。鄰兒寒，衣褲單，鄰兒暖，衣重繭，寒暖我不管。阿爺昨教兒，不要圖飽暖。上學去，莫貪懶。

阿師撫我，撫我又怒我。阿師詈我，詈我又媚我。怒詈猶可，棄我無奈。上學去，莫遊惰。

打栗鑿，痛呼暑，痛呼暑，要翹課，而今先生不鞭撲，樂莫樂兮讀書樂。上學去，去上學。

兒上學，娘莫愁。春風吹花開，娘好花下遊。白花好面，紅花好插頭，囑娘摘花為兒留。上學去，娘莫愁。

上學去，莫停留，明日連袂同嬉遊。姊騎羊，弟跨牛。此拍板，彼藏鉤。鄰兒昨懶受師罰，不許同隊羞羞羞。上學去，莫停留。

原批云：

「好語如珠穿一一，妙在衝口而出，不事雕琢，仙乎仙乎。」這首歌看下去很有點面善，特別是第一節，覺得的確曾經在那裡見過，可是記不清楚了。《人境廬詩草》各本裡都未見，查錢萼孫箋注所錄諸家詩話亦不載，往問博聞強記的老友餅齋，覆信亦未能詳。

《天花亂墜》題人境廬主人，不知何所據，猜想此歌或當見於《飲冰室詩話》，因以轉錄亦未可知，唯不佞所有《新民叢報》及《新小說》均於丙午離南京時遺棄，目下無可查考。只是讀過一遍，憑了主觀的判斷，覺得這大約真是黃公度所作的，因為其題材，思想，情調，文辭，有許多地方都非別人所能學步。

這原本只是一篇學校唱歌似的東西罷了，在著者大概也只當作遊戲之作，不想留在集裡，但是從現在看來卻不愧為兒童詩之一大名篇，不但後來唱歌無一比得上，即徐高諸公也難專美於前矣。可惜人境廬主人此外不再寫兒童或小娃詩，不然必當有很好的成績，我們讀集中山歌可以相信也。尤西堂的《艮齋雜說》中講前輩俞君宣的逸事，有云：

「俞臨沒時語所親曰，吾死無所苦，所苦此去重抱書包上學堂耳。」《上學歌》卻善能消除此苦，如第八節所說最妙。但三十年中百事轉變，上學堂似又漸漸非複是樂事矣，眼前情事不勞細說，黃君如在當別作一篇，雖是變徵之音然又必甚是佳妙耳。

二十六年五月二十日。

【補記】

昨晚餅齋過訪，攜《飲冰室詩話》見示，其中有云：「公度所製《軍歌》二十四章，《幼稚園上學歌》若干章，既行於世，今復得見其近作《小學校學生相和歌》十九章，亦一代妙文也，其歌以一人唱，章末三句諸生合唱。」由此可知《上學歌》為黃公度所作無疑，唯云既行於世，不知在何處發表，餅齋亦云詞甚熟習，大約當在《新小說》文苑欄中，惜手邊無此書不能一檢也。《小學校學生相和歌》錄入《詩話》中，詞意激昂，但此只是志士苦心，不能說有公度特色，與《上學歌》性質亦不同，今不贅。五月二十四日記。

前日餅齋來，以《新小說》第三號見示，此歌果然在雜歌謠欄中，時為光緒壬寅（一九〇二）十二月也。六月三日再記。

兒時雜事

偶讀史震林《西青散記》，此書太漂亮有才子氣，非不佞所喜，但其中也有幾節可取，如卷二記兒時諸事即其一。文云：

「事有小而不忘，思之不可再得，與人言生感慨者。憶三四歲時最喜蝟。蝟刺如栗房，見人則首尾相就如球，啼時見蝟即喜笑，以足蹴之轆轆行。獲乳兔二，抱而眠，飼以豆葉，不食而死，哭之數日。八九歲獨負筐採棉，懷煨餅，鄰有兄名中哥，長一歲，呼中哥為伴，坐棉下分煨餅共食之。棉內種芝麻，生綠蟲，似蠶而大，捻之相恐嚇，中哥作駭態，蹙額縮頸以為笑。後雖長，常採棉也。採棉日宜陰，日炙敗葉，屑然而脆，黏於花，天晴每承露採之，日中乃已，或兼採雜菽，棉與菽相和筐中，既歸乃別之也。幼時未得其趣。前歲自西山歸湖上，攜稚兒採棉於村北。秋末陰涼，黍稷黃茂，早禾既獲，晚菜始生，循田四望，遠峰一青，碎雲千白，蜻蜓交飛，野蟲振響，平疇良阜，獨樹破巢，農者鋤鐮異業，進退俯仰，望之皆從容自得。稚兒渴，尋得余瓜於蟲葉斷蔓之中，大如拳，食之生澀。土飛擲，翅有聲激激然，兒捕其一，旋令放去。晚歸，稚兒在前，自負棉徐步隨之，任意問答，遙見桑棗下夕陽滿扉，老母倚門而望矣。」

卷一又述王澹園語云：

「邇者幼兒學步，見小鳥行啄，鳴聲啁啾，引手潛近，欲執其尾。鳥欺其幼也，前躍數武，復鳴啄如故焉，凝睇久立，仍潛行執之，則扈然而飛。鳥去則仰面哰而嘔呢，鳥下復然。觀此自娛也。」

此是閒看兒童捉柳花的說法，卻亦精細有情致，似易而實難也。

沈三白《浮生六記》卷二閒情記趣首節云：

「余憶童稚時能張目對日，明察秋毫，見藐小微物必細察其紋理，故時有物外之趣。夏蚊成雷，私擬作群鶴舞空，心之所向則或千或百果然鶴也，昂首觀之，項為之強。又留蚊於素帳中，徐噴以煙，使其沖煙飛鳴，作青雲白鶴觀，果如鶴唳雲端，怡然稱快。於土牆凹凸處，花台小草叢雜處，常蹲其身使與台齊，定神細視，以叢草為林，以蟲蟻為獸，以土礫凸者為丘，凹者為壑，神遊其中，怡然自得。一日見二蟲鬥草間，觀之正濃，忽有龐然大物拔山倒樹而來，蓋一癩蝦蟆也，舌一吐而二蟲盡為所吞。余年幼，方出神，不覺呀然驚恐，神定捉蝦蟆鞭數十，驅之別院。年長思之，二蟲之鬥蓋圖奸不從也，古語云，奸近殺，蟲亦然耶。貪此生涯，卵（原注云吳俗呼陽曰卵）為蚯蚓所哈，腫不能便，捉鴨開口哈之，婢嫗偶釋手，鴨顛其頸作吞噬狀，驚而大哭，傳為語柄。此皆幼時閒情也。」所記事亦頗趣，唯文不甚佳耳。

舒白香《遊山日記》卷二，嘉慶九年六月辛巳條下有一節云：

「予三五歲時最愚，夜中見星斗闌干，去人不遠，輒欲以竹竿擊落一星代燈燭。於是乘屋而疊几，手長竿撞星不得，則反僕於屋，折二齒焉，幸猶未齔，不致終廢嘯歌也。又嘗隨先太恭人出城飲某淑人園亭，始得見郊外平遠處天與地合，不覺大喜而嘩，誡御者鞭馬疾馳至天盡頭處，試捫之，當異常石，然後旋車飯某氏未遲。太恭人怒且笑曰，癡兒，攜汝未周歲自江西來，行萬里矣，猶不知天盡何處，乃欲捫天以赴席耶。予今者僅居此峰，去人間不及萬丈，顧已沾沾焉自炫其高，其愚亦正與孩時等耳。隨筆自廣，以博一笑。」

方浚頤《夢園叢說》內篇卷六有云：

「猶記兒時讀《博物志》云，五月五日取青蛉頭，正中門埋，皆成青珠。因於天中節撲得青蛉，將取鋤以瘞，顧先生見而訶之，具以實告，先生笑曰，盡信書則不如無書，孺子大不解事。斯語可為讀死書者下一針砭也。」

錢振鍠《課餘閒筆》中有一則云：

「余稚時性暴厲不堪，戕物尤甚。嘗殺池中巨螺數百，屍而陳之，被塾師所見，怒其暴殄天物，大加讓斥。又嘗有群蟻千百至案上，余殺之無遺。家中九峰閣嘗有群蜂入焉，藉以禦冬也，余又盡而殲之，至千百計。種種罪案，難以悉數。至今不過三五年，性氣大變。時值十月，閣中群蜂百族相聚，諸弟年幼嘗欲殲之，皆被余攔阻。一日援筆作詩未竟，蜂從頸後猛刺數下，大為所苦，余不過誅其罪魁一耳，他不及問也。」

以上數節，雖文章巧拙有不同，其記述兒童生活都頗有意思。如在歌詠兒童的文學發達的地方，這樣的東西原算不得什麼，但是在我們中國，就不能不說是難得而可貴了。不過大抵難免有小毛病，即其目的並不在於簡單的追記兒時生活，多少另有作用。

紀曉嵐《閱微草堂筆記》中《灤陽消夏錄》卷五有云：

「余兩三歲時嘗見四五小兒，彩衣金釧，隨余嬉戲，皆呼余為弟，意似甚相愛，稍長時乃皆不見。後以告先姚安公，公沉思久之，爽然曰，汝前母恨無子，每令尼媪以彩絲繫神廟泥孩歸，置於臥內，各命以乳名，日飼果餌，與哺子無異，歿後吾命人瘗樓後空院中，必是物也。恐後來為妖，擬掘出之，然歲久已迷其處矣。」

這是很好的一例。紀君喜言鬼怪，其筆記五種共二十四卷，不說到妖異的大約不及百一，日前檢閱一過，備近代隨筆之選，可取者才八則而已。上文所引尚有大半，意在敘說前母顯靈，此只是陪襯，但我們如斷章取義，亦可作兒童生活考察之資料。

小兒感覺與大人殊異，或有時自有幻景，即平時玩弄竹馬泥人亦是如此，如沈三白所說可為例證，紀曉嵐則更進一步耳。泥孩為妖，不佞不以為可能，在古人原自無怪，且紀君若不為此便不涉筆，正亦賴有此種迷信乃得留下一點資料，在民俗志中求子與祈年固是同樣的重要者也。

往見外國二三歌詠兒童的文學之總集，心甚喜愛，惜中國無此類書物，欲自行編輯則無此時光與力量，只就所見抄錄一二，以自怡悅，范嘯風自傳已別有摘錄，茲亦不再抄入矣。

廿六年九月廿一日錄於北平。

【附記】

森鷗外著《伊澤蘭軒傳》第一百三十九節引用北條霞亭所著《霞亭涉筆》，有云：「記二十年前一冬多雪，予時髫齔，喜甚，乃與稚弟彥，就庭砌團雪塑一布袋和尚，坐之盆內，愛玩竟日，旋復移置寢處，褥臥觀之，翌日起問布袋和尚所在，已消釋盡矣。弟涕泣求再塑之不已，而雪不可得，母氏慰諭而止。後十餘年，彥罹疾沒，爾來每雪下，追憶當時之事，其聲音笑貌，垂髦之葳蕤，彩衣之斑斕，宛然在耳目，並感及平生之志行，未嘗不愴然悲苗而不秀矣。」

案，霞亭生於日本安永九年（一七八〇），《涉筆》作於文化戊辰（一八〇八），即舒白香著《遊山日記》的後四年也，所云二十年前，蓋是一七八八年頃，霞亭時年九歲，其弟彥則五歲也。

九月廿二日再記。

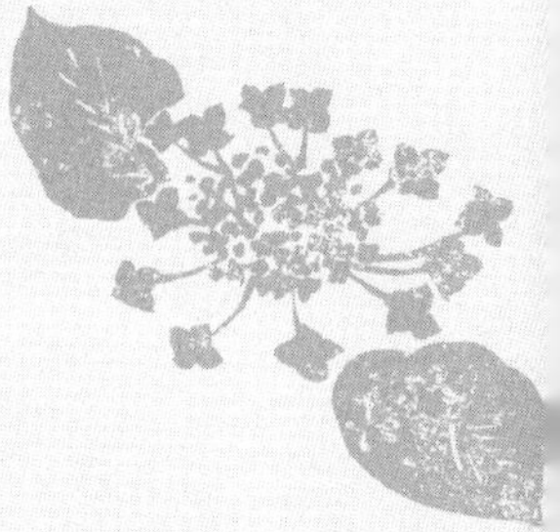

第四卷 浮生談趣

關於酒誡

有書估來攜破書廉價求售，《元詩選》等大部書無所用之，只留下了一部梁山舟的《頻羅庵遺集》。集凡十六卷，詩仍是不懂，但其題跋四卷，《直語補證》《日貫齋塗說》各一卷，都可以看，也還值得買。題跋四有《書抱樸子酒誡篇附錄自作說酒詩冊跋》一首，其文云：

「右篇反覆垂誡，摹寫俗態，至二千餘言，可謂無留蘊矣，特未確指所以不可飲之情狀，或滋曲說焉。予嘗有《說酒》五言一章，非敢儳言古書之後，聊取宣聖近譬之旨，以冀童豎之家喻而戶曉耳。洪飲之君子庶幾撫掌一笑，以為然乎否乎。」

抱朴子是道士，我對他有隔教之感，《酒誡》在外篇二十四，比較的可讀，摹寫俗態在起首兩頁，有云：

「其初筵也，抑抑濟濟，言希容整，詠《湛露》之厭厭，歌在鎬之愷樂，舉萬壽之觴，誦溫克之義。日未移晷，體輕耳熱。夫琉璃海螺之器並用，滿酌罰余之令遂急，醉而不止，拔轄投井。於是口湧鼻溢，濡首及亂，屢舞躚躚，舍其坐遷，載號載呶，如沸如羹。或爭辭尚勝，或啞啞獨笑，或無對而談，或嘔吐几筵，或值蹶良倡，或冠脫帶解。貞良者流華督之顧眄，怯懦者效慶忌之蓄捷，遲重者蓬轉而波擾，整肅者鹿踴而魚躍。口訥於寒暑者皆垂掌而諧聲，謙卑而不競者悉裨瞻以高交，廉恥之儀毀而荒錯之疾發，闒茸之性露而傲很之態出。精濁神亂，臧否顛倒，或奔車走馬，赴阬谷而不憚，以九折之阪為蟻封，或登危蹋頹，雖墮墜而不覺，以呂梁之淵為牛跡也。」

以下又說因酒得禍得疾，今從略。梁山舟詩《說酒二百四十字》在《遺集》卷三，以麵粉發酵來證明酒在肚裡的害處，現在想來未免可笑，覺得與以糟肉證明酒的好處相差無幾。我想中庸的辦法似乎是《論語》所說為最妥當，即是惟酒無量不及亂。若要說得徹底說得好，則不得不推佛教了。

《梵網經菩薩戒》輕垢罪篇，飲酒戒第二云：

「若佛子，故飲酒，而酒生過失無量。若自身手過酒器與人飲酒者，五百世無手，何況自飲。不得教一切人飲，及一切眾生飲酒，況自飲酒。若故自飲，教人飲者，犯輕垢罪。」

賢首疏云：

「輕垢者，簡前重戒，是以名輕，簡異無犯，故亦名垢。又釋，黷汙清淨行名垢，禮非重過稱輕。善戒地持輕戒總名突吉羅。瑜伽翻為惡作，謂作非順理，故名惡作，又作具過惡，故名惡作。」

這是大乘律，所以比較寬容，小乘律就不同了，《四分律》卷十六云：

「佛告阿難，自今已去，以我為師者，乃至不得以草木頭內著酒中而入口。」其時所結戒云：「若比丘飲酒者，波逸提。」案波逸提是墮義，比突吉羅更加重一等，據《根本律》說，「謂犯罪者墮在地獄傍生餓鬼惡道之中。」

《四分律》又有解釋極好，略云：

「比丘，義如上。酒者，木酒，粳米酒，餘米酒，大麥酒，若有餘酒法作酒者是。木酒者，梨汁酒，閻浮果酒，甘蔗酒，舍樓伽果酒，蕤汁酒，蒲萄酒。梨汁酒者，若以蜜石蜜雜作，乃至蒲萄酒亦如是。雜酒者，酒色，酒香，酒味，不應飲。或有酒非酒色，酒香，酒味，不應飲。或有酒非酒色，非酒香，酒味，不應飲。或有酒非酒色，非酒香，非酒味，不應飲。非酒酒色，酒香，酒味，應飲。非酒非酒色，酒香，酒味，應飲。非酒非酒色，非酒香，酒味，應飲。非酒非酒色，非酒香，非酒味，應飲。」

《大智度論》卷十三亦有一節云：

「酒有三種，一者穀酒，二者果酒，三者藥草酒。果酒者，蒲萄阿梨吒樹果，如是等種種名為果酒。藥草酒者，種種藥草合和米曲甘蔗汁中，能變成酒，同蹄畜乳酒，一切乳熱者可中作酒。略說若干若濕，若清若濁，如是等能令人心動放逸，是名為酒。一切不應飲，是名不飲酒。」

這裡把酒分門別類的講得很清楚，大抵酒與非酒之分蓋以醉人為準，即上文云令人心動放逸也。《四分律》敘結戒緣因本由比丘娑伽陀受請，食種種飲食，兼飲黑酒，醉臥道邊大吐，眾鳥亂鳴。本文云：

「佛告阿難，此娑伽陀比丘癡人，如今不能降服小龍，況能降服大龍。」賢首戒疏云：「如娑伽陀比丘，先時能服毒龍，後由飲酒不能伏蝦蟆等。」亦即指此事。

唯《四分律》中又舉飲酒十失云：

「佛語阿難，凡飲酒者有十過失。何等十？一者顏色惡。二者少力。三者眼視不明。四者現瞋恚相。五者壞田業資生法。六者增致疾病。七者益鬥訟。八者無名稱，惡名流布。九者智慧減少。十者身壞命終，墮三惡道。阿難，是謂飲酒者有十過失也。」

《大智度論》亦云：「問曰，酒能破冷益身，令心歡喜，何以故不飲？答曰，益身甚少，所損甚多，是故不應飲。譬如美飲，其中雜毒。是何等毒？如佛語難提優婆塞，酒有三十五失。」

所說數目雖多，精要卻似不及《四分律》。如云一者現在世財物虛竭即是《四分》之五。二者眾疾之門，三者鬥諍之本，即其六七。五者醜名惡聲，六者覆沒智慧，即其八九。十一者身力轉少，十二者身色壞，即其二與一。又三十四者身壞命終，墮惡道泥犁中，即其十也。此外所說諸條別無勝義，無可稱述，唯末有五言偈十六句，卻能很得要領，可以作酒箴讀。

其詞云：

酒失覺知相身色濁而惡
智心動而亂慚愧已被劫

失念增瞋心失歡毀宗族
如是雖名飲實為飲毒死
不應瞋而瞋不應笑而笑
不應哭而哭不應打而打
不應語而語與狂人無異
奪諸善功德知愧者不飲

這雖然不能算是一首詩，若是照向來詩的標準講，但總不失為一篇好文章，特別是自從陶淵明後韻文不能說理，這種伽陀實是很好的文體，來補這個缺陷。

賢首疏又引有《大愛道比丘尼經》，所說也是文情並茂，省得我去借查大藏經，現在就轉抄了事。文云：

「不得飲酒，不得嘗酒，不得嗅酒，不得鬻酒，不得以酒飲人，不得言有疾欺飲藥酒，不得至酒家，不得與酒客共語。夫酒為毒藥，酒為毒水，酒為毒氣，眾失之源，眾惡之本。殘賢毀聖，敗亂道德，輕毀致災，立禍根本，四大枯朽，去福就罪，靡不由之。寧飲洋銅，不飲酒味。所以者何？酒令人失志，迷亂顛狂，令人不覺，入泥犁中，是故防酒耳。」

這是一篇很好的小品文，我很覺得歡喜，此經是北涼時譯，去今已一千五百年了，讀了真令人低徊慨歎，第一是印度古時有這樣明澈的思想，其次是中國古時有這樣輕妙的譯文，大可佩服，只可惜後來就沒有了。

日本兼好法師是十四世紀前半的人，本姓卜部，出家後曾住京都吉田的神護院等處，俗稱之為吉田兼好。他雖是和尚，但其績業全在文學方面，所著隨筆二卷二百四十三段，名曰「徒然草」，為日本中古散文學之精華。其第百七十五段也是講酒的，可以稱為兼好法師的酒誡，很可一讀。十多年前我曾譯出後半，收在《冥土旅行》中，今將全文補譯於下方：

「世間不可解的事情甚多。每有事輒勸酒，強使人多飲以為快，不解其用意何在。飲酒者的臉均似極難堪，蹙額皺眉，常伺隙棄酒或圖逃席，被捕獲抑止，更胡亂灌酒，於是整飭者忽成狂夫，愚蠢可笑，康強者即變重病人，前後不知，倒臥地上。吉日良辰，如此情形至為不宜。至第二日尚頭痛，飲食不進，臥而呻吟，前日的事不復記憶，有如隔生，公私誤，生諸煩累。使人至於如此，既無慈悲，亦背禮儀。受此諸苦者又豈能不悔且恨耶。如云他國有此習俗，只是傳聞，並非此間所有的事，亦已可駭怪，將覺得不思議矣。

「即使單是當作他人的事來看，亦大難堪。有思慮的大雅人士亦復任意笑罵，言詞煩多，烏巾歪戴，衣帶解散，拉裾見脛，了不介意，覺得與平日有如兩人。女子則搔髮露額，了無羞澀，舉臉嘻笑，捧持執杯的手，不良之徒取肴納其口，亦或自食，殊不雅觀。各盡力發聲，或歌或舞，老年法師亦被呼出，袒其黑醜之體，扭身舞踴，不堪入目，而欣喜觀賞，此等人亦大可厭憎也。

「或自誇才能，使聽者毛聳，又或醉而哭泣，下流之人或罵詈鬥爭，陋劣可恐。蓋多是可恥難堪的事，終乃強取人所不許的事物，俱墜廊下，或從馬上車上墮地受傷。其不能有乘者，蹣跚行大路上，向著土牆或大門，漫為不可言說之諸事。披袈裟的年老法師扶小童之肩，說著聽不清楚的話，彳亍走去，其情狀實為可憐憫也。

「為如此種種事，如於現世或於來世當有利益，亦無可如何。唯在現世飲酒則多過失，喪財，得病。雖云酒為百藥之長，百病皆從酒生，雖云酒可忘憂，醉人往往想起過去憂患至於痛哭。又在來世喪失智慧，燒毀善根，有如烈火，增長惡業，破壞眾戒，當墮地獄。佛曾親說，手過酒器與人飲酒者五百世無手。

「酒雖如是可厭，但亦自有難捨之時。月夜，雪朝，花下，從容談話，持杯相酬，能增興趣。獨坐無聊，友朋忽來，便設小酌，至為愉快。從高貴方面的御簾中，送出肴核與酒來，且覺將送之人亦必不俗，事甚可喜。冬日在小室中，支爐煮菜，與好友相對飲酒，舉杯無算，甚快事也。在旅中小舍或野山邊，戲言盛饌為何云云，坐草地上飲酒，亦是快事。

「非常怕酒的人被強令飲少少許，亦復佳。高雅的人特別相待，說來一杯，太少一點吧，大可忻喜。又平常想要接近的人適有大酒量，遂爾親密，亦是可喜。總之大酒量人至有趣味，其罪最可原許。大醉困頓，正在早睡之時，主人啟戶，便大惶惑，面目茫然，細髻矗立，衣不及更，抱持而逃，挈衿揭裾，生毛細脛亦均顯露，凡此情狀大可笑樂，亦悉相調和也。」

上邊第二節中所云不可言說之事，蓋即指嘔吐或小便，第三節引佛說，即《梵網經》原語，據賢首疏云：「五百世無手，杜順禪師釋云，以俱是腳，故云無手，即畜生是。」

又第四節似未能忘富貴門第，又涉及遐想，或不免為法師病，唯兼好本武士，曾任為上皇宮侍衛，又其人富於情趣，博通三教，因通達故似多矛盾，本不足怪，如此篇上半是酒誡，而下半忽成酒頌，正是好例。

拙譯苦不能佳，假如更寫得達雅一點，那麼這在我所抄引的文章裡要算頂有意思的一篇了。為什麼呢？徹底的主張本不難，就只是實行難，試看現今和尚都大碗酒大塊肉的吃了，有什麼辦法。我們凡人不能「全或無」，還只好自認不中用，覺得酒也應戒，卻也可以喝，反正不要爛醉就是了。兼好法師的話正是為我們凡人說的。只能喝半斤老酒的不要讓他醉，能喝十斤的不會醉，這樣便都無妨喝喝，試活剝唐詩為證曰：但得酒中趣，勿為醉者傳。凡人酒訓的精義盡於此矣。

廿六年五月十八日。

談勸酒

因為收羅同鄉人著作，得見蘭亭陳廷燦的《郵餘閒記》初二集各二卷，初集係抄本，二集木刻本，有康熙乙亥年序，大約可以知道著書的時日。陳君的思想多古舊，特別是關於女人的，如初集卷上云：

「人皆知婦女不可燒香看戲，余意並不宜探望親戚及喜事宴會，即久住娘家亦非美事，歸寧不可過三日，斯為得之。」

但是卷下有關於飲酒的一節，卻頗有意思：

「古者設酒原從大禮起見，酬天地，享鬼神，欲致其馨香之意耳。漸及後人，喜事宴會，借此酬酢，亦以通殷勤，致歡欣而止，非必欲其酩酊酕醄，淋漓幾席而後為快也。今若享客而止設一飯，以飽為度，草草散場，則太覺索然，故酒為必需之物矣。但會飲當有律度，小杯徐酌，假此敘談，賓主之情通而酒事畢矣，何必大觥加勸，互酢不休，甚至主以能勸為強，客以善避為巧，競能爭智之場，又何有於歡欣哉。」

又見今人錢振鍠著《課餘閒筆補》中一則云：「天下第一下流莫如豁拳角酒，切記此等鬧鬼千萬不可容他入席。」二君都說得有理，不佞很有同意，雖然覺得錢君的話未免稍憤激一點，簡單一點，似乎還該有點說明。

本來賭酒也並無什麼不可，假如自己真是喜歡酒喝。豁拳我不大喜歡，第一因為自己不會，許多東西覺得不喜歡，後來細細推想實在是因為不會之故，恐怕這裡也是難免如此。第二，豁拳的叫聲與姿勢有點可畏，對角線的對豁或者還好，有時隔著兩座動起手來，中間的人被左右夾攻，拳頭直出，離鼻尖不過一公分，不由不感到點威嚇。

話雖如此，揮拳狂叫而搶酒喝，雖似粗暴，畢竟也還風雅，我想原是可以原諒的。不過這裡當然有必須的條件，便是應該贏拳的人喝酒，因為這酒算是賞品。為什麼呢？主人請客吃酒，那麼酒一定是好東西，希望大家多喝一點，豁拳賭酒，得勝的飲，正是當然的道理。現在的規矩似乎都是輸者喝酒，彷彿是一種刑罰似的，這種辦法恐怕既不合理也還要算失禮吧。

蓋酒如是敬客的好東西，不能拿來罰人，又如是用以罰人的壞東西，則豈可以敬客乎。不佞於此想引申錢君的意思，略為改訂云：主客賭酒，勝者得飲。豁拳雖俗，搶酒則雅，此事可行。如現今所為，殊無可取，則不佞對於錢君之說亦只好附議耳。

陳君沒有說到豁拳，所反對的只是勸酒，大約如乾杯之類。主與客互酬，本是合理的事，但當有律度，要儘量卻也不可太過量，到了酩酊酕醄，淋漓幾席，那就出了限度，不是敬客而是以窘人為快了。

這裡的意思似乎並不以酒為壞東西，乃因為酒醉是苦事的緣故吧。酒既是敬客的好東西，希望客人多喝，本來可以說是主人的好意，可是又要他們多喝以至於醉而難受，則好意即轉為惡意了。凡事過度就會難受，不必一定是喝酒至醉，即吃飯過飽也是如此。

我曾聽過一件故事，前清有一位孝子是做知府者，每逢老太太用飯，站在旁邊侍候著，老太太吃完一碗就夠了，必定請求加餐，不聽時便跪求，非允許添飯決不起來。老太太沒法只好屈服，卻懇求媳婦道，請你告訴老爺不要再孝了，我實在是受不住了。

強勸喝酒的主人大有如此情形，客人也苦於受不住，卻是無處告訴。先君是酒量很好的人，但是痛恨人家的強勸，祖母方面的一位表叔最喜勸酒，先君遇見他勸時就絕對不飲，嘗訓示云，對此等人只有一法，即任其滿釃，就是流溢桌上也決不顧。此是昔者大將軍對付石崇的方法，我雖佩服卻不能實行，蓋由意志不堅強，平常也只好應酬一半，若至金穀園中必蹈王丞相之覆轍矣。

酒本是好東西，而主人要如此苦勸惡勸才能叫客人喝下去，這到底是什麼緣故呢？我想，這大抵因為酒這東西雖好，而敬客的沒有好酒的緣故吧。不佞不會喝酒而性獨喜喝，遇酒總喝，因此頗有閱歷，截至今日為止我只喝過兩次好酒，一回是在教我讀四書的先生家裡，一回是一位吾家請客的時候，那時真是搶了也想喝，結果都是自動的吃得大醉而回。此外便都很平常，有時也會喝到些酒，蓋雖是同類而且異味，這種時候大約勸酒的手段就很是必須了，輸了罰酒的道理也很講得過去。

劉繼莊在《廣陽雜記》中云：「村優如鬼，兼之惡釀如藥，而主人之意則極誠且敬，必不能不終席，此生平之一劫也。」此寥寥數語，蓋可為上文作一疏證矣。

廿六年七月十八日，在北平。

【附記】

阮葵生著《茶餘客話》卷二十有一則云：

「俗語云，酒令嚴於軍令，亦末世之弊俗也。偶爾招集，必以令為歡，有政焉，有糾焉，眾奉命唯謹，受虐被淩，咸俯首聽命，恬不為怪。陳幾亭云，飲宴苦勸人醉，苟非不仁，即是客氣，不然亦蠹俗也。

「君子飲酒，率真量情，文士儒雅，概有斯致。夫唯市井僕役以逼為恭敬，以虐為慷慨，以大醉為歡樂，士人而效斯習，必無禮無義不讀書者。幾亭之言可為酒人下一針砭矣。偶見宋人小說中酒戒云，少吃不濟事，多吃濟甚事，有事壞了事，無事生出事。旨哉斯言，語淺而意深。

「又幾亭《小飲壺銘》曰，名花忽開，小飲。好友略憩，小飲。淩寒出門，小飲。沖暑遠馳，小飲。餒甚不可遽食，小飲。珍醞不可多得，小飲。真得此中三昧矣。若酣湎流連，俾晝作夜，尤非向晦息宴之道。亭林云，樽罍無卜夜之賓，衢路有宵行之禁，故見星而行者非罪人即奔父母之喪。酒德衰而酣飲長夜，官邪作而昏夜乞哀，天地之氣乖而晦明之節亂。所係豈淺鮮哉。《法言》云，侍坐則聽言，有酒則觀禮。何非學問之道。」

這一節在戴氏選本卷十，文句稍遜，今從王刊本。所說均有意思，陳幾亭的話尤為可喜，我們不必有壺，但小飲的理想則自極佳也。八月七日記。

【附記二】

趙氏刊仰視千七百二十九鶴齋叢書中有《遁翁隨筆》二卷，山陰祁駿佳著，卷上有一則云：

「凡與親朋相與，必以順適其意為敬，唯勸酒必欲拂其意，逆其情，多方以強之，百計以苦之，則何也。而受之者雖覺其苦，亦不以為怪，而且以為主人之深愛，又何也。此事之甚戾而舉世莫之察者，唯契丹使臣馮見善云，勸酒當觀其量，如不以其量，猶徭役不以戶等高下也，強之以不能，豈賓主之道哉。此言足醒古今之迷，乃始出於契丹使臣之口。」

遁翁是明末遺民，故有此感慨，其實馮見善大概也仍是漢人，不過倚恃是使臣故敢說話，平常也會有人想到，只是怕事不肯開口，未必真是見識不及契丹人也。社會流行的勢力很大，不必要有君主的威力壓在上面，也就盡夠統制，使人的言論不能自由，此事至堪歎息，伊勃生說少數總是對的，雖不免稍偏激，卻亦似是事實。

我想起李卓吾的事，便覺得世事確是顛倒著，他的有些意見實在是十分確實而且也平常，卻永久被看作邪說，只因為其所是非與世俗相反耳。勸酒細事，而乃喋喋不休，無乃小題而大做乎，實亦不然。世事顛倒，有些小事並不真是小，而大事亦往往不怎麼大也。八月二十八日再記。

【附記三】

近日承兼士見賜抄本《平蝶園先生酒話》一冊，凡四十七則，不但是說酒而且又是越人所著，更是可喜。妙語甚多，今只錄其第二十四則云：

「飲酒不可猜拳，以十指之屈伸，作兩人之勝負，則是爭鬥其民而施之以劫奪之教也。酒以為人合歡，因歡而賭，因賭而爭，大殺風景矣。且所謂贏也者，以吾手指所伸之數合於彼指所伸之數，而適符吾口所猜之數，則謂之贏，反是則謂之輸，然而甚無謂也。所謂贏者，其能將多餘之指悉斷而去之乎？所謂輸者，其能將無用之指終身屈而不伸乎？靜言思之，皆不可也，皆不能也。天下得酒甚難，得酒而逢我輩飲則更難，得酒而能與我輩能飲之人共飲則尤其難。夫以難得之酒而遇難飲之人，且遇難於共飲之人，吾方喜之不遑矣，又何必毒手交爭為樂耶。盤中雞肋，請免尊拳，無虎負嵎，不勞攘臂。」

《酒話》有嘉慶癸酉自題記，又有咸豐元年辛亥朱蔭培序，稱從蝶園子筠士得見此稿，乃應其請寫此序文。寒齋有朱君所著《芸香閣尺一書》二卷，正是平筠士所編刊者，書中收有與筠士札數通，雖出偶然，亦是難得，芸香閣元與秋水軒有連，前曾說及，今又見此序，乃知其與吾鄉有緣非淺也。

十月三十日記於北平苦住庵。

談宴會

偶閱橫井也有的俳文集《鶉衣》，十二卷中佳作甚多，讀了令人垂涎，有《俳席規則》二篇，係俳諧連歌席上飲食起居的約法，瑣屑有妙趣，惜多插俳句，玩索久之不敢動筆。續篇上卷有一文題曰「俳席規則贈人」，較為簡單，茲述其大意云：

「一，飯宜專用奈良茶。當然無湯，但如非奈良茶者，則有湯可也。

一，菜一品，魚鳥任所有，勿務求珍奇。無魚鳥時則豆腐茄子可也，欲辯白其非是素齋，豈不是有堅魚其物在耶。

一，香之物不待論。

一，如有面類之設，規則亦准右文。

一，酒因杯有大小，故大戶亦以二獻為限。

酒之有肴，本為勸進遲滯的飲酒之助，今既非尋常宴會，自無需強勸的道理。但肴雖是無用，或以食案上一菜為少，如有饋遺獵獲之物，則具一品稱之曰肴，亦可任主人之意。又或在雪霜夜風中為防歸路的寒冷，飯後留存酒壺，連歌滿卷時再斟一巡，可臨時看情形定之。

角牴與戲文的結末易成為喧爭，俳諧集會易流於飲食，此亦是今世之常習，可為斯道歎者也。人皆以翁之奈良茶三石為口實，而知其意旨者甚少。蓋云奈良茶者，乃是即一湯亦可省的教訓，況多設菜數耶。魚生魚膾，大壺大碗，羅列於奈良茶之食案上，有如行腳僧棄其頭陀袋，卻帶著馱馬挑夫走，須知其非本姿本情之所宜有也。漢子梅二以此事為慮，請俳席規則於予，賞其有通道之志，乃為記饌具之法以贈之。」

這裡須得有些注釋才行。奈良本是產茶的地方，這所謂奈良茶卻是茶粥的別名，即以茶汁所煮的粥。據各務支考《俳諧十論》所記，芭蕉翁曾戲仿《論語》口調云，吃奈良茶三石而後始知俳諧之味，蓋俳人常以此為食也。堅魚和文寫作魚旁堅字，《東雅》云即《閩書》的青貫，曬肉作乾名鰹節，刨取作為調味料，今北平商人稱之曰木魚，謂其堅如木。香之物即小菜，大抵以米糠和鹽水漬瓜菜為之，蘿蔔為主，茄子黃瓜等亦可用，本係飯後佐茶之物，與中國小菜稍不同。肴字日本語原意云酒菜，故上文云云，不作普通下飯講也。

前篇上卷《俳席規則》一文中有相類似的話，可以參考：

「湯一菜一，酒之肴亦以一為限，卸素齋之咎於堅魚可也。夏必用茄子，豆腐可亙三季，香之物則不足論也。」

這兩篇文章前後相去有二十八年，意思卻還是一樣，覺得很有意思。又續篇上卷中另有規則補遺三條，其第二條云：「夜闌不可問時刻，但聞廚下鼾聲勿驚可也。」此語大有情趣，不特可補上文之闕，亦可見也有翁與俳人生活態度之一斑也。

梁葵石著《雕丘雜錄》七，閉影雜識中有一則云：

「倪鴻寶先生《五簋享式》云：飲食之事而有江河之憂，我輩不救，誰救之者。天下豈有我輩客是飲食人？《詩》云，以燕樂嘉賓之心，此言嘉賓，以娛其意。孔作盛饌，列鷩七漿，作之鷩之，是為逐客。然則約則為恭，侈反章慢，謹參往謀，條為食律。八饋裁詩，二享廣易，天數地數，情文已極。彼君子兮，噬肯我適，文以美名，賞其真率。一水一山，清音下物，髡心最歡，能飲一石。五肴，二果二蔬，湯點各二，飣餖十餘，酒無算。二客四客一席，不妨五六，惟簋加大。勞從享餘酒人一斤，或錢百文，舟輿人錢五十。——此式近亦有行之者，人人稱便，錄以示後人，不第愛其詞之古也。」

明李君實著《紫桃軒又綴》卷二亦有自作《竹懶花鳥檄》，後列辦法，檄文別無雋語今不錄，辦法首六則云：

「一品饌不過五物，務取鮮潔，用盛大墩碗，一碗可供三四人者，欲其縮於品而裕於用也。

一攢碟務取時鮮精品，客少一合，客多不過二合。大肴既簡，所恃以侑杯勺者此耳。流俗糖物粗果，一不得用。

一用上白米斗餘作精飯，佳蔬二品，鮮湯一品，取其塡然以飽，而後可從事觴詠也。

一酒備二品，須極佳者，嚴至螫口，甘至停膈，俱不用。

一用精麵作炊食一二品，為坐久濟虛之需。

一從者每客止許一人，年高者益一童子，另備酒飯給之。」

倪李二公俱是明季高人，其定此規律不獨為提倡風雅，亦實欲昭示質樸，但與也有翁的俳席一比較，則又很分出高下來了。板屋紙窗，行燈熒熒，縮項啜茶粥，吃豆腐茄子和醃蘿蔔，雖然寫出一卷歪詩，也是一種雅集，比起五簋享的桌面來，大有一群叫化子在城隍廟廂下分享殘羹冷炙之感，這是什麼緣故呢？據我想，這一件小事卻有大意義，因為即此可以看出中國明清時與日本江戶時代的文學家的不同來。

江戶時文學在歷史上稱是平民的，詩文小說都有新開展，作者大抵是些平民，偶然也有小武士小官吏，如橫井也有即其一人，但因為沒有科舉的圈子，挎上長刀是公人，解下刀來就在破席子上坐地，與平民詩人一同做起俳諧歌來，沒有鄉紳的架子。中國的明末清初何嘗不是一個新文學時期，不過文人無論新舊總非讀書人不成，而讀書人多少都有點功名，總稱曰士大夫，闊的即是鄉紳了，他們的體面不能為文學而犧牲，只有新文藝而無新生活者殆以此故，當時出過馮夢龍金聖歎李笠翁幾個人，稍為奇特一點，卻已被看作文壇外的流氓，至今還不大為人所看得起，可以為鑑戒矣。

長衫朋友總不能在大道旁坐小杌子上，或一手托冷飯一碗上蟠乾菜立而吃之，至少亦須於稻地放一板桌，有鯗魚鮝湯等四五品，才可以算是夏天便飯，不妨為旁人所見，蓋亦誠不得已耳。

宋小茗著《耐冷譚》十六卷，刊于道光九年，蓋係一種詩話，卷二有一則云：「康熙初神京豐稔，笙歌清燕達旦不息，真所謂車如流水馬如龍也。達官貴人盛行一品會，席上無二物，而窮極巧麗。王相國胥庭熙當會，出一大冰盤，中有腐如圓月，公舉手曰，家無長物，只一腐相款，幸勿莞爾。及動箸，則珍錯畢具，莫能名其何物也，一時稱絕。至徐尚書健庵，隔年取江南燕來筍，負土捆載至邸第，春光乍麗則出之而挺爪矣。直會期乃為煨筍以餉客，去其殼則為玉管，中貫以珍羞，客欣然稱飽。咸謂一筍一腐可採入食經。此梅里李敬堂大令集聞之其曾大父秋錦先生，恐其久而遂軼，錄以示後人者，今其孫金瀾明經遇孫檢得之，屬同人賦詩焉。」

許王瓠著《珊瑚舌雕談初筆》八卷，卷七有一品會一則，首云：「少時嘗聞一久宦都中罷遊林下者云」，次即直錄上文，自康熙初至入食經，後又續云：「余以為邇來富貴家中一品鍋亦此遺制歟。」

《雕談初筆》作於光緒九年，距《耐冷譚》已五十四年矣，猶珍重如此，可知大家對於一品會之有興味了。這種吃法實在是除了閣老表示他的闊氣以外別無什麼意思，單是一種變態的奢侈而已，收入食譜殆只是窮措大的幻想，有錢者不願按譜而辨，無錢者按譜亦不能辨也。王徐與倪李的人品不可同日而語，唯其為讀書人則一，一品會與《五簋享式》《花鳥檄》雅俗似亦懸殊，然實際上質並無不同，但量有異耳，若是俳席乃覺得別是一物，此固由日本文人的氣質特殊，抑亦俳諧的趣味使然歟。

二十六年六月二十四日。

談娛樂

我不是清教徒，並不反對有娛樂。明末謝在杭著《五雜組》卷二有云：「大抵習俗所尚，不必強之，如競渡遊春之類，小民多有衣食於是者，損富家之羨鏹以度貧民之糊口，非徒無益有損比也。」清初劉繼莊著《廣陽雜記》卷二云：「余觀世之小人未有不好唱歌看戲者，此性天中之《詩》與《樂》也。未有不看小說聽說書者，此性天中之《書》與《春秋》也。未有不信占卜祀鬼神者，此性天中之《易》與《禮》也。聖人六經之教原本人情，而後之儒者乃不能因其勢而利導之，百計禁止遏抑，務以成周之芻狗茅塞人心，是何異塞川使之不流，無怪其決裂潰敗也。夫今之儒者之心為芻狗之所塞也久矣，而以天下大器使之為之，爰以圖治，不亦難乎。」

又清末徐仲可著《大受堂札記》卷五云：

「兒童叟嫗皆有歷史觀念。於何徵之，徵之於吾家。光緒丙申居蕭山，吾子新六方七齡，自塾歸，老傭趙余慶於燈下告以戲劇所演古事如《三國志》《水滸傳》等，新六聞之手舞足蹈。乙丑居上海，孫大春八齡，女孫大慶九齡大庚六齡，皆喜就楊媼王媼聽談話，所語亦戲劇中事，楊京兆人謂之曰講古今，王紹興人謂之曰說故事，三孩端坐傾聽，樂以忘寢。珂於是知戲劇有啟牖社會之力，未可以淫盜之事導人入於歧途，且又知力足以延保姆者之尤有益於兒童也。」

三人所說都有道理，徐君的話自然要算最淺，不過社會教育的普通話，劉君能看出六經的本相來，卻是絕大見識，這一方面使人知道民俗之重要性，別一方面可以少開儒者一流的茅塞，是很有意義的事。謝君談民間習俗而注意經濟問題，也很可佩服，這與我不贊成禁止社戲的意思相似，雖然我並不著重消費的方面，只是覺得生活應該有張弛，高攀一點也可以說不過是柳子厚題《毛穎傳》裡的有些話而已。

我所謂娛樂的範圍頗廣，自競渡遊春以至講古今，或坐茶店，站門口，嗑瓜子，抽旱煙之類，凡是生活上的轉換，非負擔而是一種享受者，都可算在裡邊，為得要使生活與工作不疲敝而有效率，這種休養是必要的，不過這裡似乎也不可不有個限制，正如在一切事上一樣，即是這必須是自由的，不，自己要自由，還要以他人的自由為界。

娛樂也有自由，似乎有點可笑，其實卻並不然。娛樂原來也是嗜好，本應各有所偏愛，不會統一，所以正當的娛樂須是各人所最心愛的事，我們不能干涉人家，但人家亦不該來強迫我們非附和不可。我是不反對人家聽戲的，雖然這在我自己是素所厭惡的東西之一，這個態度至少在最近二十年中一點沒有改變。

其實就是說好唱歌看戲是性天中之《詩》與《樂》的劉繼莊，他的態度也未嘗不如此，如《廣陽雜記》卷二有云：

「飯後益冷，沽酒群飲，人各二三杯而止，亦皆醺然矣。飲訖，某某者忽然不見，詢之則知往東塔街觀劇矣。噫，優人如鬼，村歌如哭，衣服如乞兒之破絮，科諢如潑婦之罵街，猶有人焉沖寒久立以觀之，則聲色之移人固有不關美好者矣。」

又卷三云：

「亦舟以優觴款予，劇演《玉連環》，楚人強作吳歈，醜拙至不可忍。予向極苦觀劇，今值此酷暑如焚，村優如鬼，兼之惡釀如藥，而主人之意則極誠且敬，必不能不終席，此生平之一劫也。」

劉君所厭棄者初看似是如鬼之優人，或者有上等聲色亦所不棄，但又云向極苦觀劇，則是性所不喜歡也。有人沖寒久立以觀潑婦之罵街，亦有人以優觴相款為生平一劫，於此可見物性不齊，不可勉強，務在處分得宜，趨避有道，皆能自得，斯為善耳。不佞對於廣陽子甚有同情，故多引用其語，差不多也就可以替我說話。不過他的運氣還比較的要好一點，因為那時只有人請他吃酒看戲，這也不會是常有的事，為敷衍主人計忍耐一下，或者還不很難，幾年裡碰見一兩件不如意事豈不是人生所不能免的麼。

優觴我不曾遇著過，被邀往戲園裡去看當然是可能的，但我們可以謝謝不去，這就是上文所說還有避的自由也。譬如古今書籍浩如煙海，任人取讀，有些不中意的，如卑鄙的應制宣傳文，荒謬的果報錄，看不懂的詩文等，便可乾脆拋開不看，並沒人送到眼前來，逼著非讀不可。

戲文是在戲園裡邊，正如鴉片是在某種國貨店裡，白麵在某種洋行裡一樣，喜歡的人可以跑去買，若是閉門家裡坐，這些貨色是不會從頂棚上自己掉下來的。現在的世界進了步了，我們的運氣便要比劉繼莊壞得多，蓋無線電盛行，幾乎隨時隨地把戲文及其他擅自放進人家裡來，吵鬧得著實難過，有時真使人感到道地的絕望。

去年五月間我寫過一篇《北平的好壞》，曾講到這件事，有云：

「我反對舊劇的意見不始於今日，不過這只是我個人的意見，自己避開戲園就是了，本不必大聲疾呼，想去警世傳道，因為如上文所說，趣味感覺各人不同，往往非人力所能改變，固不特鴉片小腳為然也。但是現在情形有點不同了，自從無線電廣播發達以來，出門一望但見四面多是歪斜碎裂的竹竿，街頭巷尾充滿著非人世的怪聲，而其中以戲文為最多，簡直使人無所逃於天地之間，非硬聽京戲不可，此種壓迫實在比苛捐雜稅還要難受。」

我這裡只舉戲劇為例，事實上還有大鼓書，也為我所同樣的深惡痛絕的東西。本來我只在友人處聽過一回大鼓書，留聲機片也有兩張劉寶全的，並不覺得怎麼可厭，這一兩個月裡比鄰整夜的點電燈並開無線電，白天則全是大鼓書，我的耳朵裡充滿了野卑的聲音與單調的歌詞，猶如在頭皮上不斷的滴水，使我對於這有名的清口大鼓感覺十分的厭惡，只要聽到那崩崩的鼓聲，就覺得滿身不愉快。

我真佩服這種強迫的力量，能夠使一個人這樣確實的從中立轉到反對的方面去。這裡我得到兩個教訓的結論。宋季雅曰，百萬買宅，千萬買鄰。這的確是一句有經驗的話。孔仲尼曰，己所不欲，勿施於人。這句話雖好，卻還只有一半，己之所欲勿妄加諸人，也是同樣的重要，我願世人於此等處稍為吝嗇點，不要隨意以鐘鼓享爰居，庶幾亦是一種忠恕之道也。

二十六年六月二十三日於北平。

談混堂

黃公度著《日本雜事詩》卷二有一首云：

「蘭湯暖霧鬱迷離，背面羅衫乍解時，一水盈盈曾不隔，未消金餅亦偷窺。」

原注云：

「喜潔，浴池最多。男女亦許同浴，近有禁令，然積習難除，相去僅咫尺，司空見慣，渾無慚色。」

《日本國志》中禮俗志四卷贍詳可喜，未記浴池，只有溫泉一條。據久松祐之著《近世事物考》云：

「天正十九年辛卯（一五九一）夏在今錢瓶橋尚有商家時，有人設浴堂，納永樂錢一文許入浴，是為江戶湯屋之始。其後至寬永時，自鐮倉河岸以至各處均有開設，稱風呂屋。又有湯女者，為客去垢洗髮，後乃漸成為妓女，慶安時有禁令，此事遂罷。」

因為一文錢一浴，日本至今稱為錢湯，湯者熟水沸水義，與孟子冬日則飲湯意相合。江戶（今東京）開設浴堂在豐臣秀吉之世，於今才三百餘年，湯屋乃遍全國，幾乎每條街有一所，可與中國東南之茶館競爽矣。

文化六年（一八〇九）式亭三馬著滑稽本《浮世風呂》初編二卷，寫浴客談笑喧爭情形，能得神似，至今傳誦，二三編各二卷，寫女客事，四編三卷，此與初編皆寫男子者也。蓋此時入浴已成為民間日常生活之一部分，亦差不多是平民的一種娛樂，而浴堂即是大家的俱樂部，若篦頭鋪乃尚在其次耳。

天保五年（一八三四）寺門靜軒著《江戶繁昌記》二編有混堂一則，原用漢文所書，有數處描寫浴客，雖不及三馬俗語對話之妙，亦多諧趣，且可省移譯，抄錄於下：

「外面浴客，位置占地，各自磨垢。一人擁大桶，令孌奴巾背。一人挾兩兒，慰撫剃頭，弟手弄陶龜與小桶，兄則已剃在側，板面布巾，舒卷自娛。就水舟漱，因睨窺板隙，蓋更代藩士，踞隅前盆，洗濯犢鼻，可知曠夫。男而女樣，用糠精滌，人而鴉浴，一洗徑去。（省略十六字。）醉客噓氣，熟柿送香，漁商帶膻，乾魚曝臭。一環臂墨，若有所掩，滿身花繡，似故示人。一潑振衣，不欲受汶汶也，赤裸左側，惡能浼乎。浮石摩踵，兩石敲毛，披衣剪爪，乾身拾虱。」又云：

「水潑桶飛，山壑將頹。方此時也，湯滑如油，沸垢煎膩，衣帶狼藉，腳莫容投，蓋知虱與虱相食。女湯亦翻江海，乳母與愚婆喋喋談，大娘與小婦聒聒話。飽罵鄰家富貴，細辯伍閭長短。訕吾新婦，訴我舊主。金龍山觀音，妙法寺高祖，並才及其靈驗，鄰家放屁亦論無遺焉。」

中國只看過一篇《混堂記》，見於《豈有此理》卷一，係周竹君所作，《韻鶴軒雜著》中曾加以讚許。其文云：

「甃大石為池，穹幕以磚，鑿與池通，轆轤引水，穴壁而貯焉，析薪然火，頃成沸湯。男子被不潔者，膚垢膩者，負販屠沽者，瘍者，疕者，者，納錢於主人，皆得入澡焉。旦及暮，絡繹而至，不可勝計。蹴之則泥滓可掬，腥膻臊穢，不可向邇，為士者間亦蹈之。彼豈不知汙耶，迷於其稱耶，習於俗而不知怪耶，抑被不潔膚垢膩者負販屠沽者瘍者疕者者果不相浼耶，抑溺於中者目不見，鼻不聞，心憒憒而不知臭耶。倘使去薪沃釜，與溝瀆之水何異焉，人孰從而趨之。趨之，趨其熱也。烏呼，彼之所謂堂者，吾見其混而已矣。」

此篇近古文，有寓意，人以為佳卻亦即其缺點，唯前半記事可取耳。

《江戶繁昌記》中亦有一節云：

「混堂或謂湯屋，或呼風呂屋。堂之廣狹蓋無常格，分畫一堂作兩浴場，以別男女，戶各一，當兩戶間作一坐處，形如床而高，左右可下，監此而收錢戒事者謂之番頭。並戶開牖，牖下作數衣閣，牖側構數衣架，單席數筵，界筵施闌，自闌至室中溜之間盡作板地，為澡洗所，當半通溝，以受余湯。湯槽廣方九尺，下有灶爨，槽側穿穴，瀉湯送水，近穴有井，轆轤上水。室前面塗以丹雘，半上牖之，半下空之，客從空所俯入，此謂柘榴口。

「牖戶畫以雲物花鳥，常閉不啟，蓋蓄湯氣也。別蓄淨湯，謂之陸湯，爨奴秉杓，謂此處曰呼出，以奴出入由此也。奴曰若者，又曰三助，今皆僭呼番頭，秉杓者曰上番，執爨者曰爨番，間日更代。又蓄冷水，謂之水舟，浮斗任斟。陸湯水舟，男女隔板通用焉。小桶數十，以供客用，貴客別命大桶，且令奴摩澡其脊，乃睹其至，番公柝報，客每屆五節，投錢數緡酬其勞云。堂中科目大略如左，曰：官家通禁，宜固守也。男女混浴之禁，最宜嚴守。須切戒火燭。甚雨烈風，收肆無定期。老人無子弟扶者，謝浴焉。病人惡疾並不許入，且禁赤裸入戶，附手巾罩頰者。月日，行事白。」

靜軒寫此文雖在百年前，所記浴堂內部設備與現今並無多少不同，唯浴槽上部的柘榴口已撤除，故浴客不必再俯首出入了。陸湯水舟男女隔板通用，在明治年中尚是如此，現在皆利用水道，只就壁間按栓便自瀉出，故上番已無用處，三助則專為人搓澡，每次給資與浴錢同價，不復論節酬勞矣。

浴場板地今悉改為三和土，據說為衛生計易於潔治，唯客或行或坐都覺得粗糙，且有以土親膚之感，大抵中年人多不喜此，以為不及木板遠甚。浴錢今為金五錢，值中國錢五分，別無官盆名目，只此一等，正與中國混堂相當，但浴法較好，故渾濁不甚。

日本入浴者先汲湯淋身，浸槽內少頃，出至浴場搓洗，迨洗濯盡淨，始再入槽，以為例。至晚間客眾，固亦難免有足莫容投之感，好清淨者每於午前早去，則整潔與自宅浴室不殊，而舒暢過之。

日本多溫泉，有名者如修善寺別府非不甚佳，平常人不能去，投五分錢入澡堂一浴，亦是小民之一樂，聊以償一日的辛勞也。男女混浴在浴堂久有禁令，唯溫泉旅館等處仍有之，黃公度詩注稍嫌籠統，詩亦只是想像的香豔之作，在雜事詩中並非上乘。日本人對於裸體的觀念本來是頗近於健全的，前後受了中國與西洋的影響，略見歪曲，於德川中期及明治初的禁令可見，不過他比在儒教和基督教的本國究竟也還好些，此則即在現今男女分浴的混堂中亦可見之者也。

七月十二日。

談食鱉

方浚師著《蕉軒雜錄》卷八有使鱉長而後食一則云：

「縉雲氏有不才子，貪於飲食，謂之饕餮，甚矣飲食之人則人賤之也。魯公父文伯飲南宮敬叔酒，以露睹父為客，羞鱉焉，小，睹父怒，相延食鱉，辭曰，將使鱉長而後食之，遂出。酒食所以合歡，文伯與敬叔兩賢相合，不知何以添此惡客，真令人敗興。」

案此事見《國語》五魯語下。《左傳》宣公四年也有一件好玩的事：

「楚人獻黿於鄭靈公。公子宋與子家將見，子公之食指動，以示子家曰，他日我如此，必嘗異味。及入，宰夫將解黿，相視而笑，公問之，子家以告，及食大夫黿，召子公而弗與也，子公怒，染指於鼎，嘗之而出。」

這因後來多用食指動的典故的關係吧，知道的人很多，彷彿頗有點幽默味，但是實在其結果卻很嚴重，《左傳》下文云：

「公怒，欲殺子公。子公與子家謀先，子家曰，畜老猶憚殺之，而況君乎。反譖子家，子家懼而從之。夏，弒靈公。」《國語》也有下文，雖然沒有那麼嚴重，卻也頗嚴肅。文云：

「文伯之母聞之怒曰，吾聞之先子曰，祭養尸，饗養上賓，鱉於何有，而使夫人怒也。遂之，五日，魯大夫辭而復之。」

《列女傳》卷一母儀傳魯季敬姜條下錄此文，加以斷語云：

「君子謂敬姜為慎微。詩曰，我有旨酒，嘉賓式燕以樂，言尊賓也。」

關於子公子家的事《左傳》中也有君子的批評，《東萊博議》卷廿五又有文章大加議論，這些大概都很好的，但是我所覺得有意思的倒還在上半的故事，睹父與子公的言行可以收到《世說新語》的忿狷門裡去，似乎比王大王恭之流還有風趣，王藍田或者可以相比吧。方子嚴大不滿意於睹父，稱之為惡客，我的意思卻不如此，將使鱉長而後食之，不但語妙，照道理講也並不錯。

查《隨園食單》水族無鱗單中列甲魚做法六種，其帶骨甲魚下有云：「甲魚宜小不宜大，俗號童子腳魚才嫩。」侯石公的話想必是極有經驗的，或可比湖上笠翁，但如此精法豈不反近於饕餮歟。凡是吃童子什麼，我都不大喜歡，如童子雞或曰筍雞者即是其一，無論吃的理由是在其嫩抑在其為童也，由前說固未免於饕餮之譏，後者則又彷彿有採補之遺意矣。

不佞在三年前曾說過這幾句話：

「我又說，只有不想吃孩子的肉的才真正配說救救孩子。現在的情形，看見人家蒸了吃，不配自己的胃口，便嚷著要把牠救了出來，照自己的意思來炸了吃。可憐人這東西本來說難免被吃的，我只希望人家不要把牠從小就棧起來，一點不讓享受生物的權利，只關在黑暗中等候餵肥了好吃或賣錢。舊禮教下的賣子女充饑或過癮，硬訓練了去升官發財或傳教械鬥，是其一，而新禮教下的造成種種花樣的使徒，亦是其二。

「我想人們也太情急了，為什麼不能慢慢的來，先讓這班小朋友去充分的生長，滿足他們自然的欲望，供給他們世間的知識，至少到了學業完畢，那時再來誘引或哄騙，拉進各幫去也總還不遲。」

我這些話說的有點囉裡囉嗦，所講又是救救孩子的問題，但引用到這裡來也很可相通，因為我的意思實在也原是露睹父的將使鱉長而後食之這一句話而已。

再說請客食鱉而很小，也自難免有點兒吝嗇相。據隨園說山東楊參將家製全殼甲魚法云：

「甲魚去首尾，取肉及裙加作料煨好，仍以原殼覆之，每宴客，一客之前以小盤獻一甲魚，見者悚然，猶慮其動。」

這種甲魚雖小，味道當然很好，又是一人一個，可以夠吃了，公父文伯的未必有如此考究，大約只是在周鼎內盛了一隻小鱉，拿出來主客三位公用，那麼這也難怪尊客的不高興了。請客本是好事，但如菜不佳，骨多肉少，酒淡等等，則必為客所恨，觀笑話中此類頗多，可以知之，《隨園食單》即記有一則，《笑倒》中則有四五篇。

吝嗇蓋是笑林的好資料，只關於飲食的如不請客，白吃，肴少等皆是，奢侈卻不是，殆因其有雄大的氣概，與笑話的條件不合耳。文伯的鱉小，鱉還是有的，鄭靈公的黿則煮好閣在一旁，偏不給吃，乃是大開玩笑了，子公的染指於鼎嘗之而出有點稚氣好笑，不能成為笑話，實在只是凡戲無益的一件本事而已。

《左傳》《國語》的關係至今說不清楚，總之文章都寫得那麼好，實在是難得的，不佞喜抄古今人文章，見上面兩節不能不心折，其簡潔實不可及也。

談搔癢

周櫟園著《書影》卷四有一則云：

「有為爬癢廋語者，上些上些，下些下些，不是不是，正是正是。予聞之捧腹，因謂人曰，此言雖戲，真可喻道。及見楊道南《坐坐爬癢口號》云，手本無心癢便爬，爬時輕重幾曾差，若還不癢須停手，此際何勞分付他。焦弱侯和之云，學道如同癢處爬，斯言猶自隔塵沙，須知癢處無非道，只要爬時悟法華。棲霞寺雲谷老衲曰，二先生不是門外漢。予謂二公之言尚落擬議，不若廋辭之當下了徹也。」

《北平箋譜》卷一載淳菁閣羅漢箋十六幅，末幅畫一人以爪杖搔背，題詞云：「上些不是，下些不是。搔著恰當處，惟有自己知。」這裡不是謎語，說得更為明白，意思卻是一樣，未必真能喻道，或者可以作學與文的一個說明罷。

梁清遠著《雕丘雜錄》卷十七，嗇翁槩史中有一則云：

「人之於學雖根器不同，要須自證自悟始得，靠人言語終落聲聞。故程氏云，不能存養，只是說話。而佛氏亦云，自悟修行不在於諍。吾夫子云，朝聞道。亦自聞耳，不待人也。故曰，說食不飽。」

普通常引《傳燈錄》裡所說，如人飲水，冷暖自知，二語自多風趣，但搔癢之喻更為直截明瞭，自證自悟，正是如此耳。俗稱議論膚泛為隔靴搔癢，又笑話中說糊塗人搔同臥者腿至於血出，都也說得有意義，蓋如世人所說，痛可熬癢不可熬，癢得搔是大快樂，而過中又與痛鄰，其間煞費斟酌也。《太平御覽》三百七十引《列異傳》云：

「神仙麻姑降東陽蔡經家，手爪長四寸。經意曰，此女子實好佳手，願得以搔背。麻姑大怒，忽見經頓地兩目流血。」

神仙發怒固然難怪，蔡經見長爪而思搔癢，雖未免不敬，卻也是人情。曹庭棟著《老老恆言》卷三雜器條下有隱背一則，文云：

「隱背，俗名搔背爬，唐李泌取松樛枝作隱背，是也。製以象牙或犀角，雕作小兜扇式，邊薄如爪，柄長尺餘，凡手不能到，持此搔之，最為快意。有以穿山甲製者，可解癬癢，能解毒。」

據《格致鏡原》五十八引《稗史類編》轉引《釋藏音義指歸》云：

「如意者古之爪杖也，或用竹木削作人手指爪，柄可長三尺許，或背脊有癢，手不到，用以搔爬之，如人之意。」又《雲仙散錄》中有陶家瓶餘事一則云：

「虞世南以犀如意爬癢久之，歎曰，妨吾聲律半工。」

以如意為搔背具頗有意思，雖然一般對於如意的解說並不如此，如屠隆著《考槃餘事》卷四文房器具箋云：

「如意，古人用以指畫嚮往或防不測，煉鐵為之，長二尺有奇，上有銀錯，或隱或現。近有天生樹枝竹鞭，磨弄如玉，不事斧鑿者，亦佳。」

又遊具箋衣匣下云：「匣中更帶搔背竹鈀並鐵如意，以便取用。」可見如意與爪杖分而為二。宋釋道誠著《釋氏要覽》卷中云：

「如意梵云阿那律，秦言如意。指歸云云，故曰如意。誠嘗問譯經三藏通梵大師清沼，字學通慧大師云勝，皆云，如意之製蓋心之表也，故菩薩皆執之，狀如雲葉，又如此方篆書心字故，若局爪杖者，只如文殊亦執之，豈欲搔癢也。又云，今講僧尚執之，多私記節文祝辭於柄，備於忽忘，要時手執目對，如人之意，故名如意，若俗官之手板，備於忽忘，名笏也。若齊高祖賜隱士明僧紹竹根如意，梁武帝賜昭明太子木犀如意，石季倫王敦皆執鐵如意，此必爪杖也。因斯而論，則有二如意，蓋名同而用異也。」

誠公所說大抵是對的，有如高僧或是仙人手執拂子，成為一種高貴法物，但其先本只是蠅拂耳，在俗人房中仍用以趕蚊子，兒時見有批棕櫚葉為之者，製甚古樸，實勝於馬尾巴也。講經時的如意今已不見，搔背竹鈀則仍甚通行。日本寺島良安編《和漢三才圖會》卷二十六爪杖下云：

「案爪杖用桑木作手指形，所以自搔背者，俗謂之麻姑手。麻姑，仙女名也，《五車韻端》載麻姑山記云，王方平降蔡經家，召麻姑至，年若十七八女子，指爪長數寸，經意其可爬癢，忽有鐵鞭鞭其背，以此故事名耳。」

麻姑手讀作 Makonote，今音轉為 Magonote，可解作孫兒手，或與老人更為適切，但其原語蓋出於麻姑，古今解說均如此云。北平市上今亦有售者，竹製如手狀而多有六指，虯角製者稍佳，但所謂化學製造者品終不高耳。此物終古流行，可知搔癢之亦是一急務也。

《釋氏要覽》卷下論剪爪引《文殊問經》云：

「爪許長一橫麥，為搔癢故。」此意甚可喜。釋家戒律雖極嚴密，卻亦多順人情處。《禮記·內則》中記子婦在父母舅姑之所的規矩，有「癢不敢搔」之語，殊令人有點為難，想起王景略輩時更不禁深為同情也。

【附記】

吾鄉茹三樵著《越言釋》二卷，卷下有乖脊一條，即是釋癢字者，其文云：

「曰乖曰脊，皆背也，而今人謂癢曰乖脊，以癢不可受而背癢為尤甚也，所以背癢誰搔，漢光武至形之詔旨，為能極人情之至。然頭癢而曰頭乖脊，腳癢而曰腳乖脊，未免失其義矣。或曰疥脊也，凡牛馬驢騾之屬多疥其脊，即傳所謂瘯蠡者。或又以疥終不可以為乖，則又以乖加，今字書有字，則愈求而愈遠。又癢亦作癢，其實只是養，《詩》言中心養養是也。古人往來通問必曰無恙，恙者病也，或曰恙者蟲也。然物不病不癢，不蟲亦不癢。蛘，搔蛘也。」

茹君以易學名家，著有《周易二閭記》等十餘種，唯不佞最喜此《越言釋》，曾得乾隆原刻，又光緒中嘯園葛氏刊巾箱本，據杜尺莊道光中原序知當時尚有家一齋公刊本，即葛氏所從出，惜未能得。以背癢釋俗語乖脊之義，很有意思，唯越語亦有分別，搔癢云搔乖脊，若呵癢則仍曰呵癢，故乖脊與癢是兩種感覺，此在別的地方不知如何分說也。

二十六年八月三十一日再記。

案，梁山舟《頻羅庵遺集》卷七有《不求人銘》三首，即詠爪杖者，此名亦自佳，但少風趣而有頭巾氣，不及如意遠矣。編校時記。

談過癩

近日報上載廣東消息，云官廳派軍警捕癩病人，釘鐐收禁。那時我有點忙，雖然覺得這條新聞很好玩，卻沒有剪存，現在已無可查找，想起來大是可惜。後來聽說有人去電反對，似乎事出有因，一面又報告說正在籌十四萬元建造麻瘋院，那麼又是查無實據了。到底怎樣我們也無從知道，不過社會上總是很熱鬧，大家有了談資，何妨就談談呢？

中國人對於病與藥似乎不很有正當的常識，但是關於這些的奇異的軼聞卻是記得不少，講到癩病也是如此，所以這回看大家頂愛談的便是過癩的故事。

四月二十七日《實報》的「美的新聞」欄的文章題曰「麻瘋傳遍粵中」，其文云：「粵省最近麻瘋症流行甚烈，有人主張仿照西洋取締劣等民族辦法，一律處以槍決，律師葉夏聲曾經通電反對，有假令父母染此種病，為子者亦將坐視其槍斃歟？粵中人士對此問題聚訟紛紜，大有滿城風雨之概。粵主席吳鐵城下車伊始，主張以人道立場，科學的精義，審慎設法，盡心療治，刻正延聘專家著手籌備中。

「據聞粵省麻瘋所以盛行者，係因該地氣候濕熱，嵐瘴蒸鬱所致，閩省亦有此病，但不及粵省之蔓延。此症男女均有，至相當時間全身擁腫，奇癢難熬，馴至於死。其傳染也，飲食方面絕無關係，然男不傳男，女不傳女，必異性始傳，又必交媾始傳。設有一麻瘋女子交接無麻瘋症之男子經過十人以上者，該女病必全癒。粵中俗諺有云，瘋女不落河（河指珠江言）。粵中勾欄妓女多在船上操業，所謂旖旎春色滿珠江，二八珠娘豔似花也，如有麻瘋病之女，船家則不許入船，設有瘋病男客與無瘋病妓女交合，則此妓必成為瘋女矣。吳鐵城現已組織麻瘋療養院，慈悲菩提，甘露遍灑。」

對於這篇文章不想說別的，只注意這裡邊的一點，即云癩病必異性始傳，以及瘋女可以將病傳給男子而自己病癒，這事有一個術語，叫作過癩。這過癩的傳說大約是古已有之，不過我寡聞又健忘，不能窮源竟委的說出來，只能就手邊的書裡抄出一二以為例證。

康熙庚辰屈翁山著《廣東新語》卷七人語中有瘋人二則，其第一條云：

「粵中多瘋人。仙城之市多有生瘋男女行乞道旁，穢氣所觸，或小遺於道路間，最能染人成瘋。高雷間盛夏風濤蒸毒嵐瘴所乘，其人民生瘋尤多，至以為祖瘡，弗之怪。當壚婦女皆係一花繡囊，多貯果物，牽人下馬獻之，無論老少估人率稱之為同年，與之諧笑。有為五藍號子者曰，垂垂腰下繡囊長，中有檳門花最香，一笑行人皆下騎，殷勤紫蟹與瓊漿，蓋謂此也。是中瘋疾者十而五六，其瘋初發未出顏面，以燭照之，皮內紅如茜，是則賣瘋者矣。

「凡男瘋不能賣於女，女瘋則可賣於男，一賣而瘋蟲即去，女復無疾。自陽春至海康六七百里，板橋茅店之間，數錢妖冶，皆可怖畏，俗所謂過癩者也。瘋為大癩，雖由濕熱所生，亦傳染之有自，故凡生瘋則其家以小舟處之，多備衣糧，使之浮游海上，或使別居於空曠之所，毋與人近，或為瘋人所捉而去，以厚賂遺之乃免。廣州城北舊有發瘋園，歲久頹毀，有司者倘復買田築室，盡收生瘋男女以養之，使瘋人首領為主，毋使一人闌出，則其患漸除矣，此仁人百世之澤也。」

乾隆中李雨村抄錄《新語》中文為《南越筆記》十六卷，刻入函海中，卷七有瘋人一則，與上文全同，唯刪去末八字耳。

道光庚戌陳炯齋著《南越遊記》三卷，卷二有癘瘍傳染一則，亦是講癩病者，文云：

「東南地氣卑濕，居人每有癘瘍之疾，嶺外呼為大麻瘋。是疾能傳染，致傷闔家，得之者人皆憎惡，見絕於倫類，顛連無告至此極矣。廣潮二州舊有麻瘋院，聚其類而群處焉，有瘋頭領之。其中瘋人有一世二世三世者，瘋頭以次為之婚配，毋使紊，三世者生子，其瘋已絕，遂得出院，諺所謂麻瘋不過三代也。瘋人面目擁腫，手足潰爛，見之令人欲嘔，瘋女則顏色轉形華潤，外無所見，往往華容靚飾，私出誘人野合，無知惡少誤犯之，傳染其毒，中於膏肓，不旋踵四肢奇癢，盡代其瘋，而瘋女宿疾若失，轉為常人。道光辛丑英夷犯粵，調集各直省兵，湖南來者兇悍不法，粵民切齒，陰遣瘋女誘與淫蕩，於是潰癰被體，死相踵者過半，餘多陣亡，獲歸者不數十人。」

光緒丙子陳子厚著《嶺南雜事詩鈔》八卷，卷五有《賣瘋》一首云：

「桃花莫誤武陵源，賣卻瘋時了夙冤，也是貪歡留果報，迨回頭已累兒孫。」

注云：

「粵中大麻瘋傳染三代。有是疾婦女每求野合，移毒於人，謂之賣瘋。《兩般秋雨庵隨筆》載珠江之東有寮曰瘋墩，以聚瘋人，有瘋女貌娟好，日蕩小舟賣果餌以供母，娼家豔之，啖母重利迫女落籍。有順德某生見女深相契合，定情之夕女峻拒不從，以生累世遺孤，且承嗣族叔故也，因告之疾，相持而泣。生去旬余再訪之，則女於數日前為生投江死矣，生大慟，為封其墓，若伉儷然。番禺孝廉黃容石玉階作歌紀其事。」

這裡最妙的卻要算許王瓠，他在光緒癸未著《珊瑚舌雕談初筆》八卷，卷一中有過癩一則云：

「道光中年廣東林仰山觀光貳尹蒞斯土，時有范上舍以事相見，叩以廣東有過癩之説確否，林力言無之，斥為荒誕，當時人謂范盍將吳青壇《嶺南雜記》鑿鑿可據者證之。

案記云：潮州大麻瘋極多，官為設立麻瘋院，在鳳皇山上，聚麻瘋者其中，給以口糧，有麻瘋頭治之，其名亞胡，衣冠濟楚，頗為饒富。人家有吉凶之事，瘋人相率登門索錢索食，少則罵詈，必先賂亞胡求片紙黏門，瘋人即不敢肆。院中有井名鳳皇井，甘洌能癒疾，瘋者飲之即能不發，肌肉如常，若出院不飲此水即仍發矣。入院遊者，瘋頭特設淨舍淨器以款之。其中男女長成自為婚匹，生育如恒人。

瘋女飲此井水而姿色倍加光麗，設有登徒犯之，次日其女宿疾爽然若失，翩然出院，即俗所謂過癩也。

登徒子侵染其毒，不數日鬚眉脫落，肢節潰爛而死。然則林公當時何必諱言，抑亦不自知耶。余則曰，林范兩失之，范於官長毫無避忌，而林當婉諷其不恭，庶幾自慚鄙俗焉。後見《說郛》載過癩云：癩蟲自男女精液中出，故此脫彼染甚易。若男欲除蟲，用荷葉裹陽納女陰中，既輸泄即抽出葉，精與蟲悉在其中，即棄之，精既不入女陰宮中，女亦無害也。若女欲除蟲則未詳。想林貳尹范上舍於此種書或皆未之見耶。」

我找到的材料實在太少，雖然抄起來已經覺得很多了。在這點材料裡我們可以看出第一這有一個很長的傳統，從清康熙三十九年至民國二十六年，這其間足足有二百三十七年的光陰，可是這過癩的傳說一直存在，雖然說得互有出入而其神奇則一。

前二百年可以說是無怪的，庚子年還有白蓮教的義合神兵之役，一切哪可深求，近三十年似乎有點不應該了。在這時代中國豈不是一個復興的民族，正將改造舊有的文化以適應現代的需要的麼？那麼至少關於生活最切要的事情總當加以改進，如醫即其一。

不佞於中外醫道都無關係，說起來卻不免有一種感慨。中國與日本不同，不是由本國醫生自發研究，由玄學的舊法轉入科學的新法，所以只有前後兩期而無東西兩派，乃是別由外國醫生來宣傳傳授，結果於玄學的中醫外新添了科學的西醫，於是兩方面對立至今，而民間因為西醫的費用太大，中醫的說法好玩，江湖派的郎中乃被尊為國醫，不但主宰人民的命，還連帶的影響到文化界去，直接間接的培養著許多荒唐思想與傳說。所謂過癩即是一個好例。

一八七九年（清光緒五年己卯）漢生發見了癩病菌以來，癩病的性質情形已都明瞭，雖然仍覺得可怕，卻已完全失掉了神秘性了。據說日本現在公立私立的癩病院共有十四所，可見這種病人也還不少，可是我不曾在文字上或口頭聽到這類奇談，以淺陋所及也不知道在古時有過癩之說，那麼這好像只是中國所獨有，這豈不更是奇哉怪哉麼。

我於醫學完全是門外漢，但是我覺得在我們貧弱的常識裡關於醫——包括生理和病理的一部分實在是必要，無論如何總儉省不得。癩病這東西，好像芒果似的，在市面上少碰見，似乎不知道也無關宏旨，但在要談過癩問題的時候知道一點也好，因為這樣便可以辨別此說之是否真實。

據醫書上說，癩病是屬於皮膚病項下，病菌已發見，其發病由於直接傳染，不由遺傳，故三代之說不可信。癩菌潛伏期頗長，或云數月或云數年，不能確知，在皮膚感覺異常以至發生紅斑之前無從知其生癩否，故屈翁山所描寫的數錢妖冶雖文詞頗妙而事實可疑。病菌常在皮下，唯亦蔓延各處黏膜等部，交接自屬傳染之一妙法，但未必限於異性，如梅毒亦是如此。把自己的病由交接傳染給別人，其結果只是加添了一個病人而已，自己不能就此痊癒，這也可以用梅毒為例，癩不能單獨過得去也。

民間相信有法術醫病，紙上寫「重傷風出賣」，裹一錢棄置路旁，或寫「風眼出賣」貼牆上，我就曾經遇見過，在我未必買了回去，而那位賣主大約也仍舊傷他的風以至自己就痊，蓋法術自法術而病自病也。若是傳染病而肯犧牲色相以出賣，則買者自當不至空手而回，賣主的結果卻還是一樣，病菌殆如聚寶盆，用之不竭，又如俗傳打油詩所云，此物亦是賣了依然在者也。

總之癩病只是一種惡性的傳染病，因為現在還沒有找出療法，所以特別覺得討厭，古人稱之曰惡疾，倒是頂不錯的，他的傳染徑路由於直接接觸，也與別的有些傳染病並無差異，傳染之有入無出亦正是一定的例，此乃無可疑者，若那些奇異的傳說雖或出於古人的大著，或有軟性的情趣，為大眾所珍賞，但荒唐無稽，與事理不合，為真實計固當加以訂正，即以隨筆文學論亦無足取，其唯一的用處殆只在於留供不佞寫筆記之資料而已。

前幾年有外國人寫一本書論中國的國民性，說中國人念念不忘兩性之事，即如吃筍蓋即為其有所象徵云云。妙語解頤，似有心病者，一時傳為笑柄。這人的筍說不佞實在不敢贊一辭，不過中國人對於兩性之事有點神經過敏這倒似乎並非全是虛假，例如過癩傳說就是其一。

這一個故事為什麼那麼津津樂道的呢？自本地的屈翁山以至外江佬，自康熙以至現在，據許王瓠說則《說郛》中已有，因為無從查原書，暫且不算，難道是陶南村自己說的麼？這個原因大約第一是香豔，而第二是離奇。據說除斯替文生是例外，沒有女人不成小說，這本來也是平常的事，中國的例未免傾於太過，蓋常由細腰而至於小腳也。談奇說怪亦是人情，中國又往往因此而至破棄真實，此誠可謂之嗜痂不惜流血矣。見人談冬蟲夏草引近出《中國藥學大辭典》，舉植物學上學名，而仍云西人說誤，根據乾隆辛亥徐後山著《柳崖外編》卷二所記云：

「交冬草漸萎黃，蟲乃出地蠕蠕而動，其尾猶簌簌然帶草而行。」以為這的確是冬蟲而夏草。以故事論柳崖的確說得好玩，若說事實不但草係寄生已經查明，即用情理推測，頭入地尾生草之蟲不知如何再鑽出來，冬天草枯而蠐螬似的蟲乃能蠕蠕爬行，均有講不通之處，今者中國藥學者乃不信菌學書而獨取百餘年前的小說家言，此無他，亦因其神奇可喜耳。

我讀近代筆記，見講掌故頌功德者已是上乘，一般多喜談妖異說果報，不禁歎息，覺得關係非細，卻無挽救之法，近二十年普通教育發達而常識與趣味似無增進，蓋舊染之汙深矣。一兩年前國內忽有科學小品的聲浪發生，倒是一種好現象，至少可以灌一點新鮮空氣進來，可是後來這聲浪不知為何又消沉下去了，科學小品有沒有出過幾冊我也無從再去打聽，如不是為的流行已經過去，有別的招牌要掛了，那麼大約也因為大眾不需要的緣故吧。

總之中國不會有這宗科學小品，彷彿是命裡註定似的。醫學者不出來寫關於癩病之類的說明文章，確是比不佞更是既明且哲也。

二十六年四月二十九日，於北平苦住庵。

女人罵街

閱《犢鼻山房小稿》，只有東遊筆記二卷，記光緒辛巳壬午間從湖南至江蘇浙江游居情況，不詳作者姓氏，文章卻頗可讀。下卷所記以浙東為主，初遊台州，後遂暫居紹興一古寺中。十一月中有記事云：

「戊申，與寺僧負暄樓頭。適鄰有農人婦曝菜籬落間，遺失數把，疑人竊取之，坐門外雞棲上罵移時，聽其抑揚頓挫，備極行文之妙。初開口如餓鷹叫雪，觜尖吭長，而言重語狠，直欲一句罵倒。久之意懶神疲，念藝圃辛勤，顧物傷惜，嘖嘖呶呶，且詈且訴，若驚犬之吠風，忽斷復續。旋有小兒喚娘吃飯，婦推門而起，將入卻立，驀地忿上心來，頓足大罵，聲暴如雷，氣急如火，如金鼓之末音，促節加厲，欲奮袂而起舞。余駭然回視，截然已止，箸響碗鳴，門掩戶閉。僧曰，此婦當墮落。余曰，適讀白樂天《琵琶行》與蘇東坡《赤壁賦》終篇也。」

這一節寫得很好玩，卻也很有意思。民間小戲裡記得有王婆罵雞一齣，可見這種情形本是尋常，大家也都早已注意到了，不過這裡犢鼻山人特別提出來與古文辭並論，自有見識，但是我因此又想起女人過去的光榮，不禁感慨繫之。

我們且不去查人類學上的證據，也可以相信女人是從前有過好時光的，無論這母權時代去今怎麼遼遠，她的統治才能至今還是潛存著，隨時顯露一點出來，替她做個見證。如上文所說的潑婦罵街，是其一。

本來在生物中母獸是特別厲害的，不過這只解釋得潑字，罵街的本領卻別有由來，我想這裡總可以見她們政治天才之百一吧。希臘市民從哲人研求辯學，市場公會乃能滔滔陳說，參與政事，亦不能如村婦之口占急就，而井井有條，自成節奏也。

中國士大夫十載寒窗，專做賦得文章，討武驅鱷諸文胸中爛熟，故要寫劾奏訕謗之文，搖筆可成，若倉卒相罵，便易失措，大抵只能大罵混帳王八旦，不是叫拿名片送縣，只好親自動手相打矣。兩相比較，去之天壤。其次則婦女的輓歌，亦是一例。

嘗讀法國美里美所作小說《科侖巴》，見其記科侖巴臨老彼得之喪，自作哀歌，歌以代哭，聞之足使儒夫有立志，至今尚不忘記。此不獨科耳西加島為然，即在中國凡婦女亦多如此，不過且哭且歌，只哭中有詞，不能成整篇的輓歌而已。

以上所舉雖然似乎都是小事，但我想這就已夠證明婦女自有一種才力，為男子所不及，而此應付與組織則又正是政治本領之一也。

對婦女說母權時代的事，這不但是開天以前，簡直已是羲皇以上，桑田滄海變化久遠，遺跡留存，亦已微矣。偶閱陳廷燦在康熙初年所著《郵餘閒記》初集，卷上有關於婦女的幾節云：

「人皆知婦女不可燒香看戲，余意並不宜探望親戚及喜事宴會，即久住娘家亦非美事，歸寧不可過三日，斯為得之。」

「居美婦人譬如蓄奇寶，苟非封藏甚密，守護甚嚴，未有不入穿窬之手。故凡女人，足不離內室，面不見內親，聲不使聞於外人，其或庶幾乎。」

「余見一老人，年八十餘，終身不娶。及問其故，曰，世無貞婦人，故不娶也。噫！激哉老人之言也，信哉老人之言也。——然不可為訓。世豈無貞婦人哉，顧貞者不易得耳。但能御之以禮，閒之以法，而導之節義，則不貞者亦不得不轉而為貞矣。」

要證明近世男尊女卑的現象，只用最普通的《女兒經》的話也已足夠了，我這裡特別抄引蘭亭陳君的文章，不但因為正在閱看此書，順手可抄，實因其說得顯露無隱諱耳。這一段落，不知道若干千年，恐怕老是在連續著，不倖幸而不生為婦人身，想來亦不禁愕然，身受者未知如何，而其間苦樂交錯，似乎改變又非易易，再看世上各國也還沒有什麼好辦法，可知此種成就總當在黃河清以後吧。

明末有清都散客，即是趙忠毅公趙夢白南星，著有《笑贊》一卷七十二則，其第五十一則云：

「郡人趙世傑半夜睡醒，語其妻曰，我夢中與他家婦女交會，不知婦女亦有此夢否？其妻曰，男子婦人有甚差別。世傑遂將其妻打了一頓。至今留下俗語云，趙世傑夜半起來打差別。贊曰，道學家守不妄語為良知，此人夫妻半夜論心，似非妄語，然在夫則可，在妻則不可，何也？此事若問李卓吾，定有奇解。」

案卓吾老子對於此事不曾有什麼表示，蓋因無人問他之故，甚為可惜，但他的意見在別的文章中亦可窺見一點，如《焚書》卷二《答以女人學道為見短書》中云：

「故謂人有男女則可，謂見有男女豈可乎。」

即此可知卓吾之意與趙世傑妻相同，以為男子婦人有甚差別也。

此在卓吾說出意見或夢白提出疑問，固已難能可貴，但尚不能算很難，若趙世傑妻乃不可及，不佞涉獵雜書，殊未見第二人，武則天山陰公主猶不能比也。至於被打則是當然，卓吾亦正以是而被彈劾，夢白隱於笑話，幸而免耳。至趙世傑者乃是正統派，其學說流傳甚遠，上文所引《郵餘閒記》諸條，實即是打差別的注疏札記，可以窺豹一斑矣。

李卓吾以後中國有思想的人要算俞理初了。《癸巳存稿》卷四有一篇小文，題曰「女」，末云：

「《莊子・天道篇》云，堯告舜曰，吾不敖無告，不廢窮民，苦死者，嘉孺子而哀婦人，此吾所以用心也。……蓋持世之人未有不計及此者。」《癸巳類稿》卷十三《節婦說》中云：

「古言終身不改，言身則男女同也。七事出妻，乃七改矣，妻死再娶，乃八改矣。男子理義無涯，而深文以罔婦人，是無恥之論也。」二者口氣不一樣，意思則與卓吾同。

李越縵在日記中評之曰，「語皆偏譎，似謝夫人所謂出於周姥者，一笑。」這一句開玩笑的話，我覺得卻是最好的批評。蓋以周公而兼能瞭解周姥的立場，豈非真是聖人乎？卓吾理初雖其學派迴不相同，但均可以不朽矣。

二十六年七月十日，在北平記。

談卓文君

今人中間我頗留意收集錢謫星的著作，因為他很有些見識，雖然是個老翰林，今年也有六十多歲了。所著已搜到八冊十五種，最近所得的裡邊有一卷《課餘閒筆》，凡三百餘則，其一云：

「開闢以來第一真快事，莫如卓女奔相如。」這句話令我想起李卓吾來。據《藏書》二十九司馬相如傳中云：

「相如，卓氏之梁鴻也。使當其時卓氏如孟光，必請於王孫，吾知王孫必不聽也。嗟夫，斗筲小人何足計事，徒失佳偶，空負良緣，不如早自抉擇，忍小恥而就大計。《易》不云乎，同聲相應，同氣相求。同明相照，同類相招。云從龍，風從虎。歸鳳求凰，安可誣也。」其實平心想起來，這些意思原來也很平凡。

《詩經・有狐》朱子注云：

「國亂民散，喪其妃耦，有寡婦見鰥夫而欲嫁之。」

又《孟子》答萬章問舜之不告而娶云：

「告則不得娶。男女居室，人之大倫也，如告則廢人之大倫，以對父母，是以不告也。」

卓吾的話差不多也只是這個意思，而舉世譁然，張問達彈劾他特別舉出，以馮道為吏隱，以卓文君為善擇佳偶，為狂誕悖戾不可不毀的理由之一，這是什麼緣故呢？寫那《板橋雜記》的余澹心序李笠翁的《閒情偶寄》云：

「獨是冥心高寄，千載相關，惡王莽王安石之不近人情，而獨愛陶元亮之閒情作賦。」說的很通達，但是為王山史作《山志》的序則云：

「志中論佛老論祆民論王安石李贄屠隆，皆與余合。」

《山志》卷四論李贄一條別無新意見，只是說可惜不及明正典刑，墓碑沒有毀掉而已，不知余君何以如此佩服。錢君獨能排眾議，稱揚卓女，與卓吾表同情，覺得是很難得的，《課餘閒筆》有錢君嚴父鶴岑的小引，稱其議論古今，體會人情物理，有可采者，真可謂知子莫若父，而鶴岑之非常人亦可以想見矣。

《戰國策・秦策》裡有一個譬喻，有人調戲兩個女人，或從或不從，他享受從者而羨慕不從者，其說曰：

「居彼人之所，則欲其許我也。今為我妻，則欲其為我詈人也。」

這本說明雄主對付臣下的機心，卻也正是普通男子的心理。更進一步說，現代性心理告訴我們，老流氓愈要求處女，多妻者亦愈重守節。中國之尊重貞節，宜也。偶閱鄧文如的《骨董瑣記》，在卷六有改號娶小一則云：

「王崇簡《冬夜箋記》云，明末習尚，士人登第後易號娶妾，故京市諺曰，改個號，娶個小。有勸張受先娶妾者，愴然曰，甫釋褐而即背糟糠，吾不忍為也。」

我讀了不覺愕然。這倒並不因為我有好些別號的緣故，我那許多別號與「戀愛」都無關，只是文章遊戲，如有必要就是完全廢除也無妨礙的。我所感覺奇怪的是這三百年來事情的一致。現在的中國人改號與娶小未必還連在一起吧，但即使大家不大熱心於改號，對於娶小大約總是不表示冷淡的。

據德國性學家希耳須菲耳特（M. Hirschfeld）在他的遊記《男與女》第二十五章中說：

「現在全中國的男子中，約計百分之三十各人只有一個妻子，由於種種理由，或是道德的，或是經濟的，也或者是性心理的。約百分之五十，這裡包括許多苦力在內，有兩個妻子。約百分之十有三至六個女人，此外百分之五據說有六個以上，或有三十個妻子，也或有更多的。關於張宗昌將軍，聽說他有八十位，但在他敗後定居日本之前只留下一個，其餘都給錢打發走了。我在香港時有人指示一個乞丐給我看，他除正妻之外還養著兩位姨太太云。」

我們即使不懂別的大道理，一點普通的數學知識總是有的。三十與六十五那一個數目大？中國多妻主義勢力之大正是當然的，他們永久是大多數也。中國喊改革已有多年，結果是鴉片改名西北貨，八股化裝為宣傳文，而姨太太也著洋裝號稱「愛人」，一切貼上新護符，一切都成為神聖矣。非等到男女兩方都能經濟獨立不能自由戀愛，平常還仍是多妻而已。

卓文君當初雖做得好，值得卓吾老子稱讚，但後來也幾乎被遺棄，以一篇《白頭吟》幸得保存，由此觀之，可知著犢鼻褌滌器的歡子尚不免有改號的雅興，女人隨在有被高閣之可能，其有幸而免者，蓋猶人之偶不發肺結核或雖發而早期治癒耳。一二賢哲為反抗禮教的壓迫特為卓氏說一句話，其意甚可感，若有人遂以為她是幸福的女人，則亦猶未免為傻瓜也。

談文字獄

不久以前我曾說過，人類雖是從動物進化來的，但他也有禽獸不如的幾種惡習，如賣買淫及思想文字獄等。在野蠻時代，犯了禁忌的人如不伏冥誅亦難逃世法，這已非禽獸所有事，多少有點離奇了，不過那時是集團生活時代，思想差不多是統一的，所以這不成為問題，一直要到個人化漸發達，正統與異端顯然分立，思想文字獄乃為人所注意，因此這時代自然不會很早的了。現在沒有這些工夫去翻書，只就我們記得的來講，則孔子殺少正卯可以說是以思想殺人的較早的一例，而楊惲之獄則是以文字殺人的例。

據《孔子家語》說：

「孔子為魯司寇，攝行相事。於是朝政七日而誅亂政大夫少正卯，戮之於兩觀之下，屍於朝三日。子貢進曰，夫少正卯魯之聞人也，今夫子為政而始誅之，或者為失乎。孔子曰，居，吾語以汝其故。天下有大惡者五，而竊盜不與焉。一曰心逆而險，二曰行僻而堅，三曰言偽而辯，四曰記醜而博，五曰順非而澤。此五者有一於人，則不免君子之誅，而少正卯皆兼有之。」

這件事或者如朱晦庵所疑並非事實亦未可知，但總之是儒教徒的一種理想，所以後來一直膾炙人口，文人提到異己者便想加以兩觀之誅，可以知矣。楊子幼的《報孫會宗書》因為收在古文選本裡，知道的人很多（《文選》雖也有，恐怕看的少了），就成為古代文字獄的代表。就事論事，這兩案是同樣的冤枉，同樣的暴虐，若其影響及於世道人心者則自以前者為甚。

蓋普通以文字殺人的文字獄其罪名大都是誹謗，雖然犯上作亂，大逆不道，加上好些好聽的名稱，卻總蓋不過事實，這只是暴君因被罵或疑心如此而發怒耳，明眼人終自知道，若以思想殺人的文字獄則罪在離經叛道，非聖無法，一般人覺得彷彿都被反對在內，皆欲得而甘心，是不但暴君欲殺，暴民亦附議者也。為犯匹夫之怒而被殺，後世猶有憐之者，為大眾所殺則終了矣。雖或後來有二三好事者欲為平反，而他們自己也正為大眾所疾視，不獨無力且亦甚危事也。

其一是政治的殺人，理非易見，其一是宗教的殺人，某種教旨如占勢力則此欽案決不能動，千百年如一日，信仰之力亦大矣哉。因為這個理由，在文字獄中我特別看重這一類，西洋的巫蠱與神聖裁判之引起我的興味亦正為此，其通常誹謗的文字獄固是暴君草菅人命的好例，但其影響之重大則尚未能相比耳。

我們說起近代的文字獄來，第一總想到康熙乾隆時的那許多案件，但那些大抵是大逆不道案而已，在專制的滿清時代，這是當然的，其缺少非聖無法案者非是朝廷特別寬容這個，乃因中國人在思想上久已閹割了之故，即使有人敢誹謗皇帝，也總不敢菲薄聖人也。

清末出了一個譚復生，稍稍想掙扎，卻不久即死在大逆案裡，我們要找這類的人只好直找上去，去今三百餘年前才能找到一位，這即是所謂李禿李卓吾。

明萬曆三十年（一六〇二）那時卓吾七十六歲，禮部給事中張問達上疏劾奏，據《山志》卷四（比《日知錄》稍詳）所引略云：

「李贄壯歲為官，晚年削髮。近又刻《藏書》《焚書》《卓吾大德》等書，流行海內，惑亂人心。以呂不韋李園為智謀，以李斯為才力，以馮道為吏隱，以卓文君為善擇佳偶，以司馬光論桑弘羊欺武帝為可笑，以秦始皇為千古一帝，以孔子之是非為不足據。狂誕悖戾未易枚舉，刺繆不經，不可不毀。

「尤可恨者，寄居麻城，肆行不簡，與無良輩遊庵院，挾妓女，白晝同浴。勾引士人妻女入庵講法，至有攜衾枕而宿庵觀者，一境如狂。又作《觀音問》一書，所謂觀音者皆士人妻女也。後生小子喜其猖狂放肆，相率煽惑，至於明劫人財，強摟人婦，同於禽獸而不之恤。……望敕禮部檄行通州地方官將李贄解發原籍治罪，仍檄行兩畿各省，將贄刊行諸書並搜簡其家未刻者盡行燒毀，毋令貽亂後日，世道幸甚。」

奉聖旨云：

「李贄敢倡亂道，惑世誣民，便令廠衛五城嚴拿治罪。其書籍已刻未刻者令所在官司盡搜燒毀，不許存留。如有徒黨曲庇私藏，該科及有司訪參奏來並治罪。」

卓吾遂被逮至北京，其時在閏二月，至三月十五日自刎死獄中。張問達阿附首相沈一貫劾奏李卓吾的兩款是異端惑世與宣淫，對於這兩點馬敬所已經替他辨明得很清楚，原文見《李溫陵外紀》，不容易得，近有容肇祖著《李卓吾評傳》，朱維之著《李卓吾論》後附鈴木虎雄原著《李卓吾年譜》，均有轉錄。

卓吾之死，《山志》說是懼罪自盡，但據《年譜》引馬敬所答張又玄書云：

「先生視死生平等，視死之順逆平等，視一死之後人之疑信平等。且不刎於初係病苦之日而刎於病蘇之後，不刎於事變初發聖怒難測之日，而刎於群喙盡歇事體漸平之後，此真不可思議。其偈有曰，志士不忘在溝壑，勇士不忘喪其元。先生故用此見成頭巾語，障卻天下萬世人眼睛，具佛眼者可令此老瞞過耶。」可知那班正統派如王山史等人所說都是不對的，彼亦未必是有意講壞話，蓋只是以他自己的心忖度別人耳。

諫官與首相勾結了去對皇帝說，謀除去一個異端，這也原是平凡的事，說過就可擱起，我這裡所覺得有意思的，乃是一般讀書人對於此事的感想。讀書人裡自然也有明理的人，如馬敬所、焦弱侯、袁小修、陶石匱、錢牧齋等，他們的話雖然很好這裡且不提，因為我所注意的多在反面那一邊。第一個我們請出鼎鼎大名的顧亭林來。

在《日知錄》卷十八李贄條下抄錄張問達疏及旨後說道：

「愚按自古以來小人之無忌憚而敢於叛聖人者莫甚於李贄，然雖奉嚴旨而其書之行於人間自若也。」又云：

「天啟五年九月四日四川道御史王雅量疏，奉旨：李贄諸書怪誕不經，命巡視衙門焚毀，不許坊間發賣，仍通行禁止。而士大夫多喜其書，往往收藏，至今未滅。」

王山史在《山志》初集卷四李贄條下云：

「溫陵李贄頗以著述自任，予考其行事，察其持論，蓋一無忌憚之小人也，不知當時諸君子如焦弱侯輩何以服之特甚，予疑其出言新奇，辨給動聽，久之遂為所移而不覺也。」又云：

「予嘗謂李贄之學本無可取，而倡異端以壞人心，肆淫行以兆國亂，蓋盛世之妖孽，士林之檮杌也，不及正兩觀之誅，亦幸矣。」此後抄錄疏旨，又云：

「已而贄逮至，懼罪自盡，馬經綸為營葬通州。聞今有大書二碑，一曰李卓吾先生墓，焦竑題，一曰卓吾老子碑，汪可受題。表章邪士，陰違聖人之教，顯倍天子之法，亦可謂無心矣。恨當時無有聞之於朝者，仆其碑並治其罪耳。」

兩位遺老恨恨之狀可掬，顧君恨書未能燒盡，王君則恨人未殺，碑未仆也。我曾說：

「奇哉亭林先生乃贊成思想文字獄，以燒書為唯一的衛道手段乎，只可惜還是在流行，此事蓋須至乾隆大禁毀明季遺書而亭林之願望始滿足耳。不佞於顧君的學問豈敢菲薄，不過說他沒有什麼思想，而且那種正統派的態度是要不得的東西，只能為聖王效驅除之用而已。不佞非不喜《日知錄》者，而讀之每每作惡中輟，即有因此種惡濁空氣混雜其中故也。」

此外有馮定遠，在《鈍吟雜錄》中亦有說及，如卷二家戒下云：

「一家之人各以其是非為是非則不齊，推之至於天下，是非不同則風俗不一，上下不和，刑賞無常，亂之道也。李卓吾者亂民也，不知孔子之是非而用我之是非，愚之至也。孔子之是非乃千古不易之道也，君君，臣臣，父父，子子，一部《春秋》不過如此。」

何義門批註云：

「牧翁以為異人，愚之至也。吾嘗謂既生一李卓吾，即宜生一牛金星繼其後矣。」

又卷四讀古淺說云：

「余於前人未嘗敢輕詆，老人年長數十歲便須致敬，況已往之古人乎。然有五人不可容。李禿之談道，此誅絕之罪也，孔子而在，必加兩觀之誅矣。」

顧王二君皆是程朱派，視王陽明如蛇蠍，其罵李卓吾不足怪，鈍吟本是詩人，《雜錄》中亦有好意思，如此學嘴學舌，殊為可笑，至於何義門實太幼稚，更不足道矣。尤西堂著《艮齋雜說》正續十卷，除談佛處不懂外多可看，卷五有一則論李卓吾金聖歎，其上半云：

「李卓吾，天下之怪物也，而牧齋目為異人。其為姚安太守，公座常與禪衲俱，或入伽藍判事。後去其髮，禿而加巾，以妖人逮下獄，遂自剄死。當是時，老禪何在，異乎不異乎。」

西堂語較平凡，但也總全不瞭解。即此數人殆可代表康熙時讀書人對於李卓吾的意見，以後人云亦云，大概沒有什麼變化，直至清末革命運動發生，國學保存會重印《焚書》，黃晦聞吳又陵諸君始稍為表章，但是近十年來正統派思想又占勢力，搢笏大官與束髮小生同罵公安竟陵以文章亡國，苟使他們知有李禿，豈有不更痛罵之理，回思三十年來事，真不勝今昔之感也。

李卓吾為什麼是妖人及異端呢？其一是在行為。他去髮，講學根佛說，與女人談道。其一是在思想。王山史引《藏書》的總目論中語云：

「人之是非初無定質，覽者但無以孔子之定本行賞罰。」《年譜》引《答耿中丞書》云：

「夫天生一人自有一人之用，不待取給於孔子而後足也。若必待取給於孔子，則千古以前無孔子，終不得為人乎。」（案原書見《焚書》卷一。）又《童心說》云：

「夫六經《語》《孟》，非其史官過為褒崇之詞，則其臣子極為歎美之語，又不然則其迂闊門徒，懵懂弟子，記憶師說，有頭無尾，得後遺前，隨其所見，筆之於書。後學不察，便以為出自聖人之口也，決定目之為經矣，孰知其大半非聖人之言乎。縱出自聖人，要亦有為而發不過因病發藥，隨時處方，以救此一等懵懂弟子迂闊門徒云耳。藥醫假病，方難定執，是豈可遽以為萬世之至論乎？然則六經《語》《孟》乃道學之口實，假人之淵藪也，斷斷乎其不可以語於童心之言明矣。」（《焚書》卷三）

鈴木氏評曰：

「辭或失之不遜，或陷於過貶，但酌其發言之精神所在，實可謂向後世儒生所陷的弊端下一金針。不料這些話卻給與迫害卓吾的人以好口實，好像當他是反抗儒教的大罪人。」（據朱君譯文原本。）

《焚書》卷二《答以女人學道為見短書》中有云：

「故謂人有男女則可，謂見有男女豈可乎。謂見有長短則可，謂男子之見盡長，女人之見盡短，又豈可乎。設使女人其身而男子其見，樂聞正論而知俗語之不足聽，樂學出世而知浮世之不足戀，則恐當世男子視之皆當羞愧流汗不敢出聲矣。

此蓋孔聖人所以周流天下，欲庶幾一遇而不可得者，今反視之為短見之人，不亦冤乎。冤不冤與此人何與，但恐旁觀者醜耳。」

這些話大抵最犯世間曲儒之忌，其實本來也很平常，只是因為懂得物理人情，對於一切都要張眼看過，用心想過，不肯隨便跟了人家的腳跟走，所得的結果正是極平常實在的道理，蓋日光之下本無新事也，但一班曲儒便驚駭的了不得，以為非妖即怪，大動干戈，乃興詔獄。

卓吾老子死了，這也沒有什麼稀奇，其《五死篇》中本云：

「既無知己可死，吾將死於不知己者以洩怒也。」（《焚書》卷五。）他既自己知道，更不必說冤矣。且卓吾亦曾云：

「冤不冤與此人何與，但恐旁觀者醜耳。」我們忝為旁觀者，豈能不為中國醜？不佞之不禁喋喋有言，實亦即為此故，不然與卓吾別無鄉世寅戚誼，何必如此多嘴乎。《年譜》引《溫陵外紀》卷一余永寧著《李卓吾先生告文》云：

「先生古之為己者也。為己之極，急於為人，為人之極，至於無己。則先生者今之為人之極者也。」這幾句話說得很好。凡是以思想問題受迫害的人大抵都如此，他豈真有惑世誣民的目的，只是自有所得，不忍獨秘，思以利他，終乃至於雖損己而無怨。此種境地吾輩凡夫何能企及，但為己之極急於為人，覺得不可不勉，不佞近數年來寫文章總不敢違反此意也。

廿六年四月九日，北平。

【附記】

《焚書》卷三《卓吾論略》中云：「年十二試老農老圃論，居士曰，吾時已知樊遲之問在荷蕢丈人間，然而上大人丘乙己不忍也，故曰小人哉樊須也，則可知矣。論成，遂為同學所稱。」此語甚有意致，文中不及引用，附識於此，供讀《論語》者之參考也。

談關公

《越縵堂日記補》第五冊咸豐八年戊午正月下云：

「初七日甲申晴。下午進城至倉橋書肆，借得明人張青父丑《清河書畫舫》十四冊，歸閱之。其論書畫頗不減元人，間附考證亦多有據，又全載昔人題跋及諸評論，皆有意致可觀，丑自贅者亦楚楚不俗，最宜於賞鑑家。昔錢思公嘗言於廁上觀雜書，未免太褻，若此者正當攜之舟中馬上耳。」

乾隆時池北草堂刻本《書畫舫》原有一部，看了這篇批評便找了出來，我不是賞鑑家，沒有什麼用處，也只是看看題跋之類罷了。卷一開首是鍾繇，對於他的興趣卻並不在法書，還是由於《世說新語》所載司馬昭嘲鍾會的話：「與人期行，何以遲遲，望卿遙遙不至。」其次是因為《書畫舫》上所錄的一篇《賀捷表》，嚴可均輯《全三國文》卷二十四根據《絳帖》錄有全文，今轉抄於下：

「臣繇言。戎路兼行，履險冒寒，臣以無任，不獲扈從，企佇懸情，無有寧舍。即日長史逮充宣示令命，知征南將軍運田單之奇，厲憤怒之眾，與徐晃同勢，並力撲討，表裡俱進，應時克捷，馘滅凶逆。賊帥關羽已被矢刃，傅方反覆，胡修背恩，天道禍淫，不終厥命。奉聞嘉憙，喜不自勝，望路載笑，踴躍逸豫，臣不勝欣慶，謹拜表因便宜上聞。臣繇誠皇誠恐，頓首頓首，死罪死罪。建安廿四年閏月九日南蕃東武亭侯臣繇上。」

此文在《書畫舫》中也有，但是有缺文，賊帥關羽四字都是墨釘，後面引《廣川書跋》云：

「永叔嘗辯此，謂建安二十四年九月關羽未死，不應先作此表。」又張丑注云：「《東觀餘論》考《魏志》是年十月羽為徐晃所敗，表內只云被矢刃，時羽為流矢所傷，未始言其死也，此表非偽，表云閏月是十月，非九月也。」

上邊三處羽字均非空格，與表文並看，可知是避諱無疑，蓋是吳氏刻書時所為，張醜原本當不如是。查陳壽《三國志》三十六蜀書六關張馬黃趙傳，記關羽事凡九百餘言，所可取者唯報曹歸劉一事耳，傳末評曰：

「關羽張飛皆稱萬人之敵，為世虎臣，羽報效曹公，飛義釋嚴顏，並有國士之風，然羽剛而自矜，飛暴而無恩，以短取敗，理數之常也。」

這是很得要領的話。張飛傳中亦云，「羽善待卒伍而驕於士大夫，飛愛敬君子而不恤小人。」那麼這兩位實在也只是普通的名將，假如畫在百將圖傳裡固然適宜，尊為內聖外王則顯然尚無此資格。人家對張飛的態度也還是平常，如稱莽撞人曰猛張飛（其實猛恐即是莽，今照俗音寫），又吾鄉有鳥，頰上黑白紋相雜，鄉人稱之曰張飛鳥（**Tsangfi-tiau**）亦不詳其本名。若關羽便大不相同了，聽說戲臺上說白自稱吾乃關公是也，這是戲子做的事，或者可以說是難怪，士大夫們也都避諱，連《書畫舫》這種書裡也出現了，這不能不算是大奇事。論其原因第一當然是《三國志衍義》的傳播。

沈濤的《交翠軒筆記》卷四有一則云：

「明人作《琵琶記》傳奇，而陸放翁已有滿村都唱蔡中郎之句。今世所傳《三國衍義》亦明人所作，然東坡集記王彭論曹劉之澤雲，塗巷小兒薄劣，為其家所厭苦，輒與數文錢，會聚聽說古話，至說三國事，聞玄德敗則蹙有涕者，聞曹操敗則喜唱快，以覺知君子小人之澤百世不斬云云。是北宋時已有演說三國野史者矣。」

東坡時已說三國，固是很好的考證資料，但我所覺得有意思的還在別一件事，即是愛護劉皇叔的心理那時已如此普遍，這與關羽的被尊重是很有關係的。那時所講的內容如何，現在已無可考，我們只看元至治刊本《新全相三國志平話》，可以知道故事總是幼稚的很，一點都看不出五虎將怎樣的了不得，可是有一件奇事，全相中所畫人物身邊都寫姓名，就是劉皇叔也只能叫聲玄德，唯獨關羽卻都題曰關公，似乎在六百年前便已有點神聖化了，這個理由很不容易瞭解。

至治本《平話》不必說了，便是弘治年《三國志通俗演義》以至毛聲山評本，裡邊講的關羽言行都別無什麼大過人處，至多也不過是好漢或義士罷了，無論怎麼看沒有成神的資格，雖然去當義和團等會黨的祖師自然盡夠。——義和的本字實係義合，這類點號至今在北方還是極常見，蓋是桃園結義的影響，如劉關張之尚義氣而結合，他們也會集了來營商業或練武技耳。

關羽在民間所受英雄的崇拜我們可以瞭解，若神明的頂禮則事甚離奇，在《三國演義》的書本或演辭中都找不出些須理由來，我所覺得奇怪的就是這一件事。關羽封神稱帝的歷史我未能仔細查考，唯據阮葵生《茶餘客話》卷四云：

「關廟之見於正史者唯《明史》有之，其立廟之始不可考，俗傳崇寧真君封號出自宋徽宗，亦無據。按《元史・祭祀志》，每歲二月十五日於大殿啟建白傘蓋佛事，與眾祓除不祥，抬舁監壇漢關某神轎，夫曰抬舁神轎，則必塑像，有塑像則必有廟宇矣，然則廟始於元之先可知也。」又云：

「明萬曆四十二年甲寅十月十日加封為三界伏魔大帝神威遠鎮天尊關聖帝君。四十五年丁巳五月福藩常洵序刻洛陽關帝廟簽簿曰，前歲予承命分封河南，關公以單刀伏魔於皇父宮中，托之夢寐間，果驗，是以大隆徽號，由是敕聞天下而尊顯之云云。予見各省關廟題旌皆同此號，殆始於明神宗時。」

可知關聖帝君的名稱起於萬曆，禹齋是一位大昏君，而其旨意在讀書人中發生了大效力，十足三百年裡大家死心塌地的信奉。因為是聖是帝而又是神，所以尊嚴的了不得，避諱也正是當然，猶如不敢寫丘字玄字一樣，卻不知道他原來是驕於士大夫的，讀書人的醜態真是畢露了。他們又送志在春秋的匾額給他，硬欲引為同類，也很可笑。

據本傳裴松之注云：「羽為《左氏傳》，諷誦略皆上口。」那麼其程度似亦頗淺，後人如欲於武人中求《春秋》學者，何不再等幾年去找那項下有癭的杜預乎。阮葵生云，「雍正四年增設山西解州五經博士一人。」此亦是送匾之意，或可為讀書人解嘲。不佞非敢菲薄古人，只因看不出關羽神聖之處何在，略加談論，若是當他一條好漢，則當然承認，並無什麼不敬之意也。

廿六年八月五日。

關於阿Q

阿Q近來也闊氣起來了，居然得到畫家給他畫像，不但畫而且還有兩幅。其一是豐子愷所畫，見於《漫畫阿Q正傳》。其二是蔣兆和所畫，本來在他的畫冊中，在報上見到。豐君的畫從前似出於竹久夢二，後來漸益浮滑，大抵趕得著王冶梅算是最好了，這回所見雖然不能說比《護生畫集》更壞，也總不見得好。

阿Q這人，在《正傳》裡是可笑可氣而又可憐的，蔣君所畫能抓到這一點，我覺得大可佩服，那一條辮子也安放得恰好，與漫畫迥不相同。不過蔣君的阿Q似乎太瘦一點了，在有些場面，特別是無賴胡扯的時候，阿Q如是那麼瘦便有點不相稱的，實際上阿Q本人也還比較的胖。文學家所寫，藝術家所畫的人物，自然不必全要照原樣，但是實物的比較有時也不是無用。我在三十年前曾認識真阿Q，說起來有點面善，就所記憶略記數則，以供參考。

阿Q本來是阿桂拼音的縮寫，照例拼音應該寫作Kuei，那麼當作阿K，但是作者因為字樣子好玩，好像有一條小辮，所以定為阿Q，雖然聲音稍有不對也不管了。其實阿桂也原是對音的字，或者是阿貴也說不定，只因通常寫作阿桂，這裡也就沿用，不問他的生日是否在陰曆八月裡。阿桂姓謝，這是我查了民國四年的日記才記起來的。

說到民國四年，那麼阿Q在辛亥年未被槍斃可想而知了，作者硬把他槍斃了事，這裡有兩個原因，其一是不槍斃這《正傳》便無從結束，其二更重要的，則由於作者對於死罪犯人沿路唱戲大家喝彩的事很感興味，借此可以寫進去。阿桂平日只是小小的偷點東西罷了。他有一個胞兄，名叫阿有，專門給人家舂米，勤苦度日，大家因為他為人誠實，多喜歡用他，主婦們也不叫他阿有，卻呼為有老官，以表示客氣之意。

阿桂在名義上也是打雜的短工，但總是窮得很，雖然並不見他酗酒或是抽大煙。到了窮極的時候，他便跑去找他老兄，有一回老兄不肯給錢，他央求著說，這幾天實在運氣不好，偷不著東西，務必請借給一點，得手時即可奉還。他哥哥喝道，這叫作什麼話，你如不快走，我就要大聲告訴人家了。他這才急忙逃去。

其時阿有寄住在我們一族的大門的西邊門房裡，所以這件事我記得很清楚。阿桂雖然以偷為副業，打雜總算是正業罷，可是似乎不曾被破獲過，吊了來打，或是送官戴大枷，假如有過一定會得街口傳遍，我們也就立刻知道了。所以他在這一點上，未始不是運氣很好。但是話雖如是，槍斃可能他也並不是沒有。

辛亥革命那一年，杭州已經反正，紹興的知縣和綠營管帶都逃走了，城防空虛，人心惶惶，那時阿桂在街上走著嚷道，我們的時候來了，到了明天我們錢也有了，老婆也有了。有破落的大家子弟對他說，像我這樣的人家可以不要怕。阿桂對答得好：你們總比我有。有者，俗語謂有錢也。這樣下去，阿桂說不定真會動起手來，可是不湊巧，嵊縣的王金發已由省城率隊到來，自己立起軍政分府，於是這機會就永遠失掉了。

阿桂雖窮而並不憔悴，身體頗壯健，面微圓，頗有樂天氣象。我所記得的阿桂的印象是這一副形相，赤背，赤腳，繫短布褲，頭上盤辮。吾鄉農工平常無不盤辮，蓋為便於操作故也，見士紳時始站立將辮髮推下，這就是說把盤在頭上的辮子向後一推，使下垂背後，以表敬意。赤腳也是鄉民的常習，赤背在夏天原是很普通的事，——但是阿桂難道通年如此的麼？這未必然。那麼為什麼我總記得他是赤背的呢？

理由其實很是簡單。有一年的夏天，大約總是民國初年，我看見他在我們門口走過，赤著背，如上文所記的那種形相，兩手捧著一隻母雞，說道，誰要不要買？有人笑問，阿桂你這雞那裡抓來的？他微笑不答。恐怕這雞倒不是偷來的，有些破落的大人家臨時要用錢，隨手拿起東西叫人去賣，得了幾角小洋，便從中拿一角給做酬勞，這是常有的事。

我還有一回看見阿桂拿了一個銅火鍋叫賣，那時他的服裝已記不得了，不知怎的那回賣雞的印象留得很深，所以想起來時總覺得他是赤著背。此外大約還賣別的各色東西，雖然我未曾親見，但是聽人說這什麼是向阿桂買來的，也是常有的事。我同阿桂做過幾次交易，卻是古磚之類，他聽說我要買有字的磚頭，找了幾塊來賣，後來大概因為沒有多大油水的緣故罷，不再拿來了。查舊日記，在民國四年乙卯那一冊裡找到這幾項記錄。

十一月十六日，雨。上午謝阿桂攜一磚來，三面有文，云永和十年太歲在甲寅，□月□章孟高作，孟南成，共十九字，字多訛泐，頂有雙魚，兩面各平列八魚形。下午又以其一來，頂文曰十二月葬，正書，云皆是胡氏物，共以一元易得之。

十九日，陰。下午阿桂以二斷磚來，留拓二紙。

廿一日，陰雨，上午阿桂來，斷磚因索值高議不諧，即還之。

十二月廿五日，晴。上午謝阿桂又持天監普通二斷磚來，以五角收之。

右四磚均於民國八年移家時搬至北京。永和十年磚後來托平伯持贈階青先生，曾見其手拓一紙，有題記曰，「永和專見著錄者二十有四，十年甲寅作者有汝氏及泉文專，而長及一尺一寸，且遍刻魚文者，惟此一專，彌可珍矣。階青記。」

梁磚全文，一曰天鑒二年癸未，一曰普通四年作，亦胡氏物，皆未上蠟，而堅黑如鐵沙，天監又寫作鑒，特別可喜。十二月葬乃是常磚，我看至多是趙宋時代而已，或曰葬字寫得怪，恐非唐人不能，我也不能表示是否。總之阿桂賣給我過這些磚頭，我對於他是不無好意的。他的行狀，據我們知道可以說的就是這一點，《正傳》中有許多乃是他的弟兄們的事，如對了主人家的僕婦跪下道，你給我做老婆罷，這事是另有主名的，移轉來歸入他的賬下，先賢說過，惡居下流，天下之惡皆歸焉，其是之謂歟。

廿八年十二月三十日記。

兩篇小引

一 秉燭談序

這本集子本想叫作風雨後談，寫信去與出版者商量，回信說這不大好，因為買書的人恐怕要與《風雨談》相混，弄不清楚。我仔細一想覺得這也說得有道理，於是計算來改一個新名字，可是這一想就想了將近一個月，不說好的，就是壞名字也想不出。

這樣情形，那麼結集的工作只好暫且放下，雖然近半年中寫的文章大小共有三四十篇，也夠出一本集子了。今日翻看唱經堂《杜詩解》，——說也慚愧，我不曾讀過《全唐詩》，唐人專集在書架子上有是有數十部，卻沒有好好的看過，所有一點知識只出於選本，而且又不是什麼好本子，實在無非是《唐詩三百首》之類，唱經之不登大雅之堂，更不用說了，但這正是事實。

我看了《杜詩解》中《羌村三首》之一，其末聯云：「夜闌更秉燭，相對如夢寐。」我心裡說道：有了，我找著了名字了。這就叫作「秉燭談」吧。本來想起來《文選》裡有古詩十九首，也有句云：「晝短苦夜長，何不秉燭遊。」又陶淵明的《飲酒二十首》中也說：「寄言酣中客，日沒燭當秉。」這些也都可以援引，時代也較早，不過我的意思是從《羌村》引起來的，所以仍以杜詩為根據。金聖歎在此處批註云：「更秉燭妙。活人能睡，死人那能睡，夜闌相對如夢，此時真須一人與之剪紙招魂也。」

雖然說得新奇可喜，於我卻無什麼用處，蓋我用秉燭只取其與風雨後談略有相近的意境耳。老杜原是說還家，這一層我們可以暫且不管他，只把夜闌更秉燭當作一種境地看也自有情致，況《詩經》本文云：「風雨瀟瀟，雞鳴膠膠，既見君子，云胡不瘳。」豈不更有相對如夢寐之感耶。

但是這都沒有關係，書名只是書名而已，雖然略可表見著者一點癖好，卻不能代表書的內容。這《秉燭談》裡的三四十篇文章大旨還與以前的相差無幾，以前自己說明得太多了，現在可以不再多說，總之是還未能真正談風月。

李卓吾著《焚書》卷一《復宋太守》中有云：

「凡言者言乎其不得不言者也，為自己本分上事未見親切，故取陳語以自考驗，庶幾合符，非有閒心事閒工夫欲替古人擔憂也。古人往矣，自無憂可擔。所以有憂者，謂於古人上乘之談未見有契合處，是以日夜焦心，見朋友則共討論。若只作一世完人，則千古格言盡足受用，半字無得說矣。所以但相見便相訂證者，以心志頗大，不甘為一世人士也。」

這一節說得很好。吾輩豈得與卓吾老子並論，本來也並無談道之志，何可亂引，唯覺得意思很有點相近，抄來當作一點說明。

《說苑》卷三修本中有云：

「晉平公問於師曠曰，吾年七十，欲學恐已暮矣。師曠曰，何不炳燭乎。……老而好學，如炳燭之明。炳燭之明，孰與昧行乎。」此是別一炳燭，引在這裡也頗有意思，雖然離題已經很遠了。

二十六年四月十日記於北平。

二　桑下談序

《後漢書》卷三十下襄楷傳中說延熹九年楷上疏極諫，有云：「或言老子入夷狄為浮屠，浮屠不三宿桑下，不欲久生恩愛，精之至也。」章懷太子注云：

「言浮屠之人寄桑下者不經三宿，便即移去，示無愛戀之心也。」襄君這話後來很有名，多有人引用，蘇東坡詩中有云：

「桑下豈無三宿戀，尊前聊與一身歸。」但是原典出在那裡呢？博雅如章懷太子，注中也沒有說起，我們更沒有法子去查找了。

老子化胡本是世俗謬說，後來被道士們利用，更覺得沒有意思了，不宿桑下或者出於同樣的傳說亦未可知，不過他的意思頗好，也很有浮屠氣，所以我想這多少有點影蹤，未必全是隨便說的話。我的書名的出典便在這裡。

浮屠不欲久住致生愛戀，固然有他的道理，但是從別一方面說來，住也是頗有意味的事。據《焦氏筆乘》說：

「右軍帖云，寒食近，得且住為佳耳。辛幼安玉蝴蝶詞，試聽呵，寒食近也，且住為佳。又霜天曉角，明日落花寒食，得且住為佳耳。凡兩用之，當是絕愛其語。」大抵釋氏積極精進，能為大願而捨棄諸多愛樂，儒家入道者則應運順化，卻反多流連景光之情耳。

又據《觚賸》續編講詩詞的脫換法的一則中云：

「樂行不如苦住，富客不如貧主，本佛經語，而高季迪《悲歌》則曰貧少不如富老，美遊不如惡歸。」

對於脫換法我別無多少興趣，這裡引用鈕君的話就只為了那兩句佛經，因為我還沒有找到他的直接出處。同是說住而這裡云苦住，顯示出佛教的色彩，蓋寒食前的住雖亦蕭寂而實際還有濃豔味在內，此則是老僧行徑，不必做自己吊打苦行，也總如陶公似的有瓶無儲粟之概吧。

這苦住的意思我很喜歡，曾經想借作庵名，雖然這與苦茶同是一庵，而且本來實在也並沒有這麼一個庵。不過這些都無關係，我覺得苦住這句話總是很好的。所謂苦者不一定要「三界無安猶如火宅」那麼樣，就只如平常說的辛苦那種程度的意義，似乎也可以了。

不佞乃是少信者，既無耶和華的天國，也沒有阿彌陀佛的淨土，簽發到手的乃是這南瞻部洲的摩訶至那一塊地方，那麼只好住了下來，別無樂行的大志願，反正在中國旅行也是很辛苦的，何必更去多尋苦吃呢。

詩云，誰謂荼苦，其甘如薺，蓋亦不得已，詩人豈真有此奇嗜哉。三年前戲作打油詩有云：「且到寒齋吃苦茶」。不知道為什麼緣故，批評家哄哄的嚷了大半年，大家承認我是飲茶戶，而苦茶是閒適的代表飲料。這其實也有我的錯誤，詞意未免晦澀，有人說此種微辭已為今之青年所不憭，而不作此等攻擊文字此外亦無可言云云，鄙人不但活該，亦正是受驚若寵也。現在找著了苦住，掉換一個字，雖缺少婉曲之致，卻可以表明意思了吧。

前見《困學紀聞》引杜牧之句云「忍過事堪喜」，曾經寫過一篇小文有云：「我不是尊奉他作格言，我是賞識他的境界。這有如吃苦茶。苦茶並不是好吃的，平常的茶小孩也要到十幾歲才肯喝，咽一口釅茶覺得爽快，這是大人的可憐處。」苦住的意思也就不過如此。

我既採取佛經的這個說法，那麼對於浮屠的不三宿桑下，我應該不再贊成了吧。這卻也不儘然。浮屠應當那樣做，我們凡人是不可能亦並無須，但他們怕久生恩愛，這裡邊很有人情，凡不是修道的人當從反面應用，即宿於桑下便宜有愛戀是也。

本來所謂恩愛並不一定要是怎麼急迫的關係，實在也還是一點情分罷了。住世多苦辛，熟習了亦不無可留連處，水與石可，桑與梓亦可，即鳥獸亦可也，或薄今人則古人之言與行亦復可憑弔，此未必是篤舊，蓋正是常情耳。語云，一樹之陰亦是緣分。若三宿而起，掉頭徑去，此不但為俗語所譏，即在浮屠亦復不情，他們不欲生情以損道心，正因不能乃爾薄情也。

不佞生於會稽，其後寄居杭州南京北平各地，皆我的桑下也，雖宿有久暫，各有所懷戀，平日稍有談說，聊以寄意，今所集者為關於越中的一部分，故題此名，並略釋如上。故鄉猶故國然，愛而莫能助，責望之意轉為詠歎，則等於誄詞矣，此意甚可哀也。

中華民國二十六年六月三日著者記於北平知堂。

【附記】

《秉燭談》已出版，唯上無序文，因底稿在上海兵火中燒失了。《桑下談》則似未曾出版。兩篇小引曾在《晨報》上登載過，今據以收錄。民國癸未冬日編校時記。

周作人作品精選 10

秉燭傾談【經典新版】

作者：周作人
發行人：陳曉林
出版所：風雲時代出版股份有限公司
地址：10576台北市民生東路五段178號7樓之3
電話：(02) 2756-0949
傳真：(02) 2765-3799
執行主編：朱墨菲
美術設計：吳宗潔
行銷企劃：林安莉
業務總監：張瑋鳳

初版日期：2021年1月
ISBN：978-986-352-913-2

風雲書網：http://www.eastbooks.com.tw
官方部落格：http://eastbooks.pixnet.net/blog
Facebook：http://www.facebook.com/h7560949
E-mail：h7560949@ms15.hinet.net
劃撥帳號：12043291
戶名：風雲時代出版股份有限公司

風雲發行所：33373桃園市龜山區公西村2鄰復興街304巷96號
電話：(03) 318-1378
傳真：(03) 318-1378
法律顧問：永然法律事務所 李永然律師
北辰著作權事務所 蕭雄淋律師

行政院新聞局局版台業字第3595號 營利事業統一編號22759935

定價：350元

國家圖書館出版品預行編目資料

秉燭傾談 / 周作人著. -- 初版. -- 臺北市：風雲時代,
2020.12 面； 公分. -- (周作人作品精選；10)

ISBN 978-986-352-913-2

855 109016982